미국, 풍요와 탐욕의 두 거울

미국, 풍요와 탐욕의 두 거울

초판 1쇄 인쇄 2008년 7월 22일
초판 1쇄 발행 2008년 7월 25일

지 은 이   김희승
펴 낸 이   손형국
펴 낸 곳   (주)에세이
출판등록   2004. 12. 1(제395-2004-00099호)

주   소   412-791 경기도 고양시 덕양구 화전동 200-1 한국항공대학교
          중소벤처육성지원센터 409호
홈페이지   www.essay.co.kr
전화번호   (02)3159-9638~40
팩   스   (02)3159-9637

ISBN 978-89-6023-185-6 03810

책값이나 후원금은 아래 계좌로 보내 주시면 감사하겠습니다.
외환은행 _ 055-18-63975-9 (예금주_김희승)

미국, 풍요와 탐욕의 두 거울

김희승 지음

ESSAY

 머리말

    2007년도에 버클리 대학에 방문교수로 1년간 머무르게 될 기회가 생겼다. 아름다운 샌프란시스코 지역에 살면서 그곳의 문화, 사회, 역사, 지리 등 사람들의 사는 모습을 가까이서 체험하는 것은 처음이었다. 역시 미국은 여행하면서 잠시 보는 것과 생활하면서 느끼고 보는 것에 큰 차이가 있었다. 대륙의 느긋함과 풍요로움 중에도 흐르는 어떤 궁기들은 색다른 느낌을 주기도 했다. 미국여행 자유의 시대가 도래함에 따라 미국 방문이 잦아 질 터인지라 저자는 먼저 겪은 미국 문화 체험을 독자들에게 알려주고 싶은 의욕을 느꼈다.

    체류 중에 미 대륙을 횡단할 기회가 있었는데 그때 본 대륙의 자연과 생활상도 함께 전해 주고 싶다. 따라서 본서에는 버클리 지역, 샌프란시스코, LA 등 미국 서부의 이야기와 미국 횡단 중 거쳐 간 네바다 주, 유타 주, 콜로라도 주, 캔자스 주, 미주리 주, 일리노이 주, 시카고 등, 여러 지역에서 체험하고 발굴한 미국 사람들의 문화와 역사, 지리 등에 관한 이야기를 실었다.

    내용은 5부로 구성하였다. 1부에는 버클리 대학 주변과 그곳에서 경험한 사람들의 살아가는 이야기가 실려 있고, 2부에는 LA의 사람들과 코리아타운, 할리우드 등에 관한 이야기가 있다. 3부에는 샌프란시스코의 문화와 역사에 대해서 쓰고, 4부에는 미국 대륙을 횡단하며 경험한 이야기를 수록했다. 5부에는 대륙 여행의 종착지인 시카고의 역사, 문화 이야기를 곁들이면서 1차 미국 이야기를 끝냈다.

미국 여행에 관심 있는 일반 독자, 대학인, 중고교 학생들에게 대륙의 전반적인 문화와 관습, 살아가는 이야기를 들려 줄 것이다. 특히 대학들과 그 주변에서 일어나고 있는 일상생활, 교육철학, 사상, 역사, 지리 등의 내용이 수록되었으므로 중, 고교생에게는 유익한 부교과서가 될 것으로 기대한다.

종래의 여행 안내서들처럼 방문 명소들을 단순하게 나열한 것이 아니라, 보고 부딪친 문화적 이야기들을 감각적으로 전달하려고 의도하였다. 그렇다고 미국의 지리, 역사, 관광지 등에 관한 정보를 소홀히 다룬 것은 아니다. 오히려 심층적으로 기술하려고 노력하였다. 이 책을 통하여 미국의 문화, 교육, 도시계획, 생활철학, 지리, 역사 등에 관하여 조금이라도 투시해 볼 수 있게 된다면 큰 보람을 느낄 수 있겠다.

2008. 7.11
저자 김희승

머리말 ··· 4

제1부 버클리 사람들 ······························· 9

아메리카_10
가장 유쾌한 언덕들 중에서_17
구방노고_21
e-고독치료_29
1232 Glen Ave. Berkeley, CA_38
자연주의자 미국 거지_59
장례식_63
TI 실험실_66
파티_76
대학입시정책_82
로즈 가든_94

제2부 샌프란시스코 ··························· 103
샌프란시스코_104
샌프란시스코의 역사_106

제3부 LA 친구들 ···························· 113
LA 친구들_114
LA_121
할리우드_125
코리아타운, 차이나타운_128
월트디즈니 콘서트홀_133
극장_135
할리우드 글자 간판_140
그리피스 천문대_143

제4부 대륙을 지나 ··· 145
출발, 대륙횡단_146
됴가패스_151
사막의 음침한 골짜기_156
달아, 내 사랑아_161
네바다 사막에서의 아침_167
유타 주의 시작_171
유타 주의 작은 마을들_175
금도성_178
그린리버의 모텔_181
아치즈 국립공원_184
콜로라도 주_190
캔자스_197
미주리 주_203
일리노이 주_206

제5부 시카고 ······································· 217
시카고_218
공원 시스템_220

contents

제1부 버클리 사람들

1장 아메리카

셋집 탐색

인터넷 검색을 하여 연구할 대학에서 가깝고도 월세(rent)가 싼 아파트를 두세 곳 찍어 봤더니 리치몬드(Richmond) 지역의 한 두 아파트로 압축되었다. 월세 750달러(75만 원 정도), 이 지역에서는 가장 저렴하다. 빠듯한 체류 예산(Budget)으로 그나마 내 깐에는 많이 쓴다 싶었다. 사진도 몇 장 올려 있는데 깨끗한 실내에는 책장까지 있고, 주변에는 수영장도 보인다. 날씨가 온화하다니 여름에는 수영도 즐기고 괜찮을 듯했다.

샌프란시스코 베이 지역(San Francisico Bay Area)에 도착하여 민식이에게 전화를 했다. 80번 도로에서 680번 도로로 내려오다가 580번 도로로 갈아 탄 다음에 팔콘 출구(Falcon exit)로 나와서 어디어디로….

"야, 민식이구나, 수십 년 만에…."

클래스에서 늘 보던 민식이 얼굴, 그때도 건강미가 넘쳤었는데, 한국의 어느 동기 얼굴보다 젊고 건강해 보인다. 머리는 좀 많이 벗어졌긴 했지만. 역시 베이 지역의 신선한 공기에다 풍부한 캘리포니아 과일 덕인지 정말 안 늙었다. 그리고 그림자가 없다. 한국에 사는 동기들은 카오스적인 정치 덕에 얼굴이 많이 갔는데 여긴 다르다. 행복지수가 우리보다 훨씬 높은 나라 사람은 어딘지 달라 보인다. 아무튼 민식이는 매우 친절했다. 그렇게 환대해 주지 않아도 되는데, 마음씨 좋게 보이는 부인까지도 이것저것 배려를 아끼지 않는다.

이튿날, 민식이와 함께 30분 쯤 운전해서 예의 리치몬드 지역으로 갔다. 민식이는 그곳에서 의류 가게를 하는 자기 친구에게 먼저 의논하자고 한다. 봐 둔 아파트와 그 지역이 어떠한지, 월세는 적절한지 등, 그 지역에 익숙한 친구에게 문의해 보자는 것이다. 돌다리도 두들겨 보고 가자? 그럴 필요까지 있을까? 하지만 민식의 의사를 존중해서 동의했다. 알아보는 것은 나쁘지 않지.

민식 친구에게 이곳 리치몬드 지역의 아파트를 인터넷에서 미리 봐 두었다고 하니까 아연 사색이다. 두 손을 설레설레 저으면서 안 된다고 한다. 흑인지역이라 매우 위험하다는 것이다. 흑인이 무에 무섭소? 일찍 들어와 자고 아침에 나가는데 무슨 문제될 거 있겠소? 그랬더니 머깅이라도 당하면 어쩔 거냐고 반문한다. 머깅이 무엇이냐고 물으니 주먹으로 때리는 몸짓을 해 보인다. 문을 부수고 침입한 흑인에게 얻어터진다는 말이다. 힘도 없는 내가 무슨 수로…. 갑자기 위험할 수도 있겠다는 생각이 든다. 겁도 없이 영하의 눈보라를 헤치고 밤중에 인적 없는 로키 산맥을 운전해서 넘어온 나의 무모한 심장도 이 대목에서는 무너지고 말았다.

그렇지. 예까지 와서 개죽음 할 필요는 없지, 아무리 예산 문제라 해도…. 뒤도 안돌아 보고, 그 아파트가 어느 방향인지 알 필요도 없이 곧장 돌아왔다. 민식의 추천에 따라 교포가 경영하는 하숙으로 일단 거취를 정하고, 천천히 다른 지역의 아파트를 알아보기로 마음을 굳혔다.

그리고 지금까지 한 달째 이 하숙에 산다. 아파트 구하기를 서두를 필요는 없다. 방도 널찍하고, 책상, 옷장, 책꽂이도 구비되어 있다. 깨끗하고 조용하고 드나드는 사람도 많지 않다. 화장실도 가까이에 3개나 있고, 세탁실도 따로 있다. 멕시칸 파출부가 매일 청소하고, 아침, 저녁 두 끼를 제공받고, 더구나 무선 인터넷까지 되니 내 노트북은 신바람 났다. 안성맞춤.

앨러미다의 휴일

토요일에는 앨러미다 해변에 나갔다. 시내버스 카드 31일치 한 장 70 달러(7만 원), 이 카드로 한 달간 무제한으로 다닐 수 있다. 한국처럼 탈 때마다 요금이 없어지는 것이 아니고 31일 한도 내에서는 하루 몇 십번이든 마음대로 탈 수 있다. 이용하지 않으면 공으로 소진된다. 아깝다. 그래서 버스를 타고 앨러미다까지 갔다.

앨러미다는 버클리 대학 남쪽의 오클랜드를 지나 베이 해변에 있다. 천국이 부럽지 않을 만큼 시원스러운 바다 호수와 모래사장이 넓게 펼쳐져 있는 곳. 태평양 바닷물은 금문교 해협을 넘어 이 만으로 조수에 따라 들락거린다. 넓은 바다 건너에는 샌프란시스코의 빌딩 군이 아스라이 보인다. 푸르고 잔잔한 물가에는 갈매기 떼가 포식한 후 쭈욱 뻗고 누워서 선탠하고 있었다. 넓고 긴 모래사장 해안가에는 겨우 서넛 가족이 듬성듬성 보일 뿐이다.

'공휴일인데 사람들은 여길 안 오고 어디로 갔나? 더 좋은 데가 많다는 얘긴데, 잘 됐네, 혼자만의 해변을 맘껏 즐기자.' 해변을 따라 걷고 조깅하고, 맨발로 물에 들어가 철썩이는 파도를 느끼며… 그러다가 해변의 숲에 들어가 바다를 조망도 하고.

해지는 줄도 모르고 오랜만의 바다를 할 수 있는 한 많이 숨 쉬어 보았다. 날은 어두워지기 시작했다. 어스름이 겁나서 버스 정류장이 있는 대로까지 숨이 차게 걸었다. 이 지역은 버스 조직이 잘 되어 있고 노선도 골고루 있다. 한국의 버스 시스템보다 못 한 점은 배차 간격이 너무 길다는 점이다. 15분 정도를 기다리니 마침내 버스 하나가 다가왔다. 정류장 노선표에는 이 거리에 51번만 표시되어 있다. 올 때 이용한 노선의 버스를 타고 그대로 되돌아가면 되겠다고 생각해서 무조건 집어탔다.

그런데 버스가 어디론지 자꾸만 달린다. 잠시마다 정류장에서 서야 하는데 서지 않고 한참을 달린다.

'아차, 뭔가 이상하네. 어쨌든 이 도시 버스니까 어디서 서겠지. 몇 안 되는 승객들은 모두 태연하고 담담하네. 한국 양반 체면에 당황방아 찧을 수는 없지.'

점잖게 앉아 있으려니까, 어, 이것이 바다를 넘어간다. 베이 브리지 (Bay Bridge)를 건너서 급기야 샌프란시스코 다운타운 종점에 멈추고 내려주네 그려. 하이고 촌사람 난리 나 부렀어. 앨러미다에서 오클랜드를 지나 한국 하숙이 있는 텔레그라프 대로로 가야할 버스가 엉뚱한 샌프란시스코 다운타운에 와서 내려 주다니….

모두 다 내릴 즈음 흑인 운전기사에게 가까이 가서 물었다.

"어떻게 하면 좋죠? 버스를 잘못 탔나 봐요. 다시 돌아가려면 어디서 무슨 버스를 타야 하나요?"

그 운전기사는 이런 게 처음은 아닌 듯, 얼른 티켓을 하나 주면서 저 앞 NL 정류소에 가서 버스를 타라고 일러준다. 추가 요금은 낼 필요가 없이 그 티켓으로 해결된단다. 이렇게 고마울 데가. 51번을 타야 되는데 851번을 탔다는 것이다. 흑인도 흑인 나름이지 친절한 흑인도 있다. 한국에도 괜찮은 사람들이 있고 엉망인 사람들이 있듯이 말이다.

도보 등하교

나는 버스를 타고 아침에 등교하고 저녁에 귀가한다. 몇 사람 밖에 안 싣고 다니는 버스를 놔두고 굳이 비싼 기름 없애며 차를 타고 다닐 필요는 없다. 5, 6 마일 등하교 길을 처음부터 끝까지 버스로만 가는 것도 아니다. 걸을 수 있을 만큼 걷다가 지친다 싶으면 탄다. 한국처럼 먼지, 소음, 쓰레기 등으로 버려놓은 도로도 아니고, 운동을 따로 할 수 있는 처지도 아닌데, 걷는 것은 여러모로 좋다.

'이렇게 맑은 공기를 언제 다시 마셔 보겠는가?'

'이렇게 깨끗하고 조용한 대로를 언제 다시 걸어 보겠는가?'

이런 기회에 실컷 걸어 보는 거다. 물론 한국에서는 등산길이 좋기는 하지. 하지만 사람 얼굴 보기 드문 적막한 곳은 나이 들수록 왠지 싫다.

그렇지만 대로를 걷는 것에도 문제는 있다. 낮이라 해도 사람이 뜸하면 왠지 서늘한 느낌이 든다. 오클랜드 시의 길을 지나 버클리 시의 도로를 걷는 동안 대로임에도 불구하고 사람들은 별로 눈에 뜨이지 않는다. 거리에 상점이 늘비하게 있지도 않다. 흑인이든 멕시칸이든 대낮에도 뒤에서 달려와 팔을 비틀고 가방을 탈취한다는 이야기를 더러 들었기 때문에 주위를 살피며 걸어야 한다.

거리는 생각보다 깔끔하지 못하다. 서울은 반짝반짝 빛나는 새 건물들과 휘황한 간판들이 그런 대로 예쁘다. 사람도 늘 북적거리고 활기가 있다. 지갑만 조심하면 밤중이건 어스름 저녁이건 두려움이 없다. 이곳 오클랜드와 버클리 거리는 곳곳에 흉가처럼 생긴 녹 쓸고 낡은 건물들이 눈에 간혹 띈다. 장사가 안 되는지 문을 열지 않은 상가도 있고 활기 없이 으스스하다.

도로는 4차선 내지 6차선의 바둑판, 깨끗하다. 기후 좋고 공기 맑고 사람 살기에 쾌적한 이 도시, 건설비가 엄청나게 들었을 텐데 왜 이곳에 모여 살지 않고, 자꾸만 도시를 넓히고 멀리 나가 사는 것인가?

흑백인의 숨바꼭질

미국 어느 지역을 가 봐도 오래 된 지역은 모두 이런 식이다. 잘 건설해 놓은 후 가차 없이 또 다른 지역으로 넓혀 나간다. 아무리 잘 지어 놓아도 흑인이 들어와 살기 시작하면 백인들은 한둘씩 그 지역을 떠난다. 차로 10분이든 20분이든 떨어진 곳에 자기들만의 공동주거 단지를 만들어 따로 산다. 그렇다고 차별이나 입주 금지를 하는 것은 아니다. 집값이 비싸니 흑인이나 가난한 소수 인종 사람들은 백인 부자촌에 접근할 수가 없다.

청소 따위의 더럽고 힘든 일이 사람 사는 곳에 없을 리 없다. 자연히 일거리 찾지 못하는 흑인 몫이다. 흑인들은 노예 해방으로 자유를 찾았다고 생각할지 모르나, 그들은 아직도 노예가 하던 일을 하며 산다. 자본주의적 노예인 셈이다.

흑인들이 백인 주거지의 허드렛일을 하며 일하면, 어느 덧 그들도 차츰 백인 촌 주위에 살기 시작한다. 그러면 또 백인은 또 더 먼 곳으로 넓혀 나간다. 그들은 다른 곳에서 새집을 짓고 살지만 낡아지면 흑인 차지다. 결국 백인과 흑인은 끝없이 쫓기고 쫓는 생활을 영위해 간다. 가난의 대물림 흑인에게는 집을 보수 관리할 여력이 없다. 오래된 지역의 집들은 19세기 형 멋진 주택이라도 흑인이 살면 어김없이 녹슬고 낡아 간다.

백인들은 흑인을 피해서 옮겨 간다고 하겠지만 3자의 눈으로 보면 흑인에게 쫓겨나는 것으로 보인다. 흑인이 사는 곳에는 범죄가 잦다. 심하면 훔치고 죽이고 깨고 부수고 망친다. 하숙에 먼저 들어와 사는 한국인

하나가 밤에 길 건너에 가지 말라고 한다. 그곳에서 밤중에 차 뺏기고 죽다 살았다며 조심하라고 일러준다. 한국 여인이 경영하는 미용실에서 머리를 깎고 있는데, 흑인 여자 하나가 느닷없이 미용사에게 일격을 가했다. 금방 이마에 혹이 하나 생기는 것을 목도했다. 그리고서야 나도 흑인 동네가 무섭다는 것을 알았다. 울타리 없는 정원에 세워둔 차량에 가하는 반달리즘도 간혹 목도된다. 타이어에 펑크를 내서 차를 주저앉게 한다든가, 유리창을 두들겨 깨놓는다든가 등은 그나마 가벼운 것이다. 가게에 들어와 물건도 집어가고 죽이기도 한다. 흑인이 많아진 동네로부터 백인도 무서워 탈출을 꾀하지 않을 수 없겠다.

백인은 자기네 선조가 흑인을 노예로 들여온 죄과에 대한 대가를 치르고 있다. 사람이 사람을 노예로 부린다는 것, 이것은 인류의 여러 가지 범죄들 중 하나이다. 범죄의 시발은 느낌 없이 시작되었지만 그 결과는 크나큰 사회적 고통으로 응보 되고 있다. 인간사회는 죄와 악, 그리고 선과 의 등이 마구 어우러져서 복잡한 공식에 의해서 돌고 돈다. 이것을 이곳에서 실제적 상황을 통하여 극명하게 목도해 본다.

이게 아메리카의 일부 단편이다. 아메리카는 거대한 코끼리이다. 어디를 만져 봐도 전체를 가늠하기 힘들다.

2장 가장 유쾌한 언덕들 중에서

　버클리(Berkeley) 대학 중심부에 높은 탑이 하나 있다. 특이한 모습의 탑으로서 꼭대기가 왕관 모습이고 높이가 수십 미터, 육중한 돌로 이 지역의 지진에도 견딜 만하게 지어서 돈 좀 들였을 듯. '돈이 남아돌아서 저런 탑까지 지었군. 그 돈 가지면 건물 한 채는 더 지었을 텐데…' 처음에는 그런 생각으로 바라보았다.

　아침에는 그 탑을 향하여 뻗어 있는 언덕길을 오르면서 바라본다. 많은 학생들이 무거운 책가방을 메고 그 길을 오른다. 그럴 때면 학문에 대한 어떤 숭고한 정신마저 느껴진다. 학생들이 그곳을 향하여 오르는 것은 단순한 경쟁이 아니다. 수많은 정충이 난자를 향하여 헤엄치는 것을 피상적으로 보고 생존경쟁이라고 단언하는 사람들도 있지만, 기실 그것은 경쟁이 아니다. 그것은 세상의 존재를 위한 한 개체의 참여의식, 다시 말하면 우주의 존재를 존속시키기 위한 한 개체의 기여의지(contribution desire)라 할 수 있다.

　매 시각을 알리는 종소리가 베이 지역(Bay Area)에 울린다. 그 탑의 꼭대기에는 어른보다 더 큰 종이 48개나 있다. 탑의 바닥에는 종을 쳐서 음악을 연주할 수 있는 피아노가 있어서 점심과 저녁에는 그 종이 캠퍼스 안에 신비한 음악을 울려준다. 버클리 사람들은 이 탑의 종소리와 음악소리를 들으면서 우주와 세상에 대한 기여의지를 불태워 온 것이다.

　'가장 유쾌한 언덕들 중에서 드넓은 바다를 조망하는 높은 자리를 골라 그곳에 우주의 과학과 사색의 본향을 지으리라.'

버클리 대학 창설을 주관한 사람들의 생각이다. 이 생각을 따라 베이 지역의 넓은 바다가 내려다보이고 멀리 샌프란시스코의 언덕들과 금문 해협을 통해서 태평양을 바라보는 위치에 자리를 잡았다.

버클리 대학이 세워진 것은 1849년 골드 러쉬(Gold Rush) 때로 거슬러 올라간다. 이 대학의 내력 란에는 "장래를 내다보는 일군(一群)의 사람들이 교육은 후손들의 행복과 영광을 캘리포니아의 금보다 더 확실하게 보장할 것이라는 이념으로 이 대학을 창설하였다"라고 적혀 있다. 금은 써서 없어지면 그만이지만, 교육은 인간의 무한한 능력을 끌어내서 정신적으로 부유하게하고 물질적으로 풍요롭게 살 수 있도록 끊임없는 동력을 제공한다는 것을 바로 본 것이다.

그 후, 140여 년을 거쳐 내려오면서 이 대학은 캘리포니아의 농업 기술을 발전시킴으로 세계에서 가장 풍요로운 캘리포니아의 농산물을 생산케 했고, 기초과학, 공학 등의 분야에서 세계를 선도했으며, 인문과학 분야에서 정신문화를 구가하게 했다.

우리나라에도 이런 분들이 계셨다. 많은 교육자들이 학교를 설립하기도 하고 이 나라 교육을 바로 세우려고 애를 쓰셨다.

일례로 제물포 고등학교의 길영희 교장선생님 같은 분들이다. 그는 해방 이후 우리나라가 어렵던 시절 교육만이 우리 민족이 중흥할 유일한 방도라는 것을 깨달으시고 실천하신 분이다. 필기시험을 치러 가면서 우수한 교사를 모집했고 젊은 학생들에게 감동을 주는 연설을 통해서 뜨거운 학구열에 불을 지피신 분이다. 그 결과 신흥 제물포 고교를 국내 명문 고교로 급부상시키고 서울대학 입학률을 최고 수준으로 높여서 경향 각지의 수재들이 이 학교로 몰려들게 하셨다. 곳곳에 이런 위대한 교육자들이 많이 계셨다. 그럼에도 불구하고 그들을 나라의 귀감으로 높이는 풍조가 없는 탓으로 우리에게는 외국처럼 시대를 이끌어 가는 지표가 설정되지 못한 터이다.

위대한 교육자들은 한결같이 '재물은 써서 없어지지만 교육은 이 땅에 살 후손들의 정신을 부강하게 한다' 는 것을 선각하고 실천하신 분들이었다. 그러나 대부분 재정적인 어려움으로 뜻을 이루지 못하곤 했다. 이 대학도 초창기에는 재정적 어려움을 겪었다. 1899년 경 푀베 허스트(Phoebe Hearst)라는 여성 독지가가 그야말로 전 재산을 동원하여 이 대학에 전폭적인 후원금을 내게 된다. 세계적인 대학으로 발돋움할 가치를 지닌 대학이 마땅히 갖추어야 할 기본적인 기틀을 위해서 기꺼이 투자하겠다고 나선 것이다.

그 당시 총장이었던 벤자민 휠러(Benjamin Wheeler)라는 사람도 위대한 대학이 되기 위한 마스터플랜에 돈을 아껴서는 안 된다는 생각으로 캠퍼스 건축의 기본 설계자를 전 세계에 공모하였다. 프랑스의 유명한 건축가 에밀 버나드(Emile Bernard)가 당첨되어 이 설계를 맡게 된다. 캘리포니아의 풍광에 맞추어 고대 희랍과 로마의 건축에서 풍겨나는 위엄과 고매한 기풍을 가미한 캠퍼스 건축의 설계가 이때 이루어졌다. 수천 년 미래를 보며 짓는 건물에 돈은 아낌없이 쓰라는 것이 그들의 주문이었다.

그때 지어진 건물들이 앞에서 이야기한 그 탑의 주변에 지금도 배치되어 있다. 건축물들은 철골 구조를 사용하여 튼튼하게 지어서 지진에도 끄떡없고 몇 천 년이 지나도 그대로일 것 같다. 밝은 캘리포니아 햇볕에 건물들은 하얗게 빛나서 눈부시기까지 하다. 내가 있는 건물도 그 초창기에 지어진 것인데 말하자면 유럽의 한 캐슬(castle)이다. 두꺼운 벽에 육중한 문, 넓은 홀, 그리고 천장의 돔(Dome)들. 현대의 문명과 아무런 관계는 없지만 이 안에서 첨단과학의 실험이 이루어진다. 교육에 쏟아 붓는 돈은 아무리 낭비해도 아깝지 않으며, 결국에는 후손의 행복과 영광으로 이어진다는 산 물증들이다. 그리고 그곳에 쏟아 넣은 독지가의 돈도 가장 값지고 가치 있게 활용된다는 것을 보여준다. 이들 초창기 사람들은 대학 건물과 주변의 도로에 그 이름이 남아 있다.

이를 토대로 30년 쯤 후에 드디어 꽃이 피기 시작한다. 로버트 스프라울(Robert Sproul) 총장이 학문의 수월성(academic excellency)에 초점을 맞추고 모든 분야에서 우수한 학자를 유치하는데 전력을 다한다. 마치 길영희 교장 선생님이 우수한 교사를 모집하는 데 총력을 기울이고 교사 부임 시에 필기시험을 부여하는 바로 그런 모습이다. 그 총장의 노력은 물리학과 생물학 부문에서 돋보였다. 그로 인해 무려 18명의 노벨상 수상자가 나왔다. 그것이 이 대학으로 하여금 세계의 손꼽는 지위로 부상하게 한 배경이다.

한번 궤도에 오른 대학은 잘 나간다. 우수한 교수와 학생이 세계에서 몰려들고 그로 인해 엄청난 연구 기금이 쌓이고 그것이 또 새로운 연구의 성과로 이어진다. 현재도 이 대학 교수 중에 7명이 노벨상 수상자이다. 우리나라 50년 역사에 단 하나 밖에 없는 노벨상 수상자가 이 대학에는 지천이다. 참 부러운 현실이다.

교육! 잘 조직하고 관리하면 한 나라의 국운을 융성케 하고 그 국민의 구원한 행복으로 연결된다. 우리나라는 반세기의 기나긴 세월 동안 교육에 있어서 과연 무엇을 해 왔는가! 우리네 대학은 국력에 걸맞지 않게 세계의 꼴찌를 헤매고 있다. 아이들 과외비에는 돈을 물 쓰듯 하면서도 정작 국가적 교육 투자 앞에서는 모두가 자린고비다. 그 간의 지도자들조차도 교육에 대한 뚜렷한 신념이 없었고 교육부가 있어도 제재하기에만 급급했다. 아직도 우리나라는 교육에 있어서만은 희망이 없다.

3장 구방 노고(求房 勞苦)

저번에 안성맞춤이라던 한국 하숙도 한 달쯤 지나니까 싫증이 났다. 사람의 변덕은 어쩔 수 없는 법. 변함없을 것 같은 군자(?)도 인간인 이상 어쩔 수 없다. 하지만 누구든지 그 하숙에 와서 한 달만 있어 보라우. 그런 말이 나올 것이니.

우선 밥맛이다. 밥이 맛이 없다. 나만 그런 게 아니고 그곳에 오래 있던 사람들도 이구동성이니까 내가 특별히 괴팍해서 그런 게 아니라는 것은 분명하다. 문제는 반찬을 반찬 전문 냉장고에 넣어 놓고 끼니마다 그 반찬을 꺼내 먹게 한 시스템이다. 먹던 반찬을 매번 먹어야 하는 고통! 경험이 있을 게다. 우리나라 대부분 사람들은 다 그렇게 하고 살았으니까. 냉장고에 넣어 둔 남은 음식, 누가 건드리나요? 굶주리면 먹겠지만 모두가 배불러 과체중 때문에 야단인 호시절이다. 결국은 이리 굴리고 저리 굴리다가 상하면 그때서야 퇴출된다.

끼니때마다 무엇이든지 한 가지만 보글보글 끓여주면 그런 대로 맛있게 먹겠는데 냉장고에 넣어 둔 반찬, 싫증이 날 수밖에 없다. 임금이 비싼 곳이니까 인건비 절약의 경영 전략이긴 하겠지만, 난 내 갈 길을 가련다.

그래서 다시 인터넷을 뒤지기 시작한다. 크레이지스리스트닷컴 (craigslist.com)에 들어가면 이 지역의 모든 생활 정보가 가득 들어 있다. 모든 문제는 인터넷에 여쭤 보시라. 쓸데없이 이사람 저 사람 붙잡고 물어 봤자 제대로 된 답을 듣지도 못하고 스타일만 구기기 십상이다.

사교 활동에서부터 시작해서 구인, 구직, 생필품 매매, 전월 사글세, 온갖 살림살이 이곳에 다 모였구나…. 나에게 관심 있는 것은 오로지 주거(housing) 란이다. 여기도 가지가지 다 있다. 방물장수 복덕방이다. 아파트 혹은 단독 주택(apts/housing), 셋방 혹은 함께 쓸 셋방(rooms/shared), 서블릿 또는 임시 거처(sublet/temporary), 주거교환(housing swap) 등등….

그 중에서 주거교환(housing swap)은 최근 어떤 영화에서 실례를 본 일이 있다. 뉴욕의 대 저택에 사는 미녀와 런던의 낡은 오두막에 사는 기네스펠트 뭐라는 처녀가 인터넷 주거교환 란을 통해서 서로 집을 바꾸어 휴가를 보낸다는 스토리에 바로 이 유형이 등장한다.

서블릿(sublet)이란 월세 든 것을 다시 남에게 월세를 주는 것이다. 참 미국 애들 쩨쩨하기 그지없네. 나라만 컸지 뭐 크게 노는 게 없어요, 우리나라에도 없는 부월세까지 동원하니 돈에 관해서는 치사하기 짝이 없다.

아파트 혹은 단독주택(apts/housing) 란을 들어 가봤더니, 오마니나! 방 두 개 있는 집의 월세가 4,500달러(450만 원), 5,900달러(590만 원), 6,400달러(640만 원) 등 도대체 부르는 게 값인가 보다. 작아야 1,500달러~1,200달러이다. 월세 120만~150만 원이라는 거다. 봉급이 울멘데, 그런 데를 얻느니 포기하고 셋방 혹은 함께 쓸 셋방(rooms/shared) 란으로 들어 갈 수밖에. rooms라는 것은 60년대 우리나라에서 흔하던 사글세 방, shared는 방 하나를 또 나누어 쓰는 것이다.

그리고 보면 우리나라는 주택에 있어서만은 일류 국가 수준이다. 우리나라에서 남의 집 방을 쓰는 사례는 소년 소녀 가장 아니면 본 일이 없다(맞나?). 그러나 이곳은 이런 것이 성업 중이라. 단독 아파트나 스튜디오(studio:원룸 아파트)는 어림없고, 사글세방이라야 간신이 내 수준에 턱걸이 한다.

며칠 전에 가본 동창들 집만 해도 널찍 높직한 집에 대형 방 대여섯 개는 보통이었는데, 가난한 프롤레타리아들은 이렇게 구차한 삶을 이어 가는 구나…. 자본주의의 극치를 여기서 다시 감상하는 거다.

그래서 애들이 절대 아빠를 본받지 않겠다고 선언한 것인가? 두 놈 다 일류 대학에 넣어 놨더니(사실 뭐 내가 넣어 준 건 아니지만 그래도 그렇다고 하자) 석사, 박사 다 안 한단다, 나 이런. 둘째는 아예 대학은 건성이고 비즈니스계로 소매 걷고 나섰다. 교수 해 봤자 고생 실컷 하면서 돈도 못 번다고. 신기하다, 그것 가르쳐 주지 않았는데 어찌 다 알아 버렸다? 자본주의가 뭔지 아는 것이 분명하다.

난 시방 그런 '주의'에 관하여 논하고 있을 정도로 한가하지 않다. 당장 며칠 내로 방을 구하지 못하면 또 그 지긋지긋한 하숙 밥을 먹어야 하는 거다. 한 달 날짜 넘기면 다시 또 한 달을 새로 계약하기 때문이다. 도중하차 한다고 거스름돈 돌려주는 일은 일체 없다. 오히려 이런 구실 저런 구실 둘러대어 보증금(deposit)마저 물어뜯기는 것이 미국의 셋집 관습이다.

그래서 인터넷을 또 열심히 항해한다. 끝없는 여정이여, 고달픈 인생이여! 광고는 대략 다음과 같은 형식이다.

690달러짜리 방, 멋진 집 + 예쁜 방 친구들(버클리 북쪽 언덕).
새로 단장한 마루 방, 고풍스런 가구, 옷 방, 뒤뜰의 꽃이 보이는 큰 창문.
들어오실 사글자께서는 20대 후반의 고상한 인간 3명과 상큼한 개 한 마리와 함께 지낼 것임.
우리는 다양하게도 3 나라(오스트레일리아, 나이지리아, 미국)를 대표하고 있으며, 종교도 3가지(불교, 무슬림, 기독교), 성별도 가지가지임.

친절과 유머는 높이 사고 있으며, 사교와 고독은 적절히 균형 맞추고 있음. 집안일과 잡종 공과금은 집안 회의에서 결정하고, 집안의 관심사는 음악, 맛있는 음식과 포도주, 댄스, 명상, 요가, 정론 한담 등임.

쳇, 공부하러 왔지, 놀러 왔남?

또 이런 광고도 있다.

하이, 방구잽이들, 내 광고 보러 들어 온 것 고맙네요.

버클리 시(Berkeley city) 가운데 있는 이 근사한 집에 20~30대 방 친구를 구하고 있죠. 내 이름은 지나, 버클리 법대 2학년이구요, 동물 애호가예요. 그래서 벨라와 코코라는 개들을 데리고 살아요. 그 애들은 내 생활의 빛입니다. 여가 시간이 있으면 얘들을 데리고 산책을 하거나 달리기를 하고, 정원을 가꾸고, 방 친구들을 돌본답니다.

방 친구는 24살 엘레인, 31살 에블린인데 모두 사회학과 대학원 2년생으로서 사회정의 구현에 관심이 높답니다. 에블린은 요가에 심취해 있고 엘레인은 조깅과 스노우보딩을 즐긴답니다. 우리 모두는 학교 공부가 무지 바쁘지만 가정을 구성하기 위해 방 친구를 목말라 기다립니다. 단순히 잠만 자기 위한 친구는 필요 없고, 가정을 심미적 면에서 즐거운 곳으로 만드는 데 기여할 친구를 찾습니다. 조리를 함께 하거나 아니면 그냥 테이블에 앉아 맥주를 까면서 바라보아 주는 그런 인간미가 필요합니다. 우리는 서로 매우 다정하고 사교적이며, 결코 외톨이 기질은 없답니다. 돌아가면서 공평하게 청소 일도 하고 누구든 더 많은 일을 하는 법은 없을 거예요. 서로 간의 의사소통은 매우 중요하구요 정직은 절대죠. 고민이나 근심이 있으면 허심탄회하게 털어 놓습니다. 이것이 서로간의 긴장을 없애고 가정적인 편안함을 가지는 최선의 방법이라고 생각하지요.

여기 살려면 누구든지 애견가라야 하는데, 만일 텔레비전을 보는 중에 개가 발꼬락을 차갑게 핥는 것을 못 견뎌 한다든가, 피자를 먹고 있는 중에 애타게 바라보는 갈색 두 눈을 견디지 못한다고 하면, 이곳은 당신이 있을 자리가 아닐 듯하군요? … 등등.

이 친구는 아주 소설을 써 놨어요. 서너 페이지를 써 놓아서 내가 읽기도 지루하니 독자들은 오죽 하랴. 그래서 이쯤에서 생략하지만, 참 지가 법대생이라는 것을 자랑이라도 하는 것 같다. 모두 말들이 많다. 말 못하는 우리는 살기 어려운 곳이다. 그래서 서둘러 찾아야 하는 나 같은 인간은 속 많이 터졌겠다. 이런 장문의 글귀 속에서 내가 알아차리고 빨리 포기해야 하는 부분이 있다. 다름이 아니고, 지들은 20~30대라는 둥, 호들갑을 떠는 족속이고, 여성(female)을 찾는다는 방 친구 구인 구절이다. 그런 것을 빨리 감지하지 못하고 나중에서야 발견하면 그 만큼 시간 낭비이고 정력 낭비이다.

한번은 나에게 적합하다고 생각되는 곳을 찾아서 전화를 하고 찾아 갔다. 학교에서도 가깝고 게시된 사진을 보니 깨끗해 보여서였다. 문을 열어 주는 주인을 보니, 오매! 영화배우처럼 멋지고 예쁜 젊은 독신 여성이다. 아직까지도 이런 여성을 보면 왜 그렇게 가슴이 동요하는지, 당최 주제 파악이 안 된다. 햐, 이런데 살면 뭔가가 이루어지겠구나…. 남자들의 가슴에는 종족을 초월하고 연령을 초월하여 동물적 로맨스의 피가 흐르고 있는 것이 분명하다. 이층에는 이미 두 명의 백인 남자가 살고 있었는데 그 중에 하나가 나가고 내가 들어가야 하는 것이다. 독자들은 이럴 때 어떻게 하겠는가? 복잡한 생각과 만감이 교차한 후에 난 그 집을 포기했다. 왜 그랬을까? 영원히 비밀로 남겨 놓겠다. 그리고 상상에 맡기겠다. 이렇게 찾기 어려운 집을 찾느라고 며칠을 허비한 후에 날짜는 초읽기를 하고 있었다. 마침내 내게 적절한 광고를 발견했다.

625달러(62만 5000원)짜리 큰 방, 11피트×17피트(3.3m×5.1m), 버클리 대학에서 도보로 20분 거리, 버클리 북쪽 언덕, 음악가 주인, 고양이 한 마리(애완동물은 더 이상 사절), 베토벤 등 클래식 음악이 가끔 울릴 것이나 별로 지장이 없을 것임. 고풍창연한 집….

뭐 이 정도면 됐다. 11피트×17피트이면 대충 큰 방 같고 널찍해서 좋겠다. 더욱이나 대학에서 걸어 20분이라니 딱 알맞은 등교 코스다. 또 버클리 북쪽 언덕이라면 내가 가장 선호하는 지역이다. 나도 클래식 음악을 좋아하니 가끔 듣는 것도 나쁘지 않겠네. 고양이가 있다지만 내방에 사는 것이 아닐 테니 상관없겠지. 눈 딱 감고 찾아 들어가서 계약과 더불어 눌러 앉아야 하겠다.

그러잖아도 아침에 하숙집 주인이 '마지막 날인데 어떡할 거냐?' 고 다그쳐 묻기에, '오늘 나가요' 라고 호기롭게 한마디 던진 터다. 이 광고주와 간신히 전화 연락이 되어 대면을 했다. 한국 하숙집의 한 달 계약 마지막 날이다. 날은 이미 저녁 무렵이 되어 가고 있다. 집은 19세기 옛날 집이라 그야말로 고풍 고물이다. 옛날 유럽의 서민 주택인 것이다. 집안에 들어서니 어둠침침 괴괴하기 그지없다. 주인남자의 안내를 따라 낡은 조각 카펫을 밟고 계단을 올라가 내 방이 될 곳을 들여다보았다. 우중충한데다가 벽이고 마룻바닥이고 침대고 할 것 없이 모두 낡았다. 꼭 내 모양 내 꼴이다. 에고 할 수 없지. 이곳에 내가 뭐 호강하러 온 것도 아니고, 학교에서 가까우니 그런 대로 됐다.

아래 층 응접실에 내려가 주인과 마주 앉아 계약을 할 참이다. 50대쯤 돼 보이는 검은 머리 백인이다. 유태인 계통인가? 오늘 계약과 더불어 입주하겠다고 말했다. 지금 있는 집이 오늘로 마지막 날이기 때문이라고 솔직하게 얘기했다. 한참 뜸을 들이더니 무엇이 의심스러운지 ID(신분증명서)를 보여 달란다. 운전면허증(드라이브 라이선스)를 꺼내

줬더니 불빛에 이리 비춰 보고 저리 비춰보고 야단이다.

또 다른 ID는 없느냐고 한다. 버클리 대학 방문 교수 증을 내주었다. 다시 불빛에 이리 비추고 저리 비춘다. 그래도 의아한 표정이다. 무슨 형사 출신인가?

그러더니 현금이 있느냐고 한다. 하도 의심을 하기에 원하면 현금을 지불하겠다고 했다. 얼마나 가지고 있느냐고 한다. 난 또 거짓말은 못한다. 그래서 있는 대로 1100달러 있다고 했다. 그러면 그것을 오늘 보증금으로 내고(deposit) 입주하란다. 그것 뭐 어려울 것도 아니지만 정말 사람을 못 믿는다. 버클리 대학에 연구 차 온 교수를 못 믿겠다니 미국은 서로 믿고 살지 못하는 곳인가?

집세는 월 625달러인데 1,100달러 현금을 맡기고 자야 하는 것이다. 가당치 않지만 어쩌겠는가? 대충 가계약을 했다. 인간미가 부족하고 쫀쫀한 느낌이 많이 든다. 그깟 몇 푼 가지고 사람을 그렇게까지 취급하면 그 만큼 자신의 인격은 낮아지는 것이다.

손해 보는 한이 있더라도 사람을 신뢰하는 행동은 덕이 있어 보인다 (동의 하는가?). 중국에서는 그런 사람을 대인이라고 했다. 로마 사람들에게도 관용과 신뢰는 큰 미덕이었다. 우리나라도 너무 깐깐하게 구는 사람은 좋게 생각하지 않는다.

날이 어둑어둑해지는 시간에 먼저 있던 하숙으로 돌아와 짐을 실었다. 서두는 바람에 트렁크 도어에 이마를 찧어서 방울만 한 혹이 생기기도 했다. 짐이란 아무리 적어도 내놓으면 많아 보인다. 옷가방이며, 책이며, 취사도구며 또 차에 가득 실었다.

하숙집 주인에게는 그간 신세 많이 졌다고 인사를 건넸다. 6월에 한국에서 누가 오는데 그때 또 신세 지겠다고 말했다. 사람은 언제 다시 만날지 모른다. 그리고 다시 어떤 아쉬운 소리를 하게 될지 아무도 모른다. 그러므로 언제든지 좋은 이미지를 남겨야 하는 것이다.

어두워진 저녁이 되어서야 그 집에 도착했다. 밝을 때 짐을 옮겨 넣는 것보다는 어두운 때 옮기는 것이 더 낫다. 구질구질한 짐 보따리를 누가 보지 않는 것이 좋을 것이다.

다 옮겨 넣은 다음, 갖고 온 요를 침대에 깔려고 보니까 좀 이상하다. 침대고 매트고 낡고 오래된 것은 이미 감수 했지만 침대 매트를 가만히 보니 무언가 지저분한 것이 가득하다. 오, 보이! 매트에 동물 털이 잔뜩 묻어 있는 게 아닌가?

방을 나서서 친절하게 말을 걸어 온 뚱보 아줌마 하녀에게 말했다. 애니멀 퍼(Animal Fur), 그게 매트에 가득 들러붙어 있으니 어떡하면 좋으냐고 물었다. 퍼(Fur)가 무엇이냐고 묻는다. 이런! 무식하긴! 캣 헤어(cat hair)라고 말하니 알아듣는다. 헝겊으로 대충 털고 자란다. 맙소사! 청소기(Vacuum cleaner)가 있느냐고 하니 낡은 진공소제기를 건네준다. 소리가 요란하더라도 할 수 없다. 캣 헤어가 잘 안보일 때까지 소란을 떨었다.

그래도 얼마나 더러운 느낌이 드는가! 이 작은 어린이 용 침대가 지금까지 고양이 침대였던 것이다. 정말 잠잘 기분이 아니다. 오랫동안 멍하니 서서 늦은 밤 시간을 공으로 보냈다. 파김치가 되어서야 동물 침대고 뭐고 깊은 잠에 떨어졌다.

4장 e-고독치료

죽음에 이르는 무서운 병, 그것이 고독이라지. 아닌 게 아니라 가장 견디기 힘든 것이 외로움이다. 구방 노고 정도를 보고 객지에 나가서 생고생을 사서 한다고 동정들 한다. 하지만 누추한 환경은 고생 축에도 못 끼지. 남자가 까짓 것 더러운 데서 잠 좀 자면 어떠리. 또 아무거나 먹고 살면 좀 어떠하리. 배만 안 고프고 굶지만 않으면 되지요.

고생苦生, 우리말로 하면 '쓴 삶' 이다. 쓴 부분이 없는 인생은 없다. 세상살이가 달콤하기만 하면 얼마나 좋겠나마는 현실은 그렇지 않다는 것을 살아가면 갈수록 뼈저리게 느낀다. 쓴 나물은 건강에 좋고, 쓴 약은 병을 낫게 한다. 쓴 삶은 인생에 좋고, 인생의 병을 낫게 한다.

"삶이 쓰지 않은 사람 한번 손 좀 들어 봐 주세요."

그대는 이 물음에 답하여 손을 드시겠는가? 인생에는 기쁘거나 즐거운 때가 있지만 길지는 않다. 인생의 시간 중 대부분은 쓴 것이다. 그래서 대부분의 사람들은 늘 소태 씹는 표정의 얼굴을 하고 다니는 것이다.

인생에 쓴 시간이 많긴 하지만 가장 힘든 것은 역시 고독이다. 함께 정답게 지내던 사람을 어디론가 떠나보낸 사람들의 저녁시간, 그때 느끼는 기분은 갑자기 감방에 처넣어진 것 같다는 사실을 아는 사람은 안다. 앞을 봐도 벽이요, 뒤를 봐도 벽, 위를 보면 말없는 천장, 아래를 보면 무심한 방바닥. 그 순간 엄습하는 것은 단 하나, 바로 고독인 것이다.

갑자기 홀로 된 홀아비, 과부, 기러기 아빠, 부모를 잃거나, 부모 슬하를 떠나 혼자 지내게 된 청소년, 실직하거나 정년 혹은 퇴임하게 된 사람들… 이들에게는 어떤 식으로든 그것이 찾아온다.

그렇다고 해서 고독이라는 것은 그런 사람들만의 전유물은 절대 아니다. 멀쩡하게 잘 지낼 것 같은 사람들에게도 고독은 불청객처럼 느닷없이 방문한다. 수많은 팬들의 열렬한 사랑을 받고 있던 아리따운 여배우가 어느 날 아침 갑자기 싸늘한 시체로 발견된다. 고독을 이기지 못했다던가? 돈 많은 실업가라도 어떤 임포턴시 선고를 받으면 고독의 나락으로 직행할 수 있다. 그렇기 때문에 고독은 갑자기 발견되는 암 덩어리 같은 것.

일에 열심히 매진하다가도 고독은 발생한다. 홀로 지내는 사람에게 난데없는 공휴일이 주말에 하나 더 붙게 되면 근심스러울 수 있다. 이틀 정도는 늘 견디던 것이라 우물쭈물 하면 그런 대로 지나간다. 그런데 하나가 더 붙어 버리면 왠지 모르게 혼자라는 것이 부담스럽다. 그 허구한 시간에 무엇을 할꼬? 이런 생각이 머리를 짓누른다. 별게 다 걱정거리구나 하고 비웃을 인간머리 없는 사람들도 분명히 있을 것이다.

여기는 5월 마지막 월요일이 현충일(메모리얼 데이)이다. 그러니까 토요일, 일요일까지 합쳐서 연 사흘을 쉬게 된다. 나 같이 혼자 와서 가족이나 친지 없이 보내는 사람에게는 이 사흘이 무척이나 길게 느껴진다. 연구실에라도 나갈 수 있다면 일이나 하면서 고독한 시간을 메울 수 있을 것이 아니겠는가.

이놈의 버클리 대학은 주말이나 공휴일이 되면 무조건 문을 잠가 버린다. 평일도 6시만 되면 모든 건물의 문을 잠근다. 도대체 언제 연구해서 어떻게 유명하게 되려나? 하기야 그것을 내가 걱정해 줄 필요는 없지. 그렇게 하고서도 이미 그건 충분히 유명하니까. 단지 할 일 없는 존재의 갈 곳을 막아버리는 것이 맘에 안들뿐이다. 잠그는 데는 이유가 있다. 물욕 많은 인간들이 득시글거리기 때문에 비싼 실험장비들을 보호하는 차원이고, 또 하도 노숙 거지들이 많아서 공짜 호텔로 제공하지 않으려는 의도도 있다.

갈 곳도 없고 할 것도 마땅치 않다. 이럴 때 만만한 곳이 하나 있다. 아들에게 전화를 걸었다.

"긴 휴일을 어떻게 지내느냐? 외롭지 않느냐?"

그 곳에는 엄마도 있고 누나도 있지만, 누나는 애인 만나기 바쁘고, 엄마는 일 다니기 더욱 바쁘다. 그 애도 몹시 외로울 것 같다. 동병상린 同病常鱗, 그래도 사정을 아는 사람이 낫지.

"난 친구들 많아서 괜찮아요."

한 마디로 입을 막는다. 외롭기는 고사하고 재미있는 일이 무지 많은가 보다. 오히려 나에게 권면을 아끼지 않는다. 인터넷에 들어가서 테니스 파트너를 구해서 테니스도 치고 여행도 다니고, 등등 여러 가지 활동(activity)을 해보라는 것이다.

화아! 세상에 외로운 사람은 생각보다 많지 않구나! 나만 완전히 낙동강 오리알 신세네!

궁지에 몰리면 분발하게 마련이다. 인터넷을 뒤지기 시작한다. 그 크레이지스리스트닷컴(craigslist.com)이 역시 약방의 감초. 권면의 힌트에 따라 활동(activity)이라는 항목을 클릭한다. 역시 무언가 늘비하다. 조금씩 읽다보니 '이렇게들 사는구나!' 라는 느낌이 클로즈업 되면서 발견적 방법에 의한 인간 생태학적 연구에 접근해 보고 싶은 욕망이 생겼다. 무슨 뜻이냐고? 나와 함께 다음과 같은 생태연구 탐사를 떠나보면 알게 된다.

craigslist.com에서 첫 번째로 눈에 들어온 광고.

〈메모리얼 데이(현충일) 답사〉

내일 아침 일찍 7시에 도시를 벗어나 보자고요. 차를 한 대 렌트(rent)해서 북쪽 어디라도(아마도 Humbolt 지역) 헤매면서, 야외 점심도 즐기고 자연과 대화도 터보고, 그냥 단순히 뇌리 속에서 하루만이라도 도시를 털어내 보자요. 난 젊은 남자인데, 내 친구들 모두는 내일 도시 주변에서 연애질(어, 지겨워) 하느라 바쁘대요. 나는 그보다 새 친구와 어울리는 거 괜찮을 것 같네요.

차타고 가는 동안 난 MP3를 귀에 꼽고, 플리웃-맥, 니나-시몬, 핑크-플로이드 같은 것 들을 거니까, 말 걸어 주려고 애쓸 필요는 없고요, 단지 도착하면 밖에서 담배는 한 대 피울 거예요. 난 말 많이 하는 거 싫어서 그냥 조용한 하루를 보내려고 해요. 그러니까 만일 말하고 싶어서 입이 근질근질한 분이면 오지 마시고, 그렇지 않다면, 내게 이 멜 주세요. 남, 여, 노, 소, 추, 미, 문맹이든, 게이든 고자든 상관없고, 백인 애들 잡아 죽이는 연쇄 살인범만 아니면 오케이입니다. 당케, 그라시아스, 메르시.

흠, 공짜 여행하는 건 좋겠지만, 말 하는 게 어째 좀 많이 꼬였네… 다음 광고를 보자요.

〈테니스나 골프 파트너 구함〉

골프나 테니스 파트너 분을 찾을 수 있으면 참 좋겠습니다. 남자든 여자든 상관없고요, 활동적이고 의욕만 있으면 짱입니다. 골프는 일주일에 두 번 정도 할 수 있습니다마는, 제가 시작한지 한 달 밖에 안됐습니다. 대개 드라이빙 범위 정도지만 한 달 내에 나인 홀 정도는 하려고 생각합니다. 제가 스포츠에는 타고난 재능이 있거든요. 골프는 조금 비싸니까 준비하시는 게 좋을 겁니다.

테니스는 한 10년 쳤어요. 대학에서 짱짱하게 쳤죠. 그리고 나서 코치도 좀 했어요. 하지만 졸업 후에 직장에서 한 6년 눈코 뜰 새 없이 바쁘게 일만 해서 잘 될지 모르겠네요. 워밍업 좀 하고, 라켓 잡는 감 좀 잡으면 금방 잘 할 수 있을 겁니다. 테니스 잘 가르쳐 드릴 수 있고요, 폼도 교정해 드릴 수 있어요. 일주일에 두세 번 정기적으로 치면 좋겠습니다.

나에게 딱 알맞은 제안 같은데… 글쎄, 나 같이 운동 신경 둔한 사람 잘 가르칠 수 있으려나? 아무래도 조금 하다가 짜증 낼 것이 분명 하단 말씀이지. 다음 광고나 보자.

〈오토바이 애호가 커플 구함〉
우리는 그냥 편하게 슬슬타는 오토바이 애호가입니다. 이런 식으로 여행하는 데 동의하는 커플 있으신지요? 우리는 Marin 군에 살고 있으면서 일요일과 화요일, 일과 후 오후에 즐기고 있습니다. 야마하 1100 크루저를 끌고 라이에스, 엘렌 계곡, 소노마 호수, 나파 포도원 지역, 옥시덴탈, 세바스토폴 산지 등을 돌아다니곤 합니다. 한번 나들이 하는 데 3시간 내지 7시간 소모하지만 도중에 자주 쉬면서 커피나 스낵 등을 합니다.
우리와 함께 하는데 관심 있으신 분, 이 멜 주세요.

그것도 꽤 재미있겠구먼. 그러자면 좋은 모터사이클이 있어야 되겠고, 커플도 있어야 되잖나? 흐음, 불가! 다음 광고를 보자.

〈오페라 애호가가 동호인을 찾습니다〉
내 아내는 오페라를 좋아하지 않아요. 그래서 오페라 동호인을 찾고 있는 겁니다. 오페라에 관해서 이야기도 나누고, 또 오페라 감상도 하고 말입니다.
저에 관해서 소개하자면, 에 또, 최근에 은퇴한 내과 의사이며, 평생 오페라 애호가입니다. 1956년 이후 오페라라면 사족을 못 쓰고 쫓아 다녀서 미국과 유럽을 통틀어 한 1000편 이상 감상 했습니다. 레나타 테발디, 리처드 터커, 레온타인 프라이스 등을 보고 자랐으며, 마리아 칼라스의 명연기까지도 봤다니까요.
바라건대, 진지한 오페라 애호가를 만나고 싶군요. 그래서 오페라에 관해서 이야기도 하고 이전에 관람했던 연기에 대한 감상도 듣고, 리허설이나 공연에도 함께 가고 싶군요. 아래에 열거한 공연, 리허설이긴 하지만 최종적으로 성장盛裝하고 연기하는 건데, 공짜표가 있답니다. 샌프란시스코 오페라 하우스에서 말입니다. 돈 안들이고 볼 수 있는 찬스죠.

재미있을 것 같지만, 그런 데 쫓아다닐 정도의 오페라 광은 못 되는
데… 어쨌든 다음 광고.

공짜로 캘리포니아 유명 포도주를 맛볼 수 있다니, 그것 괜찮겠는데,
가? 말아? 하지만 양반 체면에 주책없이 쫄레쫄레 엉겨 붙어 다니는 꼴
이라니… 차라리 세이프웨이(식료품점)에 가서 와인 한 병 사서 마시고
말지. 다음 광고! 쯧!

이 외에도 수없이 많은 광고들이 있다. 정말 신나고 재미있는 것 천지다. 난 왜 이런 것도 모르고 혼자 한숨만 지었던고. 좋다. 나도 이제부터 부지런히 액티비티(activity)에 나서 보자. 좋은 친구도 많이 사귀고, 새로운 것도 많이 체험하고… 후레이! 테니스 친구 얻어서 테니스도 치고, 대화도 나누고… 이 일대를 돌아다니며 지역공원(Regional Park), 국립공원(National Park), 호수, 산지, 계곡, 목장, 과수원 모두 구경해야지. 오페라도 가보고, 외국영화 시사회에도 참석해서 영화도 보고 사람들과도 사귀고… 와이너리 방문해서 공짜 유명 캘리포니아 와인도 실컷 마시고… 갑자기 할 일이 많아지네, 어쩌나….

하지만 이번 주말에는 아직 마음도 몸도 준비가 안 되었으니 차츰 생각하며 해보자구. 우선 내일은 아직 두 번 밖에 못 가본 샌프란시스코 지역엘 가보자. 버스 카드가 있으니 샌프란시스코까지는 돈 안 들고, 또 버스 카드 안 쓰면 아깝고….

이래서 다음 날에는 세탁 대충 해 놓고 샌프란시스코 행. 그래봐야 시내버스 한 코스에 불과하다. 버스 창문으로 내다보는 베이 지역(Bay Area)의 넓은 바다가 한 눈에 시원하다. 멀리 보이는 금문교며, 트레저 아일랜드(보물섬)도 끝내주게 환상적이다.

샌프란시스코 도심지에서 내려서 피어 지역(부둣가 지역)으로 갔다. 바다의 넓은 모습만 바라보면서 왔더니 고층 건물 사이의 대로가 골목 길 같이 느껴진다. 부두에 나와서 해안 도로를 따라 36번 피어까지 걷 기로 했다. 피어 하나가 부두 한 개 규모다. 그러므로 36번 피어까지는 한참 거리이다. 부두 36개를 지나가야 되니까. 세계 도처에서 온 관광 객들의 대열이 이어진다. 피어를 따라 걸으면서 베이 브리지(베이 대교: 버클리와 샌프란시스코 사이의 바다를 연결한다)의 장엄한 모습을 볼 수 있고, 또 베이 건너 버클리 지역, 엘 세리토, 베이 북쪽 마린(Marin) 카운티까지도 보이고, 금문교를 왼쪽으로 볼 수 있기 때문에 관광 거리 로 유명하다.

36번 피어까지 갔을 때는 다리가 나른해서 더 이상 못 걷겠다. 이미 시간도 저녁에 가까워졌다. 36번 피어에는 음식점, 놀이터, 각종 유흥 시설 등이 많다. 세계의 캔디를 몽땅 모아 놓고 파는 가게도 있다. 부두 쪽에는 멀리 바다를 보며 생각에 잠길 수 있는 곳도 있다.

사람들도 연신 드나들고 먹고 대화하고 즐긴다. 저녁쯤에는 마술공연 을 여는 곳도 있어 흥을 더해 준다. 사람들과 어울려 함께 웃고 즐기는 것도 좋은 오락이다. 시간이 짧다. 샌프란시스코의 피어 지역과 금문교 쪽 해변도 유명한 거리인데 반도 못 와서 지치고 시간이 다 된다. 그래 서 3일 연휴 중 하루가 가 버렸다.

이튿날에도 다시 샌프란시스코 반도로 갔다. 이번에는 그림에서 많이 본 전차를 타고 언덕을 올랐다. 오르면서 좌우를 보니 중국거리, 일본거 리, 한국거리 등 세계의 거리들이 차례로 보인다. 유니언 스퀘어(Union Square)라는 광장에서는 그림 전시회가 열리고 있었다. 아마추어 화가 든 프로 화가든 가지가지 그림을 그려가지고 나와서 전시를 한다. 집 그림, 골목 그림, 해변 풍경, 숲속 나무 그림, 얼굴 그림, 나체 그림, 과일 그림 등등 재미있는 그림 천지다. 잘 그린 그림도 있지만 대개는 취미삼아 그린 그림들이 많다. 자기가 그린 그림을 가지고 나와서 전시를 하며 사람들에게 좋은 말도 듣고, 칭찬도 들으면서 그림을 잘 그리려는 의욕도 되새기고 보람도 느끼고 할 것이다. 그것도 좋은 액티비티임에 틀림없다. 그래서 이 날도 많이 걸었다. 운동도 충분했다.

그런데 3일째 드디어 몸이 힘들어진다. 오전 내내 쉬고 오후에는 집 뒤쪽에 있는 산을 오르려고 생각했다 그러나 운동 과잉인 것 같다. 그냥 차로 올라가 산을 한 바퀴 돌아 반대 쪽 도로를 타고 내려왔다. 그것만 해도 거의 두 시간이 소모된다. 그래도 산 정상에 있는 틸덴(Tilden) 숲의 오솔길(trail) 코스는 입구에만 얼굴을 내밀었을 뿐 그냥 지나친 것이 그 정도다. 사람이 즐길 자연은 무한정인 것 같다.

3일 연휴를 다 보내고 다음 날 연구실에 나가려고 했다. 아침 식사를 모두 마치고 옷을 차려 입었다. 그러나 허리 통증이 오고 몸이 천근만근이다. 이대로 갔다가는 졸다가 볼일 다 볼 것 같다. 어깨에 멨던 가방 다시 내려놓고 입었던 옷 다시 벗어 놓고 침대로 기어들어 갔다. 오전 내내 혼곤 천지가 되어 자고 오후에야 연구실에 나갈 수 있었다. 그것도 무리였다. 그 날부터 그 주가 다 지나도록 불편한 몸을 끌고 고통을 받아야 했다.

고독을 치료하기 위해서 치러야 하는 대가는 자못 크다.

5장 1232 Glen Ave. Berkeley, CA

Glen 가街를 따라 울창한 나무숲 길을 오르다가 왼편으로 꼬부라지면 고목나무가 앞에 서 있는 집이 보인다. 1232라는 번지가 현관 벽에 붙어있다. 19세기 유럽형 우중충한 나무 집으로서 헨젤과 그레텔이 잡혀 갔던 마녀 집과 흡사하게 생겼다. 지붕은 흑빵 조각을 하나씩 차곡차곡 붙여 놓은 것 같고, 벽에는 넓적한 허쉬 초콜릿을 붙여 놓은 것처럼 짙은 고동색 나무 판때기들로 덧대 있다. 현관 바닥은 여러 나라의 캔디를 모아서 붙여 놓은 것 같다. 현관 앞에서 올려다보면 다락방 위치에 작은 비스킷 모양의 창문이 세 개 붙어 있는데 거기가 바로 내 방이다. 그레텔이 갇혀 있던 방과 똑같다.

버클리 대학 주변에는 대학의 역사만큼이나 오래 된 집들로 가득하다. 가지가지 모양의 옛날 형식의 주택들이 도로를 따라서 일사분란하게 들어서 있다. 주택 박물관이라 하면 가장 적절한 표현일 것 같다. 영국식 집, 프랑스식 집, 그리스식 집, 이태리식 집 등 가지가지 양식의 집일뿐만 아니라 색깔과 건축자재까지도 모두 다르다. 서로 비슷하다고 생각되는 집이 거의 없다.

집의 외관에 미술적인 가치를 극대화하기 위하여 민관 합심으로 고심한 모습이 역력하다. 우리나라의 공장제품 같은 일률적인 아파트 모습과는 엄청난 대조를 이룬다. 그렇게 다양하게 지으면서도 전체적인 거리 모습으로 볼 때 얼마나 조화를 잘 이루는지 문외한인 내가 보아도 한 눈에 알아 볼 수 있다. 여기서는 이런 집들을 함부로 헐거나 모양을 개조하는 것을 금하고 있다. 그래서 옛 모습이 훼손되지 않고 잘 보존된다.

캘리포니아의 다른 지역도 비슷하다. 새로 조성하는 주택 단지에도 모두 다른 모양이나 구조로 집을 짓는다. 설계도면 자체가 모두 다르다. 집의 색깔이 다른 것은 물론이고 집을 지을 때의 처음 색깔도 마음대로 고칠 수 없다. 자유주의 국가에서 규제가 심한 편이라 할 수 있지만 도시 전체의 균형과 조화를 위해서 엄격하게 시행하는 행정을 나무랄 수는 없다. 이런 행정 덕분에 모든 질서와 체계가 아름답기 이를 데 없다.

이런 거리를 따라 집 모양, 정원의 모습, 나무, 꽃 등을 감상하면서 시나브로 걷다 보면 어느 새 내 집 문 앞에 당도한다. '우리 집'이 아니고 '내 집'인 이유는 내가 잠시 세 들어 사는 집이니까 그렇다. 우리 가족이 모두 모여 사는 집이 아니니 '우리 집'이라 할 수 없고 그렇다고 내가 사는 집을 '내 집'이라 아니 할 수 없는 것이 아니냐.

거의 모든 집은 담장이나 울타리가 없거나, 있다 하더라도 뜰을 볼 수 있도록 터놓는 것이 일반적이다. 우리나라처럼 높은 담장이나 판자 울타리 등으로 내부 정원을 볼 수 없도록 하지는 않는다. 정원수나 화초들은 이웃과 공유하며 보고 즐길 수 있으며 지나가는 행인도 관상할 수 있다.

비가 거의 오지도 않는데 보도는 비로 씻어 놓은 것처럼 늘 깨끗하다. 알고 보니 집 주인들이 항상 청결하게 쓸고 치운다. 우리나라 길처럼 음식물 국물이 줄줄 흐르거나, 여기저기 취객이 토사해 놓은 더러운 모습은 눈곱만큼도 없다. 어느 집이든 자기네 집안의 정원을 가꾸는 것을 소홀히 하면 시의 제재를 받는다. 잔디를 깎지 않는다거나 풀이나 나뭇가지가 보도 쪽으로 웃자라 행인의 갈 길을 방해하든가 해서는 안 되는 것이다. 사는 집과 뜰 자체가 예술이다. 예술이란 미술관이나 박물관 또는 공연장에만 존재하는 개념이 아니고 일상의 주변에 삶으로써 구현하는 그런 것이다. 도로도 등고선 방향으로 가능한 한 곧게 설계했기 때문에 차를 타고 달리기 쾌적하다. 또 그렇기 때문에 각 집은 평지에 건축한 집과 다를 바 없는 평평한 대지를 밟고 있다. 우리나라 지자체에서 새로운 주택단지를 건설하고자 할 때는 이런 곳을 모델로 삼는 것이 좋겠다. 왜냐하면 이곳도 대부분의 우리나라와 같이 언덕이나 산에다 주택지를 조성했기 때문이다.

버클리 대학 좌측과 북쪽의 높은 산은 산꼭대기까지 주택이 들어서 있다. 처음에 보았을 때는 땅도 넓은 나라에 웬 달동네가 이리 많을까하고 의아스러웠다. 그러나 이곳에 살다보니 넓은 베이 지역(Bay Area)을 내려다보는 이 산지야 말로 명당 별장지임을 느낄 수 있다. 산 높은 곳, 절벽 따위의 아슬아슬한 위치에 제비집처럼 교묘하게 붙여 지은 집도 있는데 그 또한 일종의 건축예술이라 할 수 있다.

산이 높아 차가 아니면 올라 다니기 어렵다. 그래서 거의 산 정상까지 시내버스를 운행한다. 도로 설계를 잘해서 버스노선은 그리 꼬불거리지 않는다. 평지 노선이나 다를 바 없이 멀리 가지 않더라도 버스 정류장에 접근할 수 있다. 이렇게 편리한 도시를 산에 건설하는 데는 훌륭한 도시 설계가 있었음을 짐작할 수 있다.

자연과 공생

내 집은 높은 나무들로 빼곡한 집들로 둘러싸여 있어서 그런지 숲속 휴양림의 통나무 집 같은 분위기이다. 아침이면 요란스런 새소리에 잠을 깬다. 어두운 밤에 내 방 창으로 내다보면 주위 집들의 정원에 장치해 놓은 조명등이 환상적이다. 무슨 야외 음악당 같이 풍차나 바람개비처럼 돌아가는 물체에 여러 가지 색의 조명을 비춘다. 그런 집 주인들의 예술적 솜씨는 자신의 가정에 신비한 무드를 조성함과 동시에 주변의 이웃에게도 아름다움을 선사하기 위한 의도로 발휘된 것일 게다.

아침이 되어 남쪽으로 난 화장실 창으로 바라보면 멀리 베이 지역의 바다 위로 안개가 자욱한 모습이 보인다. 해가 밝은 아침이면 동쪽 햇살을 받은 바다 위의 수증기가 무지갯빛으로 빛나 보이기도 한다. 미국인들은 식이섬유를 적게 섭취하기 때문에 볼일 보는 시간이 길다. 최저가 30분 정도인 것 같은데, 그래서 그랬는지 화장실도 남쪽으로 설계하고 변기에 앉으면 멀리 바다가 보이도록 만들었다. 하루 중 장시간의 명상 시간에 좋은 경치를 보면서 즐기자는 것이다.

어떤 날 아침에 이 화장실에 앉아 내다보니 뜰 안에 사슴이 쭈그리고 앉아 있었다. 쭈그린 자세로 움직이지 않고 고요히 있기에 박제해놓은 것인가 보다 했다. 이 집 주인이 사슴을 잡아먹고 그 가죽으로 박제를 해서 뜰 한구석에 세워 놓았다고 생각한 것이다. 그런데 아침 식사를 하러 주방으로 내려가서 뜰을 바라보니 그 박제된 사슴이 걸어 다니지를 않는가! 살아 있는 사슴이었던 것이다.

주인에게 물어보니 사슴이 자기네 집 뜰에 자주 와서 산다고 한다. 울타리 밑으로 들어와서 뜰에 있는 풀을 뜯어 먹는다는 것이다. 마을 사람들은 사슴이 이집 저집 다니면서 풀을 뜯어먹도록 울타리 밑에 통로를 낸다. 풀베기 일을 도와주어서 사슴은 고마운 동물이란다. 사슴도 천진하고 사람들도 천진하기 그지없다. 자연을 알며, 자연을 자연스럽게 받아들이고, 자연과 더불어 공생하는 지혜를 실천하며 산다.

한국이었다면 벌써 저 사슴은 요절이 났다. 한국 사람이면 누구나 탐내는 부분이 있는 것이다. 오동통 하게 불어서 보기 좋은 사슴의 녹용이 바로 그것이다. 이런 사슴들이 산 근처의 도심지 미국 가정을 제집 드나들듯이 돌아다니고 있다고 하면 군침 흘리는 친구들 꽤 있을 법 하다. 정력에 좋다는 녹용을 보고 가만있을 리 없다. 그냥 두었다가는 남 좋은 일만 시킬 게 뻔 하기 때문이다.

가만히 바라보니 사슴의 눈은 겁난 표정이 전혀 아니다. 한국 남성 친구님들에게 천진난만한 저 사슴의 두 눈이 보이려나? 오직 걸어 다니는 녹용으로만 보일 것이다. 여기 이 타운에는 이런 사슴들이 애완동물처럼 이집 저집 맘껏 돌아다니고 있다. 이 동네 사람들이라고 그 기능에 문제가 없을 리 없다. 그리고 그것이 그 기능에 좋다는 것쯤도 알고 있을 것이다. 더군다나 고기 좋아하는 이 사람들이 저 맛있는 사슴고기를 왜 마다 하겠는가? 그러니까 더욱 이해가 안 되고 희한한 일인 것이다.

다른 날 아침에는 새끼 사슴 두 마리를 거느린 암사슴이 놀고 있었다. 새끼 사슴은 뒷다리를 높이 쳐들면서 깡충거리고 뛰는데 여간 즐거운 모습이 아니다. 주인이 함께 내다보며 말해 준다. 사슴을 deer라고 총칭해서 부르지만 새끼사슴은 특별히 fawn이라고 부르고, 수사슴은 buck, 암사슴은 doe라고 구별해서 부른다고 한다.

서양 효자

오월의 여왕이 뜰에 내려앉은 정오경이었다. 햇빛이 뜰에 가득히 내리고, 여기 저기 핀 꽃들이 화사하기 그지없었다. 그 중에 더러는 져버렸고 더러는 지고 있었다. 여러 가지 생각 끝에 돌연 환상이 보인다. 이 집의 젊은 부부와 그들의 어린 아이들이 정원에서 이리 뛰고 저리 뛰며 떠들고 소리치는 모습이 보인 것이다. 정신을 차리고 보니 화려했던 젊은 날의 주인공들은 벽에 걸려있는 낡은 사진 속에서 희미하게 웃고 있을 뿐이었다.

오래된 이 정원의 주인공들은 어디로 갔는가? 하나는 이미 갔고, 하나는 침대에 누워 마지막 한 송이 지는 장미꽃처럼 숨을 몰아쉬고 있다. 이것이 인생이다. 인생에 행복하고 화려한 부분이 있다면, 시들고 질 때의 처절하고 슬픈 날들이 있는 것이다. 이 낡은 집은 이렇게 인생의 화려하고 행복했던 모습과 어둡고 슬픈 나날의 쓴 삶을 함께 보여 주고 있다.

이 집에는 현재 침대에 누워 거의 의식 없이 간호를 받는 할머니가 있다. 이 할머니 말고도, 주인 격인 그 아들, 그리고 살림을 맡아 해주고 침대의 할머니를 돌보는 뚱보 메이드가 살고 있다. 나까지 네 명이 침실 하나씩을 차지한 것이다.

침대에 누워있는 할머니는 2년 전에 뇌졸중으로 쓰러진 이후 다시는 회복을 못했다 한다. 젊었을 때는 상당한 미녀였다고 메이드가 말한다. 2층 어두운 복도 벽면에 바란 흑백 사진이 빽빽이 붙여져 있다. 그 중에 이 할머니의 젊은 시절 사진이 두세 장 있다. 군살이 전혀 없는 상큼한 모습, 젊고 예뻐 보이기는 한데 뛰어난 미녀는 아니다. 동양 여인인 우리 어머니의 젊은 처녀 때 사진 모습, 그 미녀에 비하면 훨씬 처지는 수준인 듯.

이들 사진 중에는 그 할머니의 남편이었던 사람의 사진이 물론 몇 장 있다. 내과 의사이었다고 메이드가 말해 준다. 젊은 시절의 그의 얼굴은 미남이고, 노년의 모습은 맘 좋은 할아버지 얼굴로 청진기를 걸치고 흑인 간호사와 함께 환하게 웃고 있다.

이 집의 가족 역사가 이 벽에 걸려 있다. 아들 넷에 딸 둘, 아주 행복스런 가정이었음이 틀림없다. 시간은 거스를 수 없고 인간의 노쇠는 막을 장사가 없다지. 이 집 할머니가 살림을 하고 있을 때는 이렇게까지 낡아 바래지도록 집을 방치하지는 않았을 것이다. 주인이 늙으면 그 집도 함께 늙는다. 그러나 집 밖의 뜰 풀과 나무들은 예나 다름없이 무성하다. 그 속에 젊은 부부와 아이들의 활기 찬 모습이 눈앞에 환상처럼 떠올라 더욱 애처롭다.

이 집의 주인, 의식 없는 할머니의 아들은 독신이다. 왜 50이 넘도록 독신으로 지내는지는 알 길이 없다. 그건 그 사람의 프라이버시다. 아들의 이름은 커트 위버(Kurt Weaver)이고 어머니, 즉 의식불명 속에 누워 있는 할머니의 이름은 루시(Lucy)이다. 이 아들이 그 어머니를 극진하게 간호하는 모습이 자주 눈에 띈다. 말 못하는 어머니에게 다가가서 마치 애인에게 하듯 부드럽고 나직한 음성으로 속삭인다. 아침에 일어나면, 내려가서 어머니가 밤새 불편한 데가 없었는지, 잠은 잘 주무셨는지 물어 본다. 점심때도 저녁때도 늘 어머니 방에 가서 이것저것 돌보는 모습이 수시로 보인다. 메이드의 도움을 받아 침대에서 내려서 휠체어에 앉히고 목욕실에 가서 목욕도 시킨다. 눈물겨운 효자다.

어떤 날, 지나치다가 보니 이 아들이 어머니 침대 곁에 의자를 놓고 앉아서 무엇인가 읽고 있었다. "당신, 지금 어머니에게 책을 읽어 드리는 것이냐?"고 물으니 그렇다고 한다. 책도 읽어드리고, 신문도 읽어드리고, 설교 내용도 읽어드린다고 한다. 말도 잘 못하고 잘 듣지도 못하는 어머니를 위해서 이것저것 읽어 드리면서라도 무료함을 달래 드리는 아들의 노력이 지극히 가상스럽다.

서양 효자는 효자라는 말도 못 듣는다. 왜냐하면 영어 사전에 효자라는 명목의 단독 단어가 없기 때문이다. 기껏해야 'good son'(좋은 아들), 'dutiful son'(의무이행 잘 하는 아들), 'devoted son'(헌신한 아들)

등이 고작이다. 이 아들의 효행은 내가 많이 배워 가야 할 덕목이다. 서울에 돌아가면 홀로 계신 노모를 그런 식으로 잘 모셔야 하겠다는 다짐을 해본다. 이 사람에 비하면 나는 우리 어머니에 대하여 너무 미흡하게 했던 것이 후회스럽다. 효자 수업, 이곳에서 톡톡히 하고 있는 셈이다.

루시는 거의 의식이 없다. 내가 다가가서 루시에게 인사를 하면 대개는 반응이 없다. 어느 날 이 할머니의 손을 잡아 주고 인사를 했다. 이 날은 약간 의식이 돌아 왔는지 나를 향해 가냘픈 웃음을 지어 준다. 안녕하시냐는 물음에 들릴 듯 말듯 한 목소리로 "땡큐"라고 하는 것 같다. 의식이 있었을 때는 남에게 퍽 친절한 할머니이었음이 분명하다. 루시는 음식물을 먹을 수 없기 때문에 목에 구멍을 뚫어서 고 칼로리 특수 영양 죽을 위장으로 흘려 넣어 준다. 대소변도 물론 의료기에 의존해서 받아낸다. 뇌졸중으로 쓰러진 이후 거의 2년째 이렇게 누워 있다는 것이다.

현대 의학은 현대의 인간에게 필수다. 하지만 의식 없는 사람의 목숨을 연장하기 위해서 본인과 주변 사람들의 고통을 감내하게 하는 문제, 이것은 현대의 인류가 두고두고 생각해야 할 깊은 철학적 문제로 남는다. 가족들에게는 천륜으로 연결된 혈육을 식물인간 상태일망정 단 하루라도 함께 하고픈 마음이 간절하다. 그러면서도 이것은 자연 상태가 아니라 상업적인 의술이 개입된 고통의 인위적인 연장이라는 '비자연'으로 설명된다.

하나님이 인간을 지으시되, 엄청난 일을 당할 때는 잠시 의식을 잃는 생리 현상을 부여했고, 고통스럽고 소생할 수 없는 병고나 노쇠의 상황에서는 죽음에 이를 수 있도록 장치했다. 고통스러움을 끝까지 목도할 만큼 잔인하지 않은 분임이 분명하다. 인간은 생각이 짧은 것인지 아니면 잔망스런 것인지 아직은 결론지을 수 없다.

뚱녀 고쳐

이 집의 뚱녀 메이드는 정확히 말하자면 하녀라고 할 수는 없다. 하녀라기보다는 사실 상의 여주인이다. 실제로 여주인 행세를 한다. 집안에서 쩌렁쩌렁 울리게 말하는 사람은 이 사람 밖에 없다. 루시가 건강하던 시절부터 이집에 와서 살고 있었던 모양이다. 독일에서 살다가 미국으로 이민 온 여자다. 이름을 '고쳐'라고 부르는데 철자를 물어보니 'Gertrude' 이다. 지드의 소설에 등장하는 '제르뜨뤼드'라는 프랑스 이름으로 우리에게 친숙한 이름이다. 부모가 문학적 마인드를 가졌던 모양인지 예쁜 이름을 지었다.

처음에 자기 이름이 '고쳐'라고 말하기에 영어에 어두운 내 귀가 빨리 감지를 못했다. 그래서 '고쳐? 고쳐?'라고 물었더니 그렇다고 하는 것이다. 영어 이름 중에서 그런 류를 들어 보지 못한 터라 잘못 들었나 싶어서 반복해서 물었지만 자신이 그렇다는데 어쩔 겨. 서툰 대로 그냥 부르곤 한다. 나중에 친숙해 진 연후에 철자를 물으니 'Gertrude'라는 것이다. 이것을 영어식으로 발음하자면 '거어츄르드'일 터인데 내가 부르는 대로 묵과해 주는 모양이다.

지드 소설에 나오는 연약하고 예쁜 어린 소녀의 이미지는 전혀 아닌데 이름을 '제르뜨뤼드'라고 지었으니 그대로 불러 줄 밖에. 하기야 어렸을 때는 예쁘고 귀여웠을지도 모른다. 그러나 지금은 아니다. 몸 둘레가 한 2미터 될 정도로 뚱녀인 데다가 잘못하면 가차 없이 혼내주는 여자니까.

한번은 나에게 눈을 부릅뜨고 "미스터 김, 너는 쓰레기를 너무 많이 배출한다"고 꾸짖는 것이다. 하기야 내가 주방에서 야채 쓰레기, 종이류와 캔류를 많이 버린 것이 사실이다. 그 후부터 이런 쓰레기는 아예 내 방 쓰레기통에 모아 두었다가 분리수거 일에 가져 나간다. 어쨌든 고쳐에게는 잘 보여야 한다. 잘못하면 언제 혼나게 될지 모르니까. 고쳐에게 지적받으면 무조건 고쳐야 한다.

쓰레기 처리

이 타운에서도 우리나라처럼 쓰레기를 분리수거한다. 음식물 쓰레기는 싱크대에 붙어있는 분쇄기(grinder)로 갈아서 하수구로 흘려버리고, 종이류는 종이 봉지에, 캔류와 플라스틱은 별도의 플라스틱 바구니에 담아 분리수거 일에 바깥에 내놓는다. 이곳은 수목이 많아 식물 쓰레기함이 따로 있다. 음식물을 갈아서 버리기 때문에 우리나라 서울에서처럼 도로 상에 국물이 질질 흐르고 악취를 풍기는 일이 절대 없다.

서울에 있을 때 서울특별시장과 각 지자체 단체장에게 편지를 내어 이 문제에 대한 해법을 제시한 적이 있다. 우리나라는 국물 음식이 특히 많다. 외국처럼 각 가정에서 젖은 음식물은 싱크대의 분쇄기로 직접 처리해서 하수구로 흘려버리면 좋겠지만, 워낙 밀집해서 살기 때문에 그랬다가는 하천이 모두 오염되어서 난리가 날 것이다. 차선책으로 동리마다 음식물 쓰레기 자동 처리소를 만들자고 제안한 것이다. 골목마다 세탁기처럼 생긴 음식물 자동 처리기를 설치한 곳이 음식물 자동 처리소이다. 주민들은 젖은 음식물을 그곳에 가져가서 음식물 쓰레기 자동 처리기에 넣는다.

음식물 쓰레기 자동처리기는 다음과 같이 작동하도록 제시했다. 음식물을 거르고 세탁기의 건조 통에서처럼 물기를 빼면서, 도시가스를 이용해서 완전히 건조시킨 다음 분쇄기로 분쇄한다. 이렇게 하여 배출된 분말은 부대에 담아 유기농산물을 위한 비료로 팔자는 주장이었다. 국제적인 도시에서 골목마다 음식물 썩는 악취가 나서야 우리나라 체면이 서겠는가?

얼마 후에 돌아온 대부분 지자체의 회답에는 님비(Nimby)현상 때문에 수용할 수 없다는 짤막한 문구가 고작이었다. 단지 제주도에서는 골목마다 음식물 쓰레기 처리 시스템을 가동해서 주민들의 반응이 좋다는 것이었고, 울산시에서는 제주도의 사례를 벤치마킹 한다는 회신이 왔었다.

세계의 대부분 대도시는 서울의 거리와 뒷골목처럼 더러운 곳이 흔치 않다. 그럼에도 불구하고 우리나라 대도시들은 더럽다는 오명을 벗을 길이 요원해 보인다. 쓰레기 때문에 조금 흥분했더니 얘기가 곁가지로 흘렀다. 죄송!

하수구 소동

이집에 온지 2주쯤 되었을 때였다. 학교에 갔다 오니 싱크대에 화장실 막힘 뚫는 고무 압축기가 놓여 있었다. 두 개의 싱크대에 아주 하나씩 떠억 올려져 있다. 웬일인가를 물어 보기도 전에 고쳐가 말한다.

"댁에, 도대체 분쇄기 속에다 무엇을 넣었수?"

아주 눈을 부릅뜨고 험상궂게 다그친다. 완전히 졸았다.

"그냥 야채 껍질 넣고 간 것 뿐이유. 다른 이상한 것 넣은 적 없시유."

나도 당당하게 맞섰다. 야채 등 음식물 쓰레기는 분쇄기에 넣고 갈아서 버리라는 커트의 지시를 따랐을 뿐이었기 때문이다.

싱크대가 막혀 취사 및 설거지가 어려워지면 정말 난감하다. 지저분할 뿐 아니라 취사에 지장이 많다. 그렇다고 식사를 거를 수는 없다. 저들은 서양식으로 빵이나 먹으면 되겠지만 우리네 한국 사람은 아시다시피 그렇지 않다. 플러머(하수관 수리공)를 불러서 고쳐야 하겠지만 우선 내가 고칠 수 있는지 시도를 해보아야 하겠다. 오늘 따라 약속이 하나 있어서 한 시간쯤 뒤에는 차를 타고 떠나야 하는데 곤란한 일이 발생한 것이다. 일단 소매를 걷어붙이고 지하실에서 연장을 가지고 왔다. 고쳐는 주방 바닥에 하수가 넘쳐 나도 자기는 치우지 않겠다며 이층의 자기 방으로 올라가 버린다. 그러거나 말거나 나는 작업을 시작했다.

싱크대 밑의 파이프를 열기 시작하니 더러운 구정물이 새 나오기 시작한다. 종이 타월, 헝겊, 양동이 등을 모두 동원해도 한강 둑 터진 것 같다. 두 손으로 사생결단 퍼서 양동이에 담는다. 간신이 진정되어 어렵사리 U자 관을 분리해 냈다. 그 속에 차 있는 음식물 찌꺼기를 모두 파내고 다시 끼웠다. 파이프와 씨름하랴, 바닥에 홍수 진 구정물 속에서 헤엄치랴, 땀으로 뒤범벅되어 혼자 애를 써도 뚱녀 고쳐는 물론 주인 커트까지도 이층 자기들 방에서 꼼짝도 않는다.

천신만고 끝에 간신히 수습하고 수돗물을 틀어 보았다. 이런! 여전히 하수구는 막힌 채 물이 내려가지 않는다. 수도관 뚫는 스네이크(snake, 긴 파이프 용 철선)를 사오든가 플러머를 부르든가 해야 한다. 시계를 보니 약속 시간에 대 갈수 없게 생겼다. 전화를 걸어 조금 늦겠노라고 하고 출발했다. 하수구는 어쩔 수 없이 물이 막힌 채로 둘 수밖에 없었다. 자기네가 아쉬우면 고치겠지. 약속한 친구와 저녁을 먹고 돌아 왔어도 하수구는 여전했다. 다음 날 나는 학교 가기 바빠서 학교에 갈 수밖에 없었고… 학교에서 열심히 일하고 돌아왔다. 싱크대는 여전히 막힌 상태. 그런데 고쳐가 나를 부른다. 무슨 야단을 치려나….

의외였다.

"미스터 김, 당신 탓이 아니야요. 일요일에 다른 아들 가족이 왔었는데, 그 애들이 할머니에게 어머니날이라고 꽃을 선물했어요. 그 꽃을 버릴 때에 싱크대 분쇄기로 갈아서 하수 파이프로 흘렸던 것이 원인이야요."

자기네들끼리 하수관 막힌 원인에 대하여 이야기를 나누었던 모양이다. 이럴 때는 뭐라고 말해야 할까? "사실을 알아냈으니 다행이다"라고 말하면 좋을까? 어쨌든 누명은 벗었다. 하지만 며칠 동안은 설거지 등 어려움을 겪어야 했다.

더비(Derby)

이 집에서 가장 겸손하고 인간미가 있는 사람을 만났다. 얼굴이 갸름하고 처녀처럼 보이는 숙녀, 이름을 '더비'라고 소개한다. 커트의 애인이다. 주말에 어쩌다 한 번씩 보이는데 볼 때마다 일하는 옷을 입고 있었다. 부엌일이 아니고 정원의 초목을 다듬는 복장이다. 커다란 가죽 장갑을 끼고 나뭇가지들을 전정하는 가위를 들고 있기도 했다. 처음 보았을 때 더비라고 하기에 더버빌의 테스 생각이 떠올라 하디의 소설 이야기를 했더니 재미있어 한다.

어느 주말 오후에 쓰레기를 버리려고 집 앞 쓰레기 통으로 나갔는데 그 곳에 웬 젊은 아주머니가 초목 쓰레기통에 무엇인가 넣고 있었다. 옆집 아주머니 인가 하고 "Hello" 하고 인사를 하며 "옆집에 사십니까?" 하고 물었다. 그랬더니 깔깔 웃으면서 "I'm Derby"라고 한다. 더비인데 자기도 몰라보느냐는 것이다. 지난번에 자기의 이름을 알려 주었으므로 이미 친숙해졌을 텐데 모르는 사람 대하듯이 그러냐는 뜻이다. 그러면서 친절하고 상냥하게 말을 붙인다.

커트가 51세고 더비가 50세인데 운동으로 몸을 단련해서 그런지 더비는 처녀처럼 보인다. 아니 실제로 처녀다. 아직까지 시집 간 일이 없기 때문에 처녀가 아닐 수는 없다. 커트도 결혼한 일이 없기 때문에 아직 총각이다.

어느 날 학교에서 돌아오니 현관 앞 고목에 걸려있는 크리스마스 장식용 전선을 커트와 함께 철거하고 있었다. 가방을 내려놓고 도우면서 주거니 받거니 대화를 나누었다. 상대방의 이야기에 귀를 기울여 듣고 관심을 가져준다. 그런 태도가 매우 좋다. 적극적으로 대화에 참여한다는 것은 상대방을 인정하는 호의가 있음을 의미한다. 그러면 금세 친해질 수 있다. 만약 조금이라도 서먹서먹해 하면서 지나치게 말을 아끼면 호감이나 호의가 없음을 의미하기 쉽고 따라서 친숙해지기 어렵다. 커트가 후자의 스타일이라면 더비는 전자다. 커트는 지나치게 의례적으로 이야기하기 때문에 몇 마디 주고받으면 대화가 막힌다. 그러나 더비는 그 반대이면서 상대방의 의사를 매우 존중하는 노력을 느낄 수 있다. 그러므로 계속적으로 대화가 이어진다.

이 날의 대화는 주로 정원 가꾸기에 관한 것이었다. 수목이 잘 자라서 주기적으로 전정을 해야 하고 잔디도 자주 깎아 주어야 하는 등 일이 사뭇 많다. 선선한 바람이 항상 불어서 수목의 신진대사가 빠르고 그 때문에 수목이 잘 자란다. 단지 비가 잘 안와서 스프링클러를 새벽에 가동시키는데 자동장치에 의하여 일정한 시각에 작동되고 정지하기 때문에 거기에는 신경을 안 써도 된다. 그래서 그런지 집집마다 수목과 화초가 무성하다. 직장이 서너 시경에 종료하면 대부분 집에 와서 정원을 손본다.

우리나라도 모든 가정마다 이 정도로 노력한다면 아름다운 마을과 동네를 꾸밀 수 있을 텐데… 땅 한 뙈기라도 있으면 야채를 심느라고 정신 없는 것이 우리네 실정이라면 여기는 꽃과 관상수를 심어 미관을 돕는다. 집 안팎의 땅에 대하여 이처럼 다른 자세를 견지하는 이유는 무엇일까? 우리는 채식을 많이 하니 야채 재배가 긴요하다고 할 수도 있으나 이들도 비싼 값으로 야채를 사먹는 것을 보면 그걸 이유라고 내세우기도 어정쩡하다.

이러는 사이에 크리스마스 전선은 모두 철거되었다. 철거를 위하여 잘라낸 가지를 다시 전정가위로 잘게 잘라 'debris only(초목 쓰레기 전용)'라고 씌어있는 통에 넣었다. 이 쓰레기통은 집집마다 쏟아져 나오는 깎은 풀과 자른 가지 등의 수거를 위한 것이다.

고쳐의 울음

이 집에서의 자기 일은 요리하고 루시를 간호하는 것이라고 고쳐는 말한다. 자기 직업은 너스(Nurse)라는 것이다. 미국에서 너스는 전문 직업으로서 제 나름대로 프라이드를 가진다. 너스에도 직급이 많다. 보조 간호원, 간호원, 등록간호원…. 등록 간호원(R.N.)은 어려운 시험에 통과하여 자격증을 획득한 전문 의료인이라 할 수 있다. 그래서 R.N.이라고 하면 꽤 인정을 해 준다. 고쳐가 R.N.은 아니지만 너스 일을 하니 통칭의 너스는 되는 것이다. 고쳐가 자기를 일컬어 너스라고 하는 것은 자기의 직업적 지위를 과시하는 것이다. 단순히 메이드가 아니라는 뜻이다.

청소 등 잡일은 다른 사람이 한다. '조시'라는 멕시칸 파출부가 화요일과 금요일에 와서 그런 일을 하고 간다. 그런데 조시는 재주가 많다. 커트의 자동차가 자주 고장을 일으키는데 그럴 때마다 조시가 손봐서 고쳐주고는 한다. 또 변기 등에 고장이 생겨도 척척 고쳐주니 고쳐보다는 낫다. 내가 인사를 하면 인사도 잘 받아주고 또 여러 가지 말대꾸도 잘해 준다.

어느 날 밤, 방에서 인터넷 검색을 하고 있으려니 어디서 요란스런 울음소리가 들려온다. 자세히 들어보니 고쳐의 울음소리이다. 전화를 하면서 마구 항의를 하더니 드디어 루시의 방으로 가서 의식 없이 누워있는 루시에게 하소연을 한다. 커트가 너무 한다는 것이다. 커트가 자기를 돌보지 않고 더비한테 가서 이틀씩이나 자고 있다는 것으로 짐작이 된다.

커트는 금요일이면 일주일 내내 안하던 목욕을 하면서 묵은 때를 벗긴다. 토요일에 더비 한테 가기 위해서다. 커트에게는 일주일의 생활이 더비를 만나는 토요일과 일요일을 위해서 존재한다. 일주일 동안 집과 다른 집들을 오가면서 피아노 레슨을 하는 일도 결국은 더비를 만나는 그 주말을 위해서인 것이다. 주중에는 어머니를 간호하고 보살피는 일도 열심히 하지만 주말에는 그 일도 더비를 위해서 쉰다. 어머니를 고쳐에게 맡겨두고 자신은 더비를 위한 봉사에 주말을 몽땅 할애하는 것이다.

고쳐가 우는 것은 그런 정황 속에서 비롯된 것이다. 고쳐가 이 집에 들어 올 때는 점잖은 부자 의사 집의 아들 커트에게 관심이 있었으리라 짐작이 간다. 나이도 비슷한 총각이고 자신은 독신녀이니 왜 안 그렇겠는가? 하지만 커트는 자신에게 관심을 주지 않고 주말이면 더비 집에 가서 소식이 없다. 고쳐에게는 여간 섭섭하고 화나고 질투 날 일이 아닐게다. 그러니 한번 터질 만도 하다. 더구나 하루 종일 루시를 돌보는 일 외에는 아무 할 일이 없다. 고쳐에게 주말마저 이렇다 할 이벤트가 없다는 것은 지루하기 짝이 없는 생활이리라.

이것이 바로 고쳐가 뚱뚱해진 간접적인 원인임이 틀림없다. 생에 있어서의 어떤 목표도 없고 매일 매일의 생활이 단조롭고 지루하기 짝이 없는 데다 커트마저 약을 올리고 돌아치니 남는 것은 스트레스 밖에 없다. 그것을 푸는 유일한 방도는 먹는 것뿐이다. 미국 음식이 얼마나 칼로리가 높은가. 거기다가 흡수가 잘 되도록 곱게 가루로 갈아 놓은 것투성이니 먹으면 날래 날래 비계로 변할 뿐이다.

고쳐를 보면서 느낀 것은 인간이 어떻게 하면 저렇게까지 비대해질 수 있는가이다. 우리나라에서는 그렇게까지 뚱뚱한 사람을 본 일이 없다. 몸통 둘레가 2미터가 넘는 다는 말은 결코 과장된 것이 아니다. 그런 몸을 움직인다는 것은 또 얼마나 힘들 것인가? 그래서 그녀는 거의 누워있다. 이층 자기 방 침대에 누워 이층과 일층 사이에 있는 루시 방을 내려다보면서 간호를 한다.

뚱뚱해지는 것은 매우 쉽다. 그리고 빠지기는 너무 어렵다. 이러한 비가역적인 비대화 현상은 지루하고 역겹고 불만스러운 생활에 기인하는 경우가 많은가 보다. 이런 미국 생활을 한국의 우리는 멋모르고 동경하기 쉽다. 내부에 들어와서 실상을 알고 보면 우리나라 생활에는 그래도 어딘가 활로가 있다는 것을 깨닫게 된다.

몸이 불기 시작하면 운동하기도 귀찮아진다. 20킬로그램의 가방을 들고 움직이는 것은 그것 없이 돌아치는 것보다 훨씬 힘들다. 20킬로그램의 살을 자기 몸에 붙이고 다닌다는 것은 그 무게도 무게이지만 그것 때문에 심장도 그만큼 더 일을 해야 하니 큰 부담이다. 그러므로 몸이 불기 시작하면 움직이기 싫어지고 따라서 칼로리 소비는 줄어진다. 칼로리 소비가 줄어진다고 적게 먹느냐 하면 그렇지 않다. 오히려 더 먹게 된다. 비대화는 가속이 붙어서 체중은 빠르게 늘어난다.

미국인들은 거의가 비만이다. 자라면서 한 번도 음식이 모자라서 굶주려 본 일이 없는 사람들이다. 맛있는 음식을 손쉽게 구할 수 있다. 냉장고에 사다 쟁여 둔 즉석 음식(fast food), 가까운 거리에 있는 맥도날드, 켄터키 치킨, 피자헛… 거기에는 대부분의 음식이 기름에 굽고, 지져서 맛도 좋고 부드럽고 빠르게 소화될 수 있는 고 칼로리 음식이 늘비하다. 자랄 때는 부모가 용돈을 주니 그런 곳에서 사먹고, 독립할 나이가 되면 잡(job) 시장이 항상 있으니 음식 사먹을 돈은 언제나 호주머니에 있게 마련이다. 음식을 못 먹어 굶주리는 사람은 없다.

비대증은 여러 가지 병을 유발한다. 고쳐도 하루에 4가지 약을 상복한다며 약을 보여준다. 고혈압 강하제, 당뇨 치료제, 갑상선 치료제, 통증완화제. 참으로 답답하다. 그래서 내가 말했다. "당신, 살려면 체중 조절부터 해야 한다. 나처럼 매일 한 시간 이상 운동하라. 그리고 채식으로바꾸라. 현미를 먹어라."고쳐는 잠시 생각하더니 단호하게 대꾸한다.

"난 못해요."

더 이상 할 말이 없다. 무엇을 어떻게 더 말하랴. 평양감사도 본인이 싫다면 어쩔 수 없는 것이다. 입맛을 바꾸는 일은 지극히 어렵다. 한번 맛있는 음식에 길들여 진 입처럼 바꾸기 어려운 것도 없다. 입 맛 때문에 속절없이 죽어가는 영혼은 가엾지만 그냥 바라 볼 밖에는 도리가 없다.

고쳐의 비밀

어느 날 고쳐와 주방의 식탁에 앉아 차를 마셨다. 창 밖 뜰에는 감나무에 작은 감들이 잎사귀 사이에 숨어서 자라고 있었고, 베란다 옆으로 무성한 관목에는 진한 분홍빛 꽃이 지천으로 피고 있었다.

내가 물었다.

"어떤 연유로 미국에 이민 오게 되었나요?"

"난 미국 남자와 혼인을 했어요. 남편을 따라 이곳으로 오게 되었지요."

그러면서 자신의 배경에 대해서 자세하게 설명하기 시작했다.

"나는 슈투트가르트 근처의 작은 시골 농가에서 태어났어요. 우리 집에는 농사짓는 땅이 조금 있었고 우유를 짜는 젖소도 몇 마리 있었답니다. 난 젖을 직접 짜 보기도 하고 또 농사일을 돕기도 했어요. 언니가 하나 있었는데 언니와 함께 근처의 들판에서 들꽃 꺾기를 좋아 했어요. 언니는 착했지요. 내게 무엇이든지 잘 가르쳐 주고 나를 데리고 어디든지 잘 가곤 했어요. 우리 집은 아담하고 예뻤어요. 엄마와 아빠 모두 있었는데 아빠가 엄마를 잘 때리곤 했어요."

"아니 아빠가 왜 엄마를 때리나요?"

"아빠는 군에 입대했었는데 나쁜 친구들과 어울려 못된 짓을 많이 배웠던가 봐요. 그래서 난 아빠를 미워했어요."

"…"

"어느 날 언니가 자기 침대에서 마구 우는 것을 봤어요. 왜 그러냐고 물으니까 아빠가 자기에게 그 짓을 했대요."

"아빠가 언니를 성폭행 했다고요? 어떻게 그럴 수가?"

"그 후에 나에게도 그 짓을 했어요. 아빠가 무서워서 외양간에 숨어 있었는데 아빠가 나를 발견하고는 덮쳤어요."

"아니 그럴 수가… 아빠가 무슨 정신병자였나요?"

"그런 건 아닌데, 나쁜 친구들에게서 나쁜 짓을 많이 배웠나 봐요. 술도 많이 마시고 늘 취해서 고함을 지르며 욕설을 퍼붓곤 했어요."

"엄마는 보고 가만히 있었나요?"

"엄마도 속수무책이었어요. 아빠한테 항의하고 싸우기도 했지만 끝내 두들겨 맞고 울기만 했어요. 아빠는 완전히 폭군이었지요."

"그래서 어떻게 됐어요?"

"그 후에도 그 짓은 반복되었어요. 어느 날 언니는 약을 먹고 자살을 하고 말았어요. 나는 눈앞이 캄캄하고 살맛이 안 났지요. 그래서 나도 죽을 결심을 하고 칼로 팔목의 정맥을 끊었지요. 그러나 엄마에게 발견되어 병원으로 실려 가서 살아났어요. 그 후에도 여러 번 죽으려고 정맥을 그었지만 다 실패했어요. 이것 보세요."

그러면서 팔목 여기저기를 보여 주었다, 과연 칼자국이 많이 보였다.

"꼭 죽어야만 했나요?"

"그 때는 그것 이외에는 생각이 안 났어요. 얼마 후에 아버지는 권총 자살을 하고 말았어요."

"아, 정말 끔찍했군요."

"네, 불행했지요. 엄마는 그래도 아빠가 죽은 것은 나 때문이라고 나를 원망하곤 했어요. 난 자포자기의 심정이 되어 아무데나 나다니기 시작했지요. 그러다가 미군들을 알게 되고 거기서 남편을 만났어요."

"남편은 어디 사는가요?"

"미국에 와서 아들 하나 낳고 살다가 이혼했어요."

"아, 아이들도 있나요?"

"네, 이게 내 아들이에요."

그러면서 사진을 보여준다. 흑인 청년이었다. 고쳐는 내 얼굴의 표정을 살피더니 말한다.

"흑인이지요. 남편이 흑인이었어요. 나한테 잘 해주긴 했지만 마음이 안 맞아서 헤어졌어요."

"아들에게서는 연락이 오는가요?"

"그럼요. 기술학교에 들어가서 컴퓨터 기술자가 됐지요. 여기 며느리, 손자 좀 봐요. 귀엽죠?"

사진에는 아들 내외와 사내아이가 행복한 포즈를 취하고 있었다. 고쳐는 옛날의 불우했던 과거를 거침없이 이야기 해주었다. 이제는 다 지나간 악몽이었지만 그녀 앞에는 새로운 고뇌가 많았다. 이 집에 와서 루시를 보살피고는 있지만 거의 반송장 같은 그녀와 아무 말도 통하지 않았고, 온 종일 고독이나 적막과 싸우고 있었다.

외로우니까 자연히 패스트푸드를 많이 먹게 되고 그러다 보니까 몸은 점점 비대해진다. 이제는 제대로 가눌 수도 없는 처지가 되어 버렸다. 한번 비대해지는 몸은 잡히지 않는 불길과 같았다. 음식은 자제할 방법이 없고, 비만은 갈수록 심각해질 뿐이다. 스스로가 보아도 흉측해 보이는 모습을 남들이 보면 오죽하겠는가.

　자신에게 관심을 기울여 줄 만한 남자가 더 이상 없다는 것은 여자로서는 종신구금 선고나 다를 바 없는 것이다. 악다구니처럼 몰려드는 것은 비만에 따른 각종 성인병이다. 계단을 오르내리는 것은 점점 더 힘들어지고 숨이 차오른다. 나이는 50이 넘어가는데 노후대책은 아무 것도 없다. 집도 차도 없을 뿐 아니라 예금조차도 없다. 머지않아 루시가 죽으면 이제 갈 곳도 없는 것이다. 이 집에 올 때는 그래도 40줄, 힘이 좀 있을 때였다. 이제 다른 곳에 일자리를 찾으려 해도 자기 몸도 가눌 수 없는 병든 여자를 누가 고용하겠는가?

　고쳐의 고민은 깊어 가지만 대책은 아무 데서도 발견할 수가 없다.

6장 자연주의자 미국 거지

미국에는 생각보다 거지가 많다. 서울역이나 청량리, 또는 종로 광화문 등은 거지 없는 천국이라고 해도 될 정도. 이곳의 대학 거리 근처에는 특히 거지가 들끓는다.

백인 거지, 흑인 거지, 남자 거지, 여자 거지, 늙은 거지, 젊은 거지, 히피 거지, 번개머리 거지, 잘 생긴 거지, 넝마 두른 거지, 철학자 거지, 말 많은 거지, 책 읽는 거지, 노래하는 거지, 악기 연주하는 거지, 부부 거지, 싱글 거지, 배낭 거지, 침낭 거지….종류도 천차만별, 만물상이다. 젊은 학생들의 얇고 여린 마음을 노리는 전략을 가지고 몰려들기도 하고, 수입이 다른 곳보다 낫다는 감각적 경험으로 찾아들기도 하겠지.

이들은 한국 거지와는 달리 액티브하다. 서서 깡통을 머리 높이 쳐들고 헌화하듯이 흔들면서 거룩한 사제의 모습을 흉내 내는 폼은 가히 일품이다. 어떤 거지는 "잔돈 있으면 좀 놓고 가시오" 소리를 높인다. 오히려 미안해서 고개를 살짝 흔들어 없다는 표정을 지으면서 지나가노라면, "됐시유, 괜찮아유" 그러면서 오히려 위로를 한다. 누가 진짜 거지인지 분간이 안 가는 순간이다.

어스름 지는 저녁이거나 인적 없는 휴일이면 깨끗한 거리는 이들의 안식처. 가지가지 겨울의 두툼한 옷들은 어디서 구했는지 잔뜩 입고, 혹은 온갖 넝마를 온몸에 두르고 따뜻하고 기분 좋은 모습으로 취침한다.

깨끗하고 널찍한 바닥이 침대다. 어떤 거지는 애견의 따뜻한 체온에 의지해서 평화롭게 주무신다.

아침에 지나다 보면 이불을 옆으로 개켜 놓고 모닝커피를 즐기는 모습도 띈다. 점심때는 대로의 중앙분리대 잔디 위에 떡하니 앉아 선탠 하는 거지도 눈에 들어온다. 거지가 아니라 원시적 삶을 체험해 보려는 자연주의자라는 말이 더 적절할 정도이다.

대학 건물 안은 바람도 없고, 찬 서리도 내리지 않으니 훨씬 나은 잠자리가 될 것이다. 그냥 열어 두면 거지들이 그곳으로 나방처럼 몰려들게 뻔하다. 그래서 그렇게 열불 나게 잠그기 바쁜 모양이다.

대부분의 미국인들은 경계선 인생을 살아간다. 그날 벌어서 그날 써버리는 일급 인생, 주 단위로 벌어 주 단위로 써버리는 주급 인생, 월 단위의 월급쟁이, 그 대부분의 사람은 경계선 상에 선다. 자본주의의 보호를 받느냐, 아니면 그 외곽으로 떨어져 무방비 자연 상태로 방기되느냐. 그 아슬아슬한 경계선에서 생존하고 있다.

우리나라 사람들이 돈은 벌어 모으는 것이라고 생각한다면 이들은 돈은 벌어 쓰는 것이라고 생각한다. 그래서 그들은 돈을 버는 족족 써버린다. 그러다가 수중에 돈이 떨어지면 도리가 없다. 거지 생활로 들어가는 것이다.

이곳에 사는 대부분의 동양 사람들은 돈을 모으기 위해서 일한다. 조금 벌든 많이 벌든 대부분을 저축한다. 본국에서 살 때 저축한 돈이 없으면 곧 죽음이라는 교훈을 뼈저리게 체험했기 때문이다. 꾸준히 모으면 결국 넉넉하게 사는 미국 시민이 된다. 그래서 미국의 동양인들은 화려하지는 않지만 가난한 사람은 흔치 않다. 동양인 거지는 본 일이 없다.

지도교수였던 그리스월드 박사(Dr. Griswold)가 월급 탄 직후에 종종 이렇게 말했다. "난 파산이야." 대체 어떻게 교수의 은행잔고가 바닥인

지경이란 말인가. 설명인즉슨, 집세, 여러 가지 고지서에 대한 월별 지불, 이 카드 저 카드에 의한 외상 구매분 상환 등 당겨 쓴 것을 월급날에는 다 갚고 여전히 잔고는 제로인 상태가 된다는 것이다. 월급 타서 갚기가 바쁘다. 그 교수 말대로 빚 갚기 위해서 일한다.

멋있고 큰 집이 있어도 실상 그 집의 소유자라고 볼 수 없다. 외상 구매를 한 집이니 평생 이자 쳐서 갚아 나가야 한다. 다 갚을 즈음은 30년 후, 40년 후가 되고 그 때쯤에 집은 낡아 재건축해야 할 지경에 이른다. 빚 다 갚았다 싶으면 새로운 집을 짓기 위해 다시 돈을 빌려야 한다. 이것이 미국인의 생활이다. 그러니까 우리가 경멸적으로 일컫는 빚쟁이라는 말은 다수 미국인에 적용되는 말이다.

자동차를 수리해서 파는 어떤 미국인이 차를 한 대 팔아서 3천 달러를 벌었다. 즉시 관광 레저용 트레일러를 렌트해서 멀리 북쪽 산악지역으로 떠났다. 몇 개월 후 돈이 다 떨어질 때 쯤 해서야 다시 내려왔다. 그리고는 예전처럼 돈을 벌기 위해 다시 일을 시작했다. 한 대 수리하여 수중에 돈이 생기면 또 놀러갈 참이었다. 이런 식이니까 까딱하면 돈 한 푼 없는 파산상태가 되기 쉽다. 만약 월세도 낼 수 없다면 거지 신세가 될 수밖에 도리가 없다.

버클리 대학 전자공학과의 한 유명한 교수를 노점에서 만났다. 인도 출신 교수로서 샹카라고 부르며 많은 학생과 직원이 존경하는 분이다. CITRIS라는 거대한 리서치 센터의 수장으로 수백억 연구 자금을 끌어온다. 그가 찬바람이 부는 바깥에서 찬 스시 밥으로 점심을 때우고 있었다. 같이 식사를 하면서 대학 주변에 거지가 많다고 말하니까 갑자기 열을 올린다. 미국은 빈부 격차가 심하고 부자 위주의 나라라며 비판을 가한다. 자동차 보험, 의료 보험, 의료 수가 등이 비싸서 한번 망하면 재기하기 어렵다고 토를 단다.

　과연 의료비가 엄청 비쌌다. 대학 소속의 위생실에 들러서 혈액검사를 하고 이상이 없다는 한마디를 듣는 데 일금 20여만 원이 고스란히 들었다. 돈 없는 미국인이 병원 문턱을 잘 넘을 수 있을는지 의문이다. 패스트푸드 덕분에 비만증에 걸린 많은 미국인이 많지 않은 나이에 병원 신세를 져야 한다. 의료비를 감당하지 못하는 처지가 되면 거지가 되는 수밖에 도리가 없고, 그러다 보면 병이 도져서 생을 마쳐야 한다. 일등 나라 국민이 천국 같은 땅에서 아쉽게도 빨리 떠나야 하는 것이다. 다음 세대를 위해서 빠르게 공간을 비워 주는 셈이다. 자연주의자 미국인들이 자연의 법칙에 적극 호응하여 할 일 마치면 제때 퇴장해 주는 모습이다.

　이들 거지를 미국의 정부나 자치단체들이 도와주느냐 하면 거의 그렇지 않다. 외국과의 전쟁을 위해서 수조 달러를 갖다 버려도 이들 거지들에게는 인정의 손길이 미치지 못한다. 노숙자를 위한 숙박시설이나 목욕시설 등은 없고, 추위를 당하거나 병이 들면 꼼짝없이 죽는 수밖에 없다.

　거지를 위한 복지행정을 펴봐야 나태한 생활에 인이 박혀서 다시 마약을 한다든가 방탕을 하기 때문에 별도리가 없는 모양이다. 거지가 되면 사업장의 고용주도 외면하고, 지방자치 단체도 외면하며, 심지어는 주 정부까지도 외면한다. 플로리다 정부가 한때 플로리다 거지를 모아서 캘리포니아 거리에다가 덤핑(쓰레기처럼 거리에 방기함)했다는 이야기를 들었다.

　한번은 온 몸에 독한 헌데가 돋은 거지를 보았는데 이런 경우는 일반인들에 전염되는 것을 방지하기 위하여 격리 수용한다고 한다. 천하의 미국이라 해도 거지가 되면 인간쓰레기 취급을 받다가 결국에는 병들어 죽는다.

7장 장례식

친구 정이의 아버님이 돌아가셨다. 향년 90세, 호상이시다. 금요일에 돌아가시고 오늘(월요일) 추모예배, 화요일 아침 10시에 발인이시다.

미국 장례식 문화는 한국의 그것과 조금 다르다. 문상객은 주로 추모예배에 참석한다. 오늘 추모예배에서 몇 번 실수를 했다. 미국 장례식은 처음이기 때문이다.

일요일 저녁 민식에게서 소식을 전갈 받고 한국에서처럼 친구들이 모여 밤샘해 주는 것으로 착각. 어디 무슨 병원으로 밤샘 갈까 하고 물으니 그가 웃는다. 미국에는 밤샘 문상도 없고 아무 때나 문상 가는 것도 아니라는 것이다. 정해진 시간의 추모 예배, 발인 예배가 있을 뿐이라는 것이다. 영화 속에 등장하는 미국 장례식에서 모든 사람들이 검정 성장한 것을 본 일이 있다. 그래서 추모 예배에 갈 때 검은 옷을 입어야 하는가 물었더니 그렇다고 한다. 그러나 요즈음은 검은 색 상복을 안 입어도 된단다. 검은 옷은 없고 다행이도 쥐색 양복과 쥐색 넥타이가 있다.

조의금에 대해서 물었다. 미국에도 경조사 문화가 있는지 모르기 때문이다. 예상과는 달리 여기도 경조사 문화가 있다. 성의이긴 하지만 일반적으로 친구인 경우 대략 100여 달러 정도면 괜찮다고 한다. 한인사회에서는 부의금이 상식이지만 미국인들 사이에서는 꼭 그렇지도 않단다. 미국인 장례에 가서 부의금을 전달했더니 몽땅 자선단체나 노인들을 위한 시설로 자동 이체하는 것을 본 적이 있다고 민식이가 말해 준다. 문상인 측에서 보면 한국식이 편리하지만 상주의 입장에서 보면 미국식이 훨씬 합리적이라며 토를 달기도 한다.

리마 가족 장례식장(Lima Family Funeral). 장소는 홀렌백 가와 프레몽 가의 교차지점(Hollenbeck & Fremont Ave) 근처. 인터넷에 들어가서 맵을 뒤지고, 가는 길을 알아냈다. I-880을 따라 30마일을 간 후에 CA-237을 타고 9마일, 거기서 4B 출구로 빠져 85번 도로를 타고 다시 3마일, 프레몽 가 출구(Fremont Ave exit) 표시가 나오면 좌회전, 거기서 홀렌백 도로를 찾는 거다.

1시간 쯤 걸려 마침내 장례식장에 도착했다. 저녁 7시 시작 시간보다 1시간 일찍 왔다. 들어서니 이미 몇 사람이 와 있고 정이도 있다. 여기서 실수를 했다. 추모 예배 룸이 커서 전면의 단상에 있는 관을 보지 못하고 정이를 따라 서성대었던 것. 10여 분 후에 다른 사람들이 오더니 단상으로 다가가서 묵념을 한다. 아, 거기에 정의 아버님 육신이 모셔져 있는 것이 아닌가! 산 사람들만 모여 추모 예배를 드리는 줄 알았더니 직접 모셔 놓고, 뚜껑을 연 채 생전의 그 모습을 보며 마지막 인사를 하는 것이었다. 뒤늦게 단상에 다가가서 묵념을 했다.

예배는 고인이 천주교인이었기에 천주교식 미사였다. 기도와 찬송, 고인의 약력 소개, 신부는 고인 생전의 삶에 대한 칭송의 말씀을 한다. 그 후에 천주교 낭송 문이 이어지고, 마지막으로 한사람, 한사람 단상의 고인 앞으로 다가가서 헌화한다. 헌화 직후 유족들과 일일이 포옹과 악수를 나눈다. 모두가 다 검정 옷차림인데 유독 나만 쥐색 옷이라 송구스러웠다.

그리고는 음식점으로 가서 식사를 한다. 상주가 모인 손님들을 위해

식사를 대접하는 것이다. 이것이 대략 미국의 장례의식 절차 중 추모 예배 행사이다.

몇 가지 돋보이는 점이 있었다. 첫째는 유족들이 3일 혹은 5일을 영안실에서 밤을 새우지 않는다는 것, 둘째는 문상객이 아무 때나 방문하는 것이 아니고 추모 예배 시간을 정해서 일시에 모이고 시간도 한 시간 정도로 끝낸다는 것, 셋째는 고인 앞에서 마지막 가시는 분의 삶을 회상해 보고 그의 행적을 칭송한다는 것, 넷째 실제적으로 고인을 보면서 헌화하고, 유족과 사랑을 확인하며, 실질적인 위로를 한다는 것, 다섯째 장례기간 동안 모든 일을 장례 집행식장(Funeral Home) 측에서 대행해 준다는 것. 매우 합리적이며 실질적인 장례문화로서 우리나라의 그것과 많은 비교가 되었다.

정이 군 아버님의 명복을 빈다.

8장 TI 실험실

바이치 교수

우리 실험실의 이름은 TI Lab. TI는 텔리 이머션(Tele Immersion)의 머리 글자를 따서 지은 이름으로서 처리한 영상을 원격 컴퓨터에 전송하는 기술에 관하여 연구하는 실험실이다. 소속은 버클리대학교 공과대학의 시트리스(CITRIS) 연구소. TI 연구실 책임자는 루지나 바이치(Ruzena Bajcsy) 교수님. 이 교수님은 버클리공과대학 전자컴퓨터공학과에서는 꽤 원로이시다. 머리가 하얗고 인자한 웃음을 잘 보이시는 70대 할머니 교수님이신데 아직도 자신의 분야에서 꿈을 버리지 않으신 고로 연구 활동을 계속하신다. 어떻게 70대 노인이 아직도 교수로 있느냐 하면 이 대학에서는 연구 활동과 강의를 계속할 능력이 있고 의지가 있는 한 퇴진하지 않아도 되기 때문이다. 테뉴어(tenure) 받은 교수는 정년에 얽매이지 않고 자기가 하고 싶을 때까지 강의와 연구를 계속할 수 있다. 테뉴어(tenure)라는 말은 중세의 소작농에서 유래된 말로 영주에게서 땅을 임대받아 농사짓는 권리를 의미한다. 소작농은 자신이 농사를 지어 소출의 일정부분을 영주에게 바치는데 농사 지을 여력이 있는 한 계속할 수 있다. 마찬가지로 테뉴어 받은 교수는 대학의 연구실과 시설 그리고 연구원생을 이용하여 강의와 연구를 할 수 있으며, 능력이 있는 한 계속할 수 있다. 미국대학의 테뉴어제(制)에 해당하는 우리나라 제도는 정년보장제이다.

정년보장제는 정년 연한이 될 때까지만 근무할 수 있음을 보장한다. 나이 40, 50에 여러 가지 원인으로 연구 업적이 나오지 않아도, 또는 연구 결과 없이 대학에 보탬이 되지 않아도 정년 보장을 받았기 때문에 정년 시한까지는 대학에 있을 수 있다.

대학에 기여를 하고 있는 한, 나이에 제한 없이 강의와 연구를 계속할 수 있다는 것은 합리적인 사고에 기초한다. 축적된 지식과 연구의 노하우를 활용하여 연구 업적이 쌓인다면 나이가 무슨 상관일까? 나이 70, 80에도 왕성한 연구 업적을 계속해서 내고 있다면 대학을 그만 둘 이유가 없다. 원로 교수일수록 연구 능력이 더 있을 수 있다. 그러므로 미국의 테뉴어제는 우리나라의 정년보장제보다 실용적이다.

연구교수 허가서를 받고 바이치 교수를 찾아 갔을 때의 일이다. 바이치 교수 연구실을 찾아 헤매고 있는데 어떤 할머니가 나오면서 묻는다.

"프로페서 김?"

"선생님이 바이치 교수신가요?"

"그렇소. 내가 바로 기요."

그 말을 듣고 속으로 말했다.

"남자 교수신지 알았는데… 할머니 교수님이네…."

바이치 교수는 내가 어떤 일을 했는지, 어떤 연구에 관심이 있는지 그리고 어떤 컴퓨터 언어를 사용할 줄 아는지 등을 물었다. 대학원생들이 프로그램을 다 해주기 때문에 프로그램을 별로 해보지 않았다니까 좀 실망하는 기색이다. 그러면서 자기도 프로그램은 할 줄 모른다고. 바이치 교수는 전화를 걸어 실험실에 있는 한 학생을 부른다. 몇 분 후에 핸섬하게 생긴 대학원생 하나가 들어온다.

"프로페서 김, 이 친구는 루즈베(Roozbeh)라고 하오. 루즈베가 실험실로 안내해 줄 것이오. 루즈베 군, 프로페서 김에게 자리를 하나 배정해 드리게나."

루즈베는 매우 정중했다. 손과 고개로 정중한 제스처를 취하면서 길을 가리키고는 자신은 내 뒤를 따른다. 일반적으로 미국 애들은 그리 정중하지 않다. 따라 오라고 하면서 내빼듯 앞서 가는 것이 보통이다. 루즈베는 좀 독특했다. 한국의 예의 바른 집안의 젊은이라도 연장자를 그렇게까지 깍듯이 대우하지는 않을 것이다. 얼굴도 이목구비가 또렷하고 점잖으면서 생기가 있다. 대부분의 미국인들과는 달리 검은 머리, 검은 눈에 피부는 흰 편이다. 나중에 알고 보니 이란의 귀족 출신이며, 한국의 고유전통 즉, 손윗사람에게 표하는 정중한 언행까지도 알고 있는 똑똑한 친구다. UCLA에서 박사학위를 받고 이곳에 와서 '박사 후 수련생(Post Doc)'으로 연구 중이다.

바이치 교수는 머리가 하얗고 얼굴에 주름이 많은 완전 할머니임에도 불구하고 연구 활동이 왕성하다. 우리에게 가끔 이런 소리를 한다.

"당신네들도 알다시피 난 몹시 바쁘다고요. 새벽부터 밤늦게 침대에 들기까지 쉴 틈이 없다오."

강의하고 학회에 쫓아다니고 시트리스 연구소 일에 고문역할을 하고 실험 진척과정을 일일이 참견하고 진행시키느라 과연 바쁠 만도 하다. 그러면서도 인자하고 여유로운 미소는 어느 구석에서 나오는 건지….

TI 실험실에는 연구원이 나까지 포함해서 8명 있다. 나는 객원 연구교수이긴 하지만 이 실험실의 연구 구성원임에 틀림없다. 다른 연구원들도 나처럼 일정기간의 계약을 맺고 연구 활동을 하니까 방문연구교수라도 이 연구실에서는 일단 연구원 중의 일원이다. 박사 후 수련생이 2명, 석사출신 파견연구원이 2명, 박사코스 학생 1명, 석사코스 학생 1명, 그리고 임시연구원 1명이 있다.

연구보고 겸 회합은 일주일에 한번, 다른 건물에 있는 바이치 교수가 이곳 연구실로 와서 일주일간의 실험 연구보고를 받고 또 토론을 하고 다음

과제를 제시한다. 첫 번째 회합은 내가 이 연구실에 자리 잡은 후 일주일째였다. 바이치 교수는 "오, 웰, 프로페서 김, 난 이 연구실에 있는 누구도 빈둥거리며 시간보내기를 원치 않아요. 핸드트래킹(Hand Tracking)에 관한 연구를 한번 해 보세요"라고 말하며 일거리를 주었다.

이 과제를 받은 나는 한국에서 대학원생들에게만 시키던 프로그램을 직접 시도하기에 이르렀다. 우선 그레고리에게 부탁해서 손을 여러 방향으로 움직이는 동영상을 확보했다. 생전 써 보지도 않던 매트랩(MATLAB) 언어를 공부해 가며 손놀림 추적에 관련한 논문을 탐색하였다. 그러는 한편, 프로그램을 만들며 실험하는 일에 착수했다.

처음에는 낯선 언어를 구사하기 위하여 공부해야 할 것들이 매우 많았다. 그러나 매일 몰두하다보니 일주일이 안 되어 궤도에 오르기 시작했다. 바이치 교수의 표정으로 보아 처음에는 늙은이가 무엇을 얼마나 하랴 하고 대수롭게 여기지 않는 눈치였다. 그러나 세 번째 회합부터는 나의 보고에 머리를 끄덕여 주기도 하고, 연구 결과에 찬사를 아끼지 않는다. 한국대학의 교수연구실에서 나태와 자만으로 하지 못하던 많은 일이 여기에서는 잘 이루어져가는 것을 스스로 느꼈다. 박사과정 이후 오랜 만에 흠씬 연구에 몰두해 볼 수 있었다.

빌립보

연구 시간은 자유지만 모두가 자신의 일에 몰두할 때는 너무나 조용하다. 이 실험실 공간은 150여 년 전에 지은 고색창연한 궁전 같은 건물의 맨 꼭대기 창고를 개조하여 만든 곳으로서 창문이 보이지 않는다. 온 종일 형광등 밑에서 에어컨 바람 소리만 적막한 그런 곳이다. 아무런 유혹 없이 연구에만 몰두할 수 있다. 그러나 간혹 빌립보가 안티에게 말을 걸으면서 파적破寂된다. 빌립보와 안티는 석사출신 파견연구원.

빌립보는 이태리 밀라노 출신이고 안티는 핀란드에서 왔다. 둘은 그렇게 많은 말을 주고받지는 않지만 잘 어울린다. 이 연구실 연구원 모두가 그렇듯이 이들도 착하고 남의 일에 끼어들지 않으며 예의를 잘 지킨다.

빌립보는 연구보다 놀고 즐기는 것을 좋아한다. 내가 오기 전에 하와이로 여행을 떠났던 모양인데 연구를 시작하고 한 일주일 쯤 지났을 때 하와이 해변에서 태운 건강한 피부에서 껍질이 벗어지고 있는 모습으로 나타났다. 그때 처음으로 대면했지만 매우 사교적이어서 오자마자 금방 좋은 친구가 되었다. 이태리 밀라노에서 석사를 마치고 이태리 통신회사 연구실의 직원으로 버클리에 파견 연구 차 나온 것이었다.

나는 '로마인 이야기'라는 책을 즐겨 읽었기 때문에 로마의 역사에 대하여 관심이 많았다. 빌립보를 처음 본 순간에 로마 황제들의 조각상에서 보았던 인상을 금방 알아 차렸다. 밀라노 지역은 시저의 사령부가 있었던 트랜스 갈리아 지역인지라 이천년이 지났다 해도 그 후손들의 피가 흐르고 있음에 틀림없을 것이다.

아주 시원시원한 스타일로 큰 눈에 높은 코 그리고 쾌활한 얼굴에는 어느 누구보다도 활력과 힘이 넘친다. 단련된 근육과 붉은 피부는 연구실에 앉아 연구나 하고 있을 체질이 전혀 아니다. 며칠이 지나지 않아서 빌립보에 대해서 훤하게 알게 되었다. 외향적인 데다 호기심 있는 부분은 서로 묻고 허심탄회하게 대답하기 때문에 금방 투명하게 드러나는 그런 성질이었다.

아침 한나절 연구를 하고 나서 점심시간이 되면 빌립보는 누구보다도 먼저 들썩인다. 일주일에 한번 수요일에는 시트리스 연구소 주관으로 세미나가 열린다. 이 세미나에는 시트리스 연구소의 연구 분야와 관련된 다양한 주제의 강연이 있다. 교수들과 연구실의 연구원들이 몰려들어 백여 명 정원의 강연실이 항상 만원사례가 될 만큼 인기 있는 강연이다. 관련학과 교수가 자신의 연구 진척에 관한 강연을 하든지 아니면 외부에서 강사를 초빙해서 하든지 아무튼 연구에 좋은 아이디어를 제공할 수 있는 다양한 주제의 강연이라 매우 유익하다.

그러나 그보다 유익한 것은 영양가 높고 맛있는 샌드위치와 음료수가 무료 점심으로 제공된다는 점이다. 점심시간을 따로 소모하지 않고 샌드위치를 먹어가면서 자유롭게 강연을 경청할 수 있으니 좋을 수밖에 없다. 이걸 빌립보가 놓칠 수 없지. 빌립보는 요 시간을 잘 점검하다가 때가 되면 안티와 나에게 가자고 촉구한다. 왜 안 가? 나도 당연히 따라 나선다.

어느 점심시간에 외식하자고 빌립보에게 제안했더니 얼굴색이 갑자기 밝아진다. 연구실 근처에는 학생들이 즐겨 찾는 비교적 저렴한 가격의 여러 나라 음식점들이 즐비하다. 한국식, 중국식, 태국식, 멕시코식, 이태리식….

빌립보에게 로마 역사와 황제들에 대한 이야기를 해주니 적이 놀란다. 당연하지. 로마 역사에 대해서는 내가 저보다 더 꼼꼼하게 꿰고 있을 것이다. 이태리의 전통요리 스파게티를 즐겨 만든다고 말하니까 오늘 당장 자기 집에 가서 만들어 달란다. 성격도 급하고 화끈하네. 그래서 저녁에는 빌립보 집에 가서 주방장 노릇을 했다.

"지장智將 시저의 후손을 위하여 요리를 만들어 주겠노라"고 선언하고 요리를 시작하자 빌립보도 가만히 있기가 민망했던지 딸기를 사오겠다며 나간다. 커다란 프라이팬에 올리브유를 듬뿍 넣고, 양파, 피망, 버섯, 브로콜리 등을 썰어서 조금 볶은 후에 스파게티 소스를 듬뿍 붓는다. 이것을 약간 볶아서 물기를 뺀 국수에 올리면 훌륭한 스파게티가 된다.

그래서 우리는 그날 저녁 근사한 로마황제 식탁을 꾸미고 이태리 요리를 즐겼다. 딸기 위에 아이스크림을 듬뿍 얹은 후식도 일미였고, 밀라노 산 초콜

릿 과자도 좋았다. 그리고는 인터넷을 뒤져서 로마의 역사를 가르쳐 주었다.

어느 날 빌립보는 느닷없이 보스턴 마라톤에 나가겠다며 미국 동부의 보스턴으로 날아갔다. 미 대륙의 서쪽 끝에서 동쪽 끝으로 간 것이다. 마라톤 하나 때문에…. 비행기로도 7시간 이상 걸리는 장거리가 열정 앞에서는 문제가 아니다. 시저가 갈리아 전선에서 돌아와 포강을 건너 이태리와 그리스 반도를 가로질러 이집트까지 추격하여 폼페이우스를 정복하고 권좌에 오르는 발 빠른 기상의 피, 그것을 물려받았구먼.

안티는 조용히 일에만 열심이고 순진하지만 역시 핀란드 촌놈답게 그리 시원스럽지는 못하다. 묻는 말에는 공손히 대답하지만 적극적 자세로 무엇을 주도하지는 못한다. 빌립보가 하자는 대로 끌려 다니면서 추운 바다 위의 서핑(surfing) 등에 열심이다.

그레고리

그레고리는 포스트 닥(Post Doc) 과정을 수련하고 있다. 슬로베니아 출신인데 역시 조용하고 말이 없다. 말을 시키지 않으면 하루 종일 한마디도 안한다. 그러나 자신의 일에 어찌나 충직한지 그런 친구 한 명만 한국의 내 연구실에 있다면 연구가 잘 진척될 것만 같다. 실험실내의 전 장비를 거의 혼자 맡아 관리하고 또 주요 프로젝트를 열성적으로 해내고 있는 고로, 바이치 교수는 몇 년째 그를 동반자로 삼고 있다. 키가 190센티는 됨직하며 상당히 야위었다. 이 연구실에서 6개월만 열심히 하면 비만한 사람도 말라깽이가 될 것 같다. 그레고리는 검은 눈에 검은머리지만 하얀 피부와 눈, 코의 모습에서 유럽인의 특징을 보인다.

키는 크지만 여자처럼 단아한 얼굴을 하고 있고 또 말이 별로 없어서 그럴까, 이곳에 온지 얼마 안 되어 금발머리 여인과 결혼을 했다. 미국에서 금발 머리 여자를 차지한다는 것은 그리 쉬운 일은 아니다. 성격으로 보아 스스로 대쉬한 것은 아닌 것 같고, 주위에서 보기에 아까운 미남 총 각이다 싶어 소개시켜 준 것임이 틀림없다.

이렇게 착실한 그레고리가 자기 부인이 아이를 낳는다고 한 일주일 동 안 보이지 않는다. 남편도 같이 아이를 낳나? 연구 일 다 제쳐 놓고 애기 낳는 일을 거드는 것은 동양 남자들에게서는 볼 수 없는 일인데…. 한 달 쯤 후에는 산모가 유모차에 애기를 태우고 연구실에 모습을 나타냈다. 애 기는 여아인데 그레고리를 그대로 닮아 예쁘게 생겼다. 연구원들과 바이 치 교수에게 선보이려고 데리고 나왔다. 이것 역시 하나의 예절 행사이 다. 연구나 공적인 일에 앞서 인간관계를 중시하는 단적인 예이다. 연구 나 일도 생활의 일부이지, 생활의 목적은 될 수 없는 것이니까.

내 연구를 위한 영상자료 촬영에 협조를 잘 해 주었기 때문에 고마움의 표시로 점심식사를 대접했다. 식사 중 대화를 통해서 그레고리에 대해서 좀 알게 되었다. 그렇지 않았다면 그에 대해서 아무 것도 모르고 지낼 뻔 했다. 처음에 나는 그가 벨기에 출신인 줄 알았으나 이야기를 통해서 슬로 베니아 사람이라는 것을 알게 되었다. 슬로베니아는 공산권에서 해방되어 아직도 경제사정이 좋지 않다고 한다. 미국 여자와 결혼한 덕분에 미국에 영주할 수 있게 되어 다행스럽게 여긴다. 슬로베니아는 신생국가로 구 유 고슬로바키아에서 분리 독립했다. 우리나라의 한 도道만 한 크기에 인구 는 2백만 정도. 이런 나라와 비교하면 우리나라는 상당히 강대국이다.

인도인 연구원들

'수미트라'는 인도 출신 여자로서 박사과정 생이다. 역시 언제 나왔다 가 들어가는지조차 모를 정도로 조용하다. 가을이나 내년 봄에 학위를 받는다고 하는데 그래서 그런지 출입이 무상하다. 결혼한 지 얼마 안 되는 남편도 이 대학의 인도 학생이다.

이 대학에도 다른 미국 대학들과 같이 인도학생들이 꽤나 많다. '사미어' 등 인도 출신 남자 석사과정생도 몇몇 있는데 인도인끼리는 서로 말을 잘 하지 않는다. 언젠가 사미어와 테니스를 함께 치면서 물어 보니까 인도는 큰 나라인고로 지역마다 언어가 다르다고 한다. 공용어가 영어이므로 주로 영어로 말한다. 따라서 같은 인도인이라도 유대감이 별로 없다고 한다. 우리나라처럼 단일한 언어로 결집되지 않아서 인도인에게는 국가관이나 민족관이 다소 희박해 보인다.

이것이 인도의 경제 후진성에 대한 주요한 원인 중 하나일 수 있다. 어느 민족이든 내부적으로 분열이 심하면 경제발전이 더디게 마련이다. 참여정부는 안 그런가? 국민적 갈등이 심하더니 결국 경제는 낙제점이 아니던가? 한 집안도 마찬가지, 부부관계가 원만치 않으면 애들도 의가 좋지 않고, 세상에 나가서도 인간관계가 원만치 못하다.

살람

6월이 되었을 때 루이지애나 주립대학의 교수 하나가 객원교수로 이 연구실에 왔다. 이름은 '살람'. 검은 얼굴의 파키스탄 출신이며 덥수룩한 구레나룻에 맘 좋은 미소가 일품이다. 그러나 목욕을 자주 하지 않는지 시금털털 이상한 냄새를 풍긴다. 다행히도 내게서 떨어진 문간에 자리 배정이 이루어졌다. 연구실 사람 중 아무도 신참생에게 오리엔테이션을 하지 않자 내가 자진해서 이것저것 안내를 했다. 돈이 없는지 점심을 굶는 눈치다. 학교 옆 대로 변의 저렴한 식당가로 데리고 갔다. 고기를 전혀 안 먹는다고 해서 야채국수를 시켜주니 한 사발 뚝딱이다.

그후 살람은 문간을 지나칠 때마다 맘 좋은 얼굴로 미소를 보낸다. 금요일 오후에는 어디로 가는지 사라져서 보이지 않는다. 나중에 물어 보니 예배에 갔다 온다고 한다. 독실한 무슬림이다. 점심시간에 벡텔 연구소 베란다에 있는 매점으로 가서 커피 한잔을 시키고 집에서 싸 온 샌드위치를 먹곤 하는데, 살람을 데리고 가곤 했더니 친숙해졌다.

어느 날 궁금했던 살람의 종교에 관해서 이야기할 기회가 생겼다. 금요일이면 무슬림 빵모자를 쓰고 사라지는 그를 보면서 세계적으로 물의를 빚는 살람의 종교에 대해서 이야기 하고 싶던 참이었다. 대부분의 무슬림은 아브라함의 서자 이스마엘의 후손으로서 아브라함의 하나님, 이스마엘의 하나님을 믿는다. 근본적으로 유대교의 하나님, 나아가 기독교의 하나님과 동일하다. 중동에서는 같은 하나님을 믿는 사람들 사이에 전쟁이 벌어지고 있다. 형제들 간의 불화처럼 같은 하나님을 믿는 사람들 사이의 분쟁은 쉼 없이 치열하다. 이상과 같은 상식적인 이야기를 나누었다. 그러나 무슬림은 왜 종교의 이름으로 많은 사람을 죽이는가 따위의 민감한 문제는 물을 수가 없었다. 살람은 자기네 집회에 같이 가자고 졸라댄다. 하지만 나는 내키지 않았다. '코란이 아니면 칼을'이라는 그들의 무시무시한 협박을 감당할 용기가 있다고 생각되지 않았다. 예배라는 이름으로 요란을 떠는 모습도 보고 싶지 않았다. 나는 생활 속에서 조용히 우주의 창조자를 인정하고 그에게 경배하며 살고 있다고 말해 주었다. 때에 따라 은밀한 곳에서 그와 대화를 하며 산다고도 했다. 그러니 나를 조용히 나둬 달라고 부탁했더니, 그 이 후 살람은 다시 조르지 않았다.

살람은 여름 방학이 끝나면서 다시 루이지애나 주립대학으로 돌아갔다. 우리는 지금껏 가끔 이메일을 주고받는다. 그는 항상 말한다.

"연락 끊지 말자." "Let's keep in touch."

9장 파티

바이치 교수 댁 파티

7월 4일은 미국의 독립 기념일이라 온통 축제 분위기이다. 우리나라의 광복절에 필적하는 날이지만 차이가 있다. 우리나라 광복절은 정부의 간략한 기념식 정도로 끝나고 일반 국민은 시큰둥하게 더위나 식히는 정도로 보낸다. 미국 독립기념일은 명실상부하게 온 국민이 즐거워하며 여기저기 행사 만발이다. 지자체마다 거리 행진이 있고 여기저기 만찬이 열리며, 저들의 독립을 소중한 유산으로 재확인하며 송축한다. 우리나라의 해방은 60여 년 전에 불과하지만 미국의 독립은 무려 230여 년 전의 일이다. 그럼에도 불구하고 이렇게 성대하게 기념한다. 왜 그럴까? 우리의 것은 남이 가져다 준 공짜 해방이지만 저들의 것은 자기네들이 피 흘려 싸워서 쟁취한 독립이라서 그러하다고 하면 가장 타당한 답이 될 것 같다. 그래서 그런지 평시에는 찬밥 신세인 이 몸도 무려 두 군데서 초대를 받으셨다. 나의 호스트 프로페서(Host Professor)이신 루지나 바이치의 초대와 동창 정이의 초대이다. 4시에는 바이치 교수님 댁, 5시에는 정이네로 향한다.

여름에도 가을이나 초겨울처럼 써늘한 바람이 불어오는 날이 잦은 것이 태평양 바닷가 이곳의 기후이다. 그래서 항상 겨울용 두건 달린 방한 상의를 휴대하고 다녀야 할 정도이다. 하지만 오늘은 유난히 덥다. 하늘

엔 구름 한 점 없고 공기가 너무나 투명해서 자외선 투과율이 최고조에 달한다. 이런 뜨거운 날에 바이치 교수님 뜰에는 무려 30여 명의 대학원 생, 포스트 닥, 교수 등이 모였다. 그늘도 별로 없는 좁은 뜰에서 선채로 음식을 먹는 가든파티이다. 버클리대 원로 교수라 해서 괜찮은 저택에 사나 보다 했는데 초라한 서민 주택에 사신다. 이 지역의 동창들 집보다 는 영 못하다. 한국 교포들은 번듯한 집에 사는 것이 기본이다. 한국인 은 어려운 시절을 거쳐 살아 온 사람들이라 생활력이 강하고 절약 정신 이 투철해서 결국에는 재산을 모은다. 바이치 교수는 학자인지라 학문 에 몰두할 뿐 부유하게 사는 것에는 관심이 없을 것이란 생각이 든다.

몇 백억 예산을 주무르는 CITRIL 연구소의 대빵 책임자이신 샹카 샤 스트리 교수가 직접 앞치마를 두르고 바비큐 용 불 위에 고기를 굽는다. 구운 고기를 커다란 접시 위에 넣고는 학생들 앞에 내밀며 손가락으로 한 점씩 집으란다. 뜨거운 햇볕 아래 불가마 앞에서 몹시도 더운지 땀이 그의 이마 위에 솟는다. 한국 같으면 학생들이 나서서 다 하겠지만 여기 는 교수가 앞치마를 두르고 학생들에게 서비스 한다.

바비큐 파티라 해도 한국의 뷔페와는 비교도 안 된다. 우선 자리도 없 고, 선술집에서처럼 서서 어정댄다. 종이 접시에 구운 고기 몇 점, 칩을 소스에 찍어 먹거나 빵 쪼가리에 치즈를 얹어 먹는 것이 고작이다. 음료 수로는 맥주 캔, 와인 한두 잔, 그리고 레몬주스나 소다수 정도다. 탕이 나 국물 따위는 없다. 대화가 목적이라는 의미만 없다면 부르지도 말아 야 할 파티다. 드디어 한국 학생 하나가 다른 곳에 약속이 있다며 간다. "Shame on him!"이라며 바이치 교수가 한마디 꼰다. 힘들여 준비한 파티, 맛없더라도 열심히 먹어 주어야 기분이 좋은 것은 누구를 막론하 고 마찬가지이리라. 나도 일찍 자리를 떠야 할 텐데 이 말을 듣고 보니 참으로 초조하다. 40분 이상 운전해야 갈 수 있는 거리에 다른 파티가 기다리고 있으니 어쩌면 좋을꼬.

외국인 파티보다는 맘껏 떠들 수 있는 한국인 파티가 더 끌리는 게 사실이다. 게다가 거긴 한국 음식 아니냐. 시원한 쌀밥 먹을 수 있는 좋은 찬스인데 얄궂은 빵 쪼가리 파티에서 배를 채워야 한단 말인가. 30분이 지나고 한 시간이 지나고 이제 조금만 더 있으면 친구 집 한국 음식 파티에는 너무 늦겠다. 그렇게 되면 다른 사람들이 다 먹어치울 터인데. 더구나 뜨거운 햇볕에 그을리며 계속 서 있기도 마뜩치 않다. 또 이곳에서는 대충 맛 볼 만큼 먹었다. 가자! 샤스트리 교수에게 또 다른 약속이 있어 실례한다고 하고는 유유히 문을 나섰다.

정이네 집 파티

고속도로는 잘 뚫려 있었다. 다행이다. 시원스럽게 달려서 드디어 정이네 집에 도착했다. 정원에는 이제 거의 바비큐가 다 익어가고 있었다. 낯선 인물들이 서넛 정원에 앉아 있다가 대번에 반갑다며 모두 손을 내민다. 역시 우리는 우리나라 사람들이 편하다. 앉기가 무섭게 이것저것 모두 챙겨 주는 인심도 고맙다. 젓가락에 수저에 접시에 술잔까지 챙겨 주는 모습을 보니 다정한 형님들이 많은 고향집에라도 내려온 것 같다. 금방 통성명에 살아가는 근황까지 일일이 주고받고 시끌벅적하다.

외국 방문생활에는 역시 동포를 만나는 일만큼 위로되는 일도 없다. 외국인들을 만나면 언어, 풍습 등이 달라 마음껏 표현할 수도 없고, 편하게 이야기 할 수도 없다. 저들의 습관, 관습, 매너 등에 반하는 언어 또는 행동이 무의식중에 나올 수 있기 때문에 긴장이 되지 않을 수 없는 것이다. 그러나 우리 동포를 만나면 여러 가지 면에서 기분이 좋다. 우선 낯 익은 얼굴들이라 반가운 마음이 솟구친다. 피가 당긴다는 말이 빈 말이 아님을 실감할 수 있다. 그리고 편하게 말이 시작된다. 익숙한 언어도 언어지만 우리끼리의 사고방식과 매너를 환하게 알기 때문에 밝은 대낮에 운전하는 것과 같다. 외국인과의 대화는 어두운 밤길을 조심조심 운전하는 것처럼 처신해야 실수가 없다.

우리끼리는 통성명이 시작되면 웬 놈의 공통점이 그리도 많이 발견되는지 금방 짝짜꿍이 맞는다. 파안대소도 터지고 공통적인 관심사를 토로하면서 오랜 만에 쌓인 무언증을 해소할 수 있다. 마치 얼큰한 사발면을 마시면서 느글거렸던 속을 푸는 것 같다. 정이네 집 정원은 야구장만 하다. 잔디가 주욱 깔려있어서 소프트볼 게임에는 딱이겠다. 정원이 크니 집은 어떻겠는가. 미국 땅이 넓다 보니 이런 집도 있다. 무슨 공공건물 같이 거대하다. 바이치 교수 집에 비하면 이곳은 너무 넓다. 부유한 사람과 서민이 사는 집은 차이가 크다. 이런 커다란 차이를 극복하기 위하여 미국 사람들은 분발하지 않을 수 없다.

야외용 식탁이 있는 시원한 피서용 의자에 앉으니 유명 실업가라도 된 기분이다. 와인을 한잔 따라서 맛보니 사는 맛나네. 거기다가 꽁치구이, 상치 쌈에 된장국까지, 내가 좋아하는 음식들은 모두 있다. 염치불구하고 덥석 입에 넣으니 우리나라 사람들끼리는 이게 좋다. 염치고 예의고 다 팽개치고 그냥 편한 대로 느긋하게 즐기는 이 안락. 이방인들 틈에 끼어 있다가 해방된 느낌이 이렇다.

오늘 여기 모인 한국 사람들은 주인 정이를 비롯하여, 민식이, 남 프로, 정 프로, 안 프로, 엄 프로 그리고 나 이렇게 남자가 일곱이다. 나를 제외한 나머지는 모두 동부인 하고 나왔기 때문에 여자가 여섯이다. X 프로는 이들이 골프 친구로서 서로 부르는 애칭이다.

옆에 앉은 남 프로가 버클리 대학에서 연구하느라 얼마나 고생이 많으냐고 운을 뗀다. 혼자 생활하기가 얼마나 어렵겠느냐고도 하며, 위로를 아끼지 않는다. 정 프로는 버클리 대학에 한국인 방문 교수들이 많지 않느냐고 묻는다. 한 사람도 만난 일이 없다. 넓은 캠퍼스의 연구실 안에 각자 적당한 시간에 나와서 연구 활동을 하니 만나 볼 수가 없다. 캠퍼스 안에는 동양 사람들이 많아서 중국 사람인지 일본 사람인지 한국 사람인지 알기도 어렵다. 아침에 연구실에 들어가면 오후에 돌아 갈 때까지는 연구실에 방콕이다. 점심도 가져간 샌드위치를 간식 먹듯이 때운다.

이런 이야기가 나오니까 안 프로는 한국인 교수들과 만난 이야기를 한다. 어느 날 골프장에 나갔다가 한국인 교수 골프 팀과 만났는데 그들이 한결같이 집에서나 입는 막옷을 입고 골프를 치고 있더라는 이야기다. 적어도 골프장에 나오려면 최소한도 매너는 지켜야 하지 않겠느냐면서 소리를 높인다. 미국인들은 일상생활에서 아무 옷이나 막 입고 다니는 것처럼 보이지만 실상은 그렇지 않으며, 캐주얼하게 입고 다닐 뿐이지 자기의 모양새를 최대한의 미적 감각으로 살리기 위해서 여간 신경 쓰는 게 아니라는 이야기다. 특히나 골프장이나 무도회 같은 곳에는 명품 옷으로 치장하고 맵시를 낸다나. 그런 미국사람들 앞에서 몽탁한 반바지 막옷 차림으로 등장했으니, 촌사람이 서울 중앙무대에 등장한 꼴이다. 촌티 흐르는 사람들이 설상가상으로 골프장의 매너를 지키지 못하고 빈축을 사는 광경을 보고 수치심을 느꼈다는 이야기다. 교수들의 매너는 빵점이라는데 꼭 나를 빗대 하는 말 같다.

이를 듣고 있던 다른 사람들이 이구동성으로 말들을 한다. 그것뿐만이 아니라는 것이다. 미국에 오는 한국 사람들의 매너는 낙제점 수준. 공공장소에서 줄도 설 줄 모르고, 아무데서나 침 뱉고, 지나가면서 인사할 줄도 모르고, 큰 소리로 떠들어 재끼고, 자기네들끼리 있을 때에는 보기 민망한 행동까지 서슴없이 하고. 밤 중 취객은 길바닥에 방뇨하거나 토사하는 것이 예사란다. 듣고 보니 한국 내에서도 이런 일을 자주 목격한 기억이 떠오른다. 한국에서 아침에 골목길을 따라 등교하노라면 여기저기 술 먹고 토해 놓은 오물들이 고약한 냄새를 진동시키던 장면들. 골목길뿐만이 아니다. 심지어는 대로변이나 육교 계단에까지 온통 흉하기 짝이 없다. 왜 그렇게 사는지….

우리나라 교육은 입시공부에만 치중할 뿐, 예절공부나 국제적 매너공부 등은 물론 아무런 관심을 기울이지 않는다. 부모들도 내 자식 공부 잘해서 좋은 대학 가기만을 염원하므로 가정교육에는 무관심하다. 정치도 큰 문제다. 대선, 총선, 지자체 선거 등을 치르다 보니 무슨 수를 써서라도 당선만 하면 그만이라는 사고방식 때문에 온갖 파렴치한 행동이 서슴없이 벌어지고 있는 실태다. 비방, 흑색선전, 음모, 조작, 허위 선전… 이런 것이 하루라도 조용한 날 없이 진행되고 있는 상황이다. 인터넷의 정치 뉴스 란의 댓글에는 온갖 세상의 흉한 욕설들이 다 수집된 양상이다. 이런 막된 토양에서 생장한 국민들이 좋은 매너를 가질 수 없고 도덕적으로 높은 교양을 보일 수 없는 것은 당연지사다.

누구를 탓할 수도 없다. 이것이 우리나라 문화의 총화이다. 이때 엄 프로가 결론을 낸다. 제대로 된 지도자가 나와서 도덕 교육과 사회정화를 철저히 시행하는 일 밖에 도리가 없다고 강력히 주장한다. 유익한 파티였다.

10장 대학입시정책

정이네 가든파티에 모인 사람들은 한국의 정치에 대하여 지대한 관심을 가지고 있었고 끊임없이 많은 문제를 제기하고 있었다. 정 프로가 나에게 물었다.

"요즘 한국에서 정부와 대학 교수들이 한판 붙었다는데 또 왜 그러는 거요?"

국내 사설연구소에서 띄우는 글 중에서 이에 대한 논고가 있기에 한 번 읽어 본 일이 있다. 노무현 대통령이 교육부를 통하여 대학입시정책 중에 내신 비율 50%를 반영할 것과 저소득층 학생을 정원 외 11%를 더 뽑을 것을 요구한 것이다. 후자는 소위 기회균등할당제라고 부르는 정책이다. 이에 대하여 대학 총장들은 그렇게 할 수 없다며 정부에 반기를 들고 나선 것이다.

나도 상황을 자세히 읽어보지 못한 터라 구체적인 대답은 못하고 원론적인 답변을 했다.

"아, 그것 말이요, 서민 학생을 대학에 더 많이 입학시키려 하는 참여 정부의 정책과 학문 발전에 총력을 기울이는 대학 정책 간의 충돌로 알고 있소. 참여 정부가 '내년 입시부터 서민 자녀를 더 많이 대학에 입학시키도록 해라' 하는 것이지요. 몇 달 안 남은 정부의 서두르는 모습도 엿보이고, 대선을 의식해서 나온 정책이기도 하구요. 2~3년 전에 예정되어야 할 입시정책이 즉흥적으로 강제 시행되면, 입시 당국과 수험생 모두 오락가락해야 하겠지요. 세계 경쟁에서 중하위권 수준을 밑돌면서 국력 수준에 훨씬 못 미치고 있는 한국의 대학들… 대학 총장들은 우수한 학생을 더 많이 모집해서 대학의 질적 향상을 꾀하려 하고 정부는 대학도 평준화 개념으로 생각하고 있으니, 충돌은 자연적으로 일어날 수밖에 없겠지요."

이러한 문제에 대하여 관심을 가지게 된 이상 좀 더 기사를 살펴보고 생각을 하게 되었다.

미국 대학의 학생 선발 방법

대학에서 학생을 선발하는 데 있어서 궁극적으로 고려해야 할 것은 '학생이 특정 학과에 들어와서 그 전공과목들을 잘 공부할 수 있을까? 그리고 연구에 투입될 경우, 그 연구를 잘 수행할 수 있을까?' 이다. 변별력 없는 수능 점수나 기준도 모호한 내신 점수만을 가지고 이것을 가늠하는 것은 애당초 어불성설이고 주먹구구식 발상이다.

미국의 상위 대학들은 다섯 가지 정도로 분류되는 자료를 참고해서 학생을 선발한다.

첫째는 고교 성적표의 학점 등급(GPA)이다. 이것은 우리나라의 내신 성적에 해당한다. 특정과목의 시험을 잘 보는 것만으로는 학생의 학문적 능력을 판단하기 어렵다. 고교 전 과정을 통하여 꾸준히 공부한 결과를 보고 그 학생의 학문적 적성을 판단한다. 고교성적은 중요한 입학 자료임에 틀림없다. 하지만 학교 간의 차이가 있으므로 다년간의 통계자료에 의거하여 해당 학교의 평균 수준을 참작한다. 학생이 입학한 후에 대학의 공부를 하는데 있어서 실력 면에서나 적성면에서 어려움이 없어야 한다는 데 주안점을 둔다.

둘째는 우리나라의 수능시험에 해당하는 SAT 또는 ACT의 성적이다. 이 성적은 모든 학생이 한 날에 치루는 우리나라 수능시험과는 다르다. 이들 시험은 일 년에 두세 번 시행되며, 학생은 그 중에서 선택하여 시험을 치를 수 있다. 한 번에 만족하지 못하면 다음 기회에 또 치를 수 있다. 난이도가 매번 거의 일정하기 때문에 이 시험의 점수에 따라 지원할 수 있는 대학을 가늠할 수 있다. 예를 들면 SAT 1,000점 미만이면 상위권 대학 지원은 어렵고, 1,300~1,500 정도면 10위 권 이내의 미국 대학에 지원할 수 있다. 학생 입장에서는 이 시험의 점수를 대학 선정의 척도 중 하나로 이용한다. 비교적 정밀한 측정 기구인 셈이다. 우리나라 수능 점수처럼 작년 다르고 금년 다른 부정확한 측정 기구가 아니다.

그러나 이 점수 하나만 가지고 입학 허가를 내 주는 우수 대학은 거의 없다. 이것을 포함한 여러 가지 제출서류를 종합적으로 검토한다. 학생은 여러 대학에 지원 서류를 낼 수 있다. 여러 대학으로부터 입학 하가를 받는 경우에 학생의 입장에서 가장 적합한 대학을 선택할 수 있다.

셋째는 AP course라고 하는 대학 1학년 과정의 특별과목 점수이다. 고교 과정 이수 중에 좋은 성적을 받는 학생들에게는 AP과정 과목 수강을 지도교사가 권유한다. 우리나라 고교에서처럼 잘하는 학생이나 못하는 학생 모두가 똑같은 과목을 수강하는 것이 아니다. 각 학생마다 정해진 지도교사가 있어서 학생의 학업 진척도를 보아 가면서 학생의 실력에 알맞은 눈높이 교육을 실시한다. 고교생마다 정해진 상담교사가 있어서 학생수준에 맞는 과목을 선정 권유한다. 수준보다 훨씬 높은 과목을 들으면 공부가 짜증이 나고 흥미를 잃기 쉽기 때문이다. 예를 들어 수학과목 하나만 보더라도 정규수학, 명예수학(honor math), AP수학 등으로 등급이 있다. 이러한 등급 중에 최고 수준의 AP 과목을 몇 개나 이

수했으며 성적은 어떤가 하는 것은 대학 입학 사정에서 아주 중요한 요소가 아닐 수 없다.

미국의 유명 대학에서는 GPA보다는 AP과정 점수에 더 큰 비중을 둔다. 이것은 전국적인 특정 기관에서 시험을 치르게 하고 평가를 낸 신빙성 있는 점수이다. 그 때문에 대학에 들어와서 대학의 과정을 잘 소화할 수 있을지에 대한 직접적인 평가가 되는 것이다. 하버드 대학 지원자들의 경우, 고교시절에 네 과목 이상의 AP과정을 수강하면 대체로 합격이 되고, 7개 정도면 아주 훌륭한 편이다.

네 번째로는 자술서(Personal statement)이다. 이것은 영어 작문능력과 학문에 대한 동기설정 여부를 알아보는 데 크게 도움을 준다. 대학에서의 공부는 많이 배워 아는 것보다는 그것을 근거로 하여 자신의 창의적인 생각과 연구결과를 정확하게 표출할 줄 아는 것이 매우 중요하다. 뚜렷한 동기 없이 막연한 생각으로 입학해서 공부만 하면 그만인 것이 아니다. 지원한 학과에서 공부를 하면서 자신의 꿈과 희망과 호기심을 구현해 보고자 하는 욕구가 어떤 것인지 대학 당국은 알 필요가 있다. 이것은 자술서를 통하여 판단한다.

다섯째로는 대외활동 또는 과외활동에 대한 참고다. 고교 시절을 통하여 음악회 연주는 어느 정도 했으며, 체육활동은 어떻게 했으며, 병원 따위의 기관에서 봉사활동은 얼마나 잘했는지 등을 종합적으로 판단한다.

고교시절에 행한 이러한 활동에 대해서는 학생이 봉사한 기관에서 활동 점수와 시간 등에 대한 증명서를 발급해 준다. 학생이 얼마나 협력적이며 활동적이며 의욕적인가를 종합적으로 판단하는 데 중요한 자료가 된다. 대학의 공부와 연구는 학점만 잘 따는 공부벌레보다는 진취적이고 활동적이며 열정이 넘치는 성격의 학생이 더 많은 성과를 내기 때문이다.

이렇게 합리적이고 훌륭한 입학허가 서류도 미국의 모든 대학에서 일률적으로 똑 같은 방법으로 채택하지는 않는다. 미국의 입학허가 제도는 그야말로 대학 자율적으로 이루어진다. 그것은 대학이 자신의 학생으로 적합한 학생을 뽑아서 가르친다는 아주 자연적이고, 합리적인 사고에서 비롯된 것이다. 왜냐하면 대학의 운명과 번영은 학생과 교수의 협력적 연구에 크게 좌우되며, 이것은 최선의 학생 선발에 달려 있기 때문이다. 정부에서 간섭하지 않더라도 대학 스스로의 운명과 번영을 스스로 책임진다는 사고의 결과이다.

대학 전체뿐만 아니라, 교수 개개인의 연구 업적도 우수한 제자를 얼마나 거느리고 있느냐에 달려 있다. 교수의 연구 업적은 학문 세계의 경쟁이며, 또 업적이 부진하면 대학으로부터 도태된다. 이럴진대, 그 어느 교수가 자신에게 도움이 되는 학생을 선발하는 데 게을리 하겠는가?

수많은 대학 경쟁 사회에서 어떻게 하면 수월성(우수하고 월등하려는 노력)을 유지하느냐. 이것이 대학의 중요한 목표 중 하나이다. 현대의 대학은 하나의 기업이다. 연구 성과를 많이 낸 대학은 더 많은 연구의뢰와 연구비를 받는다. 이것이 누적되어 그 대학의 연구 역량을 형성한다. 한 분야에서 1등 기업과 2등 기업의 주가 차이는 엄청나다. 대학도 1등 대학과 2등 대학의 차이는 엄청나다. 큰 연구비를 제공하면서 연구의뢰를 하는 대기업이 1등 대학에 연구를 의뢰할 것인가, 2등 대학에 연구를 의뢰할 것인가를 자문하면 금방 알 수 있다.

'현대의 대학은 기업이다' 라는 말은 미국의 일류 대학을 일별하면 쉽게 알 수 있다. 10위 이내의 모든 대학이 사립이다. 하버드, MIT, 스탠포드, 프린스턴, 예일… 이 모두가 주립이나 공립대학이 아니다. 이들의 서열도 대부분은 1년의 연구비 예산으로 가늠된다. 1등 대학이 못되면 금세

추락한다는 사실을 이들은 너무나 잘 안다. 그러므로 미국 대학들은 생존 경쟁에서 이기고, 스스로 우수해지기 위한 자구책 중 하나로 입학 선발을 자율적으로 운용한다. 미국 정부에서 우리나라 교육부처럼 '감 놔라 배 놔라' 했더라면, 그들도 벌써 세계 3류 대학으로 전락했을 것이다.

우리나라 대학들이 국위에 걸맞지 않게 세계의 하위권을 맴도는 이유도 절대 우연이 아니다. 그 위에 잘난 교육부가 군림하고 있기 때문이다.

기업은 이익 추구가 목적이다. 그런 기업에 대하여 국가가 경영 방법을 강요하는가? 그럴 수 없다. 대학의 가장 중요한 목표가 학문의 수월성이다. 그런 대학에 국가가 운영 방법을 강요하는가? 그럴 수 없다. 수월성 세계의 경쟁세계에서 전쟁을 하고 있는 대학에 대하여 정부가 평준화니, 저 소득층 사회에 대한 봉사니, 기회균등 할당제니 하여 운영 방법을 강요한다? 한 마디로 국제 사회의 경쟁을 무시하겠다는 것이다.

보다 더 우수하고 능력 있는 학생을 선발하여 대학의 학문적 수월성 경쟁세계에서 이겨내겠다는 노력이 있기에 미국의 대학이 세계적으로 높은 학문적 수준을 유지하는 것이다. 이것이 최강국의 지위 유지에 최대의 바탕이 되는 것은 두말할 여지도 없다.

우리나라의 대학 교육

1) 입시제도의 맹점

우리나라의 입시제도는 교육부에 의하여 주도된 바 있다. 그리고 그것도 수시로 바뀌었었다. 해방 이후 정부가 수립되고 교육부가 생긴 이래 60여 년의 세월이 흘렀음에도 불구하고 아직도 정립이 되지 않은 상태다. 다시 말하면 교육 실험이 계속되고 시행착오 중이었다는 이야기이다.

우리나라 대학 입학제도는 연말연시에 시행되는 정시모집과 가을 학기를 겨냥한 수시모집으로 구분된다. 정시모집의 전형방법과 수시모집의 전형방법은 완전히 다르다. 한 가지는 철저히 뽑고 다른 한 가지는 대충 뽑겠다는 정책인지, 아니면 이런 것도 시험해 보고 저런 것도 시험해 보겠다는 것인지 애매모호하다.

정시모집에서는 고교내신 성적과 수능성적을 위주로 해서 선발한다. 고교내신 성적은 미국의 고교평점(GPA)에 해당하고, 수능성적은 SAT나 ACT에 해당한다. 미국은 대학 별로 각 고교의 통계치를 가지고 자율적으로 반영하고 있는 데 반하여 우리나라는 교육부의 요구에 따라 30% 혹은 50%를 일률적으로 반영하는 것이 다르다. 이를 기준으로 선발하는 데는 맹점이 많다.

고교평준화가 되었다고는 하지만 학교 간의 차이는 존재한다. 그리고 고교의 수효가 많은 만큼 우수 점수자의 수효는 많다. 이것을 고려하지 않고 단순히 평점만을 30%, 또는 50%를 반영한다는 것은 주먹구구식 계산법으로 학생을 선발하겠다는 것이다.

자기네 대학에서 공부할 능력이 있는 학생을 선발하기 위하여 고교 성적을 참고하는 것이라면 당연히 학교의 수준 차이를 고려하지 않을 수 없다. 대학마다 여러 해의 통계 자료를 가지고 어떤 고교의 졸업생 몇 % 정도의 수준이면 성공적인 학습이 가능한지 판단되어야 한다. 모든 고교에 똑 같은 잣대를 사용할 이유가 없을 뿐더러 그렇게 하는 것은 어리석은 방법이다.

고교 성적부를 통해서 여러 가지 사항이 파악되어야 한다. 해당 학부가 어문계이면 어학계통의 성적을, 수리 물리 학부면 수학, 물리 성적에 비중을 두어서 산출되어야 한다.

이런 사항을 토대로 학생이 지원 학과의 학문을 잘 공부해낼 수 있는 지를 가리는 작업이 필요하다. 미국 대학의 입학처에는 자료 판독사(record reader)들이 있다. 이들이 입학생들을 골라낸다. 모든 고교 성적을 같은 잣대로 재는 일은 없다.

2) 우리나라 대학 교육의 허점

우리나라 대학 교육의 허점은 입학한 학생이 본인의 학업 능력이나 적성과는 무관한 상태로 공부하고 졸업해야 한다는 것이다. 입학 과정이 어려운 만큼 입학 후 학업을 따라가기 힘들거나 적성에 맞지 않음이 드러나도 끝까지 억지 공부를 해서 졸업을 해야 하는 것이 현실이다. 이는 학생 개인이나 대학이나 국가를 위해서 실로 비극적인 일임에도 불구하고 이를 고찰해주는 교육당국도 학교 당국도 없다. 학생이나 교수는 적성이 맞지 않고 능력에 미치지 못해도 서로 괴로움을 견디는 것으로 극기한다. 교육과정도 한 기간의 인생인데 이렇게 살아야만 하는 것일까?

적성이 맞지 않거나 수준에 맞지 않는 공부를 하고 있다면, 이 학생은 인생의 시간을 낭비하는 것이다. 아무리 좋은 명품 옷도 자기 몸매에 안 맞으면 안 입느니만 못하고, 아무리 좋은 직위라도 감당할 능력이 없으면 본인에게 괴로운 바늘방석인 것이다.

우리나라 대학에 퇴학, 퇴교 제도가 있기는 하지만 이는 학업 성적이 미치지 못할 때 학교가 일방적으로 쫓아내는 개념의 제도일 뿐이다. 미국대학의 퇴교제도는 계속 공부해 보았자 효과가 없거나 적성에 안 맞으면 학생 스스로 중도 포기할 수 있는 개념의 제도이다. 미국에서 학생은 누구나 자기의 수준에 맞는 대학과 학과를 선택해서 전학, 전과를 쉽게 할 수 있다. 이는 대학에서 입학뿐만 아니라 전학, 전과도 서류제출

만으로 입학처의 자료 판독사들에 의하여 선정하기 때문이다. 학생의 입장에서 보면 입학, 전학, 전과가 상대적으로 쉬운 것이다.

직장에서도 학력 자체만 보고 고용하는 것은 아니다. 학생 본인도 선택한 학문 분야에 성취가 없다고 판단되면 인생의 낭비로 간주하고 다른 진로를 모색하는 것이 현명한 길이다. 미국 대학은 이를 고려하여 모든 입학, 전학, 전과가 비교적 자유롭고 쉽도록 개방하고 있다.

미국에서는 대학에 수용 능력이 있고, 강의실에 자리가 있는 한, 공부할 의사가 있고, 할 수 있을 것으로 판단되는 학생에게는 누구에게나 입학허가를 내준다. 공부할 능력이 있는 것으로 판단되어도 본인이 게으르거나 정열이 없으면 성적으로 그 결과가 나타난다. 그러므로 일단 공부는 시작하되 적성에 안 맞거나 학업 성취가 어려우면 스스로 물러나서 새로운 자신의 진로를 개척할 수 있다. 빌 게이츠가 하버드대학을 자퇴하고 자신의 길을 갈 수 있었던 것이 그와 미국에게 더 큰 도움이 되었다는 것을 생각해 볼 필요가 있다.

돈이나 어떤 배경으로 입학한 학생이 있다 하자. 입학 후 그 학문을 이해할 수 없거나, 성적이 따라 주지 않으면 본인만 괴롭다. 억지 졸업을 했다 하더라도 그 인재가 어디에 쓸모가 있겠는가? 회사에 취직을 해도 그 분야에서 잘 할 수 있을 것인가, 연구 분야에 투입된들 잘 할 수 있겠는가. 인생길을 가면서 못하는 것을 억지로 해야 하는 본인만 고달픈 것이다. 따라서 부정 입학 따위의 시비는 불필요하다.

교육부의 간섭과 규제

우리나라 대학이 세계의 중하위권을 맴도는 큰 이유 중 하나가 바로 교육부의 간섭과 규제이다. 자녀 교육에 대하여 간섭이 심한 아이들이 공부를 잘하는지, 자율적으로 공부하게 놔두고 지원만 해주는 자녀가 잘하는지를 보면 쉽게 알 수 있다.

첫째는 입시정책이다. 교육부에서 지정한 방법대로 입시를 치르라고 하니 학생들은 그 틀 안의 공부만 열심히 하게 된다. 창의력, 응용력, 분야별 전문 지식 등을 육성할 겨를이 없다. 그러므로 이들이 연구 분야에 투입되면 무능한 연구자일 수밖에 없다.

각 학과와 분야별로 특수한 재능을 가진 학생을 뽑아야 그 재능의 계발이 용이하고 연구 분야에도 유용하다. 일률적인 입시문제와 입시방법을 교육부가 강요하고 있으니 어떻게 분야 별로 재능 있는 학생을 선발할 수 있겠는가 말이다.

두 번째는 정원 동결이라는 정책이다. 학문분야도 기업의 인적자원 수요와 똑 같은 원리 하에 놓여 있다. 전자공학 분야의 산업이 발달해서 그 분야의 취업이 잘 되고 인건비가 높아지면 진학 희망 학생들은 누가 뭐래도 그 분야로 쏠리게 마련이다. 수요가 높은 분야의 학생을 많이 받아들이는 것은 수요와 공급의 법칙에 비추어 보아도 타당한 일이다.

정원 동결이라는 인위적 통제가 없다면 대학의 입학하가도 자연스럽게 수요에 맞추어 나갈 것이다. 의사의 봉급 수준이 높아서 학생들이 의과대학 지망을 많이 원하면 대학도 자연스럽게 시설을 늘리고 더 많은 학생을 받아들일 것이다.

교육부는 교육 시설이나 교수 수가 충분한지를 지도감독할 일이다. 교육부가 정원동결로 통제하면 의사들의 희소성 때문에 의사들의 수입 수준이 높아지고 고급 두뇌가 그쪽으로 쏠리는 쏠림 현상을 가져온다. 따라서 의료 분야에 취미나 적성이 있든 없든 의과 대학 지망생이 늘게 마련이다. 그렇게 되면 다른 분야로 가야할 고급 두뇌가 다른 분야로 가지 않으니 다른 분야의 발전에 지장을 주게 되고 국제적 경쟁력이 처지게 마련이다.

교육부가 정원동결로 통제하지 않고 수요 공급의 법칙에 맡겨 두면 자연스럽게 의사의 공급이 늘어날 것이다. 의사 수가 늘어나면 의사의 수입 수준이 줄어들 것이다. 그러면 의사 지망생도 줄어들고, 따라서 고급 두뇌는 다른 분야에도 골고루 분포될 수 있을 것이다.

정원 동결의 이유로 교육부는 항상 수도권 과밀화 문제를 내세운다. 진부하기 그지없다. 수도권 과밀화 방지 방안으로 대학의 정원 동결 밖에 다른 방안이 없다는 말인가? 얼마든지 있지 않은가.

서울대라고 서울에만 있으란 법이 있나. 서울대를 저 강원도 오지 정선에 옮기면 서울대가 아닌가. 그리로 옮긴다고 서울대 갈 사람들이 안 쫓아 갈까봐 걱정인가? 서울대학이 한군데 몰려 있을 필요가 그렇게 절실한 것인가? 옮겨도 경비가 많이 나지 않을 학과는 찢어서 전라도 오지, 경상도 오지, 충청도 오지, 제주도 한라산 밑 등으로 보내면 학생들도 환경 좋은 데서 학문을 깊이 연구할 수 있지 않겠는가. 다만 대학 당국이 그렇게 할 여력이 있는지를 스스로 결정하여 지도감독을 받으면 된다. 사립대학은 이미 지방 분교를 많이 확장했다. 좀 더 실효성이 있으려면 핵심 인기학과를 지방 오지로 유도해야 한다.

교육부는 이렇게 말하기도 한다. 대학에 자율을 주면 부정 입학 등이 만연한다는 것이다. 파생 문제가 두려워 가야 할 길을 가지 않겠다는 말이다. 아이들이 위험에 빠질까봐 물에 접근하지 못하게 하는 부모가 있다. 그 아이는 수영을 배울 수 없다. 통제를 할 것이 아니라 안전수칙과 안전한 환경을 조성해 주어야 하는 것이다.

자연에는 안정화 법칙이 있다. 천연적인 평준화 법칙이다. 전자는 에너지 레벨이 낮은 안정된 위치로 전이하려는 경향이 있고, 물은 높은 데서 낮은 곳으로 흘러 평평한 모습으로 변하려 한다. 교육이나 기업이나 자유롭게 놓아두면 최선의 모습으로 자율적인 경영이 이루어지게 되어 있다. 교육 평준화 한답시고 이리 저리 간섭하고 통제 하지 않더라도 자연적으로 안정화되고 발전하는 것이다.

간섭과 통제는 인위적인 성형 수술과 같아서 아름다운 자연의 얼굴을 흉한 모습으로 망쳐 놓는다. 우리나라 교육부는 숙련된 성형외과 의사가 아니고 돌팔이 성형외과 의사이기 때문에 그 정도가 더욱 심하다. 노심초사하는 지혜 없는 부모처럼 이 간섭 저 간섭으로 자생적 경쟁력을 방해함으로서 취약하고 무능한 대학들로 후퇴시킨다는 사실을 알아야 한다.

가만히 놔두면 제대로 될 것을 오히려 망쳐 놓은 과거의 교육 행정, 이제는 좀 더 합리적이고 진취적인 자세로 미래를 내다보자.

11장 로즈 가든(Rose Garden)

글렌애비뉴(Glen Avenue)의 내 집에서 산 쪽으로 한 블록쯤 더 오르면 숲속에 아담한 가든(Garden)이 하나 있다. 여러 가지 장미를 밭뙈기로 심어놓아서 늘 장미로 가득하다. 쉴 수 있는 벤치들이 여기저기 놓여 있고 높다란 나무들이 푸른 잎을 사시 흔들고 있다. 그 사이로 푸른 하늘과 시린 햇빛을 볼 수 있다. 역시 이곳에서도 베이 지역(Bay Area)의 푸른 바다와 멀리 안개에 휩싸인 샌프란시스코의 빌딩 군을 바라볼 수 있다. 사람들은 전망대에 올라 넋을 잃고 펼쳐진 경치를 조망하곤 한다. 그러다가 장미가 우거진 공원 안을 이리저리 산책한다. 벤치 위에 주저앉아 명상에 잠긴 사람들도 눈에 띈다.

가든 안에 테니스 코트도 있다. 테니스 코트가 4면이나 있지만 저녁 3시 퇴근시간 이후에는 자리 차지하기가 수월치 않다. 그 위쪽으로 로즈 가든과 테니스 코트를 위한 식물 배양소가 있다. 이 식물 배양소에는 베트남 출신 정원사가 하나 있는데 주위의 수목과 장미를 관리하고 테니스 코트와 화장실의 청결을 유지한다.

벽치기를 하다가 공이 관리소 울타리를 넘어가면 공을 포기해야 하는 경우가 많다. 대부분은 정원사가 관리소 울타리 문을 자물쇠로 굳게 잠가 놓기 때문이다. 어떤 때는 정원사가 들어와 일하는 것을 볼 수 있다. 그럴 때는 관리소 구역 울타리의 자물쇠를 풀어 놓고 문을 활짝 열어 놓는다. 이럴 때 공이 넘어가면 열린 문으로 들어가서 공을 집어올 수 있다. 내 공 뿐만 아니라 다른 사람들이 넘긴 공까지도 한 무더기 가져 올 수 있어서 기분이 짭짜름하다.

티아이(TI) 연구실의 사미어에게 어느 날 테니스를 치냐고 물었다. 그랬더니 좀 친다고 한다. 그럼 내일 오후에 테니스나 같이 치자. 하지만 테니스 라켓이 없단다. 그래서 대학 주변에 있는 스포츠 센터(Sports Center)에 가서 쌈직한 테니스 라켓을 하나 더 구입했다. 그래야 30달러 정도 밖에 하지 않으니까 큰 부담은 되지 않는다. 제대로 된 라켓을 구입하려면 200~300달러는 족히 주어야 하지만 다 이름값이다. 아마추어 초보들은 라켓이 비싸다고 더 잘 치거나 싸다고 못 치는 것은 아니다.

엘보 때문에 테니스 라켓을 놓은 지가 10여년 이상 인지라 공을 제대로 넘기기조차 어렵다. 사미어 역시 테니스 좀 친다고는 하지만 영 초보다. 서로 공 주우러 다니기 바쁘다. 하지만 공 줍는 것조차도 운동이니까 그런대로 목적은 달성된다.

다음 날 부터 아침저녁으로 로즈가든에서 실력을 다지기로 마음먹었다. 그래서 시작된 것이 벽치기다. 다행이 로즈 가든의 테니스 코트에는 벽치기 장이 따로 있다. 새벽 6시 반부터 30여 분 연습을 하고 7시에 돌아와서 샤워하고 식사하고 학교에 가면 알맞다. 저녁에는 학교에서 돌아와 5시경부터 또 30여 분간 연습하면 더 좋다. 등교와 하교에 각각 30여 분씩 걷는 것과 합치면 하루의 운동량으로 적당해 보인다.

빅터(Victor)

벽치기를 시작한지 며칠 되지 않았을 때다. 한 70대 되어 보이는 학자풍의 노인이 말을 걸어왔다. 나와 거의 같은 아침 시각에 매일 와서 벽치기를 하는 모양이다. 나의 벽치기 모습을 보고 자기와 실력이 비슷하다고 느꼈던 모양이다. 함께 테니스를 하는 것이 어떻겠느냐고 묻는다. 안될 까닭이 없지. 자기 이름을 빅터라고 소개한다. 버클리 대학 극동문제 연구소에서 연구를 하다가 은퇴했다고 소개한다. 우크라이나에서 연구 차 왔다가 눌러앉게 되었다나.

처음에는 간단히 스트로크 정도를 주고받았다. 그리고 며칠은 그것으로 만족했다. 하지만 게임을 하자고 제안해 온다. 그래서 이 노인과 게임을 시작했다. 서양인들은 게임에는 강하다. 승부욕이 강한 것이다. 스트로크는 썩 잘하는 것 같지 않은데 게임에는 의외로 강하다. 승부욕이 발동해서인지 전력을 다해서 친다. 아침을 가벼운 운동으로 시작하려고 했었는데 무거운 게임을 하고 하루를 시작하려니까 벅차다. 70대 노인이 힘도 좋다. 코트를 이리 뛰고 저리 뛰어도 지칠 줄을 모른다.

마이크(Mike)

뉴욕에서 왔다는 마이크(Mike)는 매우 친밀하고 좋은 인상을 주는 젊은이다. 그는 테니스 코트에서 중동 애들이 테니스 시합을 끝내기를 기다리며 한 시간 정도를 소비하고 있었다. 그런데도 불구하고 중동 애들이 테니스를 끝낼 기색이 없자 불평하는 것이었다. 테니스 코트 규칙에는 다른 사람들이 기다리고 있을 경우에는 30분 이상을 초과해서 치지 말 것이 명시되어 있다. 대부분의 미국인들은 이러한 규칙문이 걸려 있는 경우에는 철저하게 지키는 것인데, 다른 나라에서 온 사람들은 그런 팻말 따위에 콧방귀도 뀌지 않는다.

이것이 마이크에게는 매우 못 마땅한 모양이었다. 나를 보며 그 팀이 끝나면 함께 치자고 제안을 한다. 잘 못 친다고 사양했지만 자신도 썩 잘 치지는 못한다고 하며 함께 칠 것을 권유한다. 못 이긴 채 그러마고 약속을 했다.

얼마 후 다른 코트에 자리가 나자 그는 나와 함께 테니스를 했다. 선수처럼 잘 친다. 하지만 나에게 맞추어 주려는 배려를 아끼지 않는다. 마이크는 그의 애인이 버클리대 토목과에서 박사과정을 시작했기 때문에 일부러 뉴욕에서 왔다고 한다. 자신은 뉴욕 코넬 대학에서 건축학 석사를 마치고 그곳에서 잡을 잡고 일을 하고 있는 중이지만 애인 때문에 버클리를 오간단다.

애인이 이렇게 소중하다. 뉴욕에서 샌프란시스코 왕복 비행은 짧은 거리가 아니다. 편도 비행시간만 해도 7~8 시간은 족히 걸리는 거리이다. 얼마나 사랑하면 그 먼 거리를 오가는 것일까? 애인 사이에 신의가 매우 도타워 보인다. 젊은 세대 사람들에게는 애인 관계가 매우 중요한 인간관계로 자리 잡고 있음을 가늠케 한다.

마이크는 테니스를 하는 도중에도 연신 추임새를 넣어가며 신명을 낸다. 승부에 집착해서 묵묵부답 테니스에 열중하는 것이 아니라 무엇인가 한마디씩 코멘트를 달면서 분위기를 띄운다. 무슨 말이든지 해야 직성이 풀리나 보다. 선천적으로 명랑하고 재미있는 성격이다.

어느 날 테니스 코트에 갔더니 마이크는 늙은이 한 명과 텁수룩한 털보 한 명과 함께 치고 있었다. 그러면서 나에게도 끼라고 소리를 친다. 보니 매우 잘 치는 솜씨들이다. 실력이 안 되겠다고 하니 "아 무슨 소리냐 우리들도 치는 솜씨가 형편이 없다"며 함께 칠 것을 강권한다. 그래서 넷이서 치기 시작했다. 게임을 하면서 넘기고 받고 하는데 그럴 때마다 무슨 우스갯소리를 해댄다. 미국인들끼리의 가십을 모두 다 알아들을 수 있을 만큼의 영어 실력은 못 된다. 그래도 분위기는 흥겹다.

돈(Don)

그 털보 인간은 돈(Don)이라며 자기소개를 한다. 붉은 빛 도는 노랑머리의 소유자인데 헤어스타일이 맥도날드 광고 광대처럼 곱슬머리다. 얼굴 전면에 커다란 붉은 사마귀가 생겨났지만 웬일인지 그대로 두고 지낸다.

다음날 저녁시간에 테니스 코트에 나갔더니 돈이 혼자 누군가를 기다리고 있었다. 테니스 레슨을 주려고 기다리나 보다 하고 벽치기를 시작했다. 커다란 테니스 가방을 옆에 놓고 기다리는 폼이 무료해 보인다. 얼마 쯤 치다가 여전히 기다리고 있기에 슬슬 말을 붙여 보았다.

"누구를 기다리느냐?"

"뭐 특별히 기다리는 사람은 없다. 그냥 잠깐 쉬고 있는 거다."

"아 그러냐. 테니스는 즐겨 치는가 본데 매일 나오느냐?"

"그렇다."

"무슨 일을 하느냐?"

"페인트 잡을 한다."

그래서 보니 털보 청바지가 다 낡은데다 여기저기 페인트가 묻어 있다. 그러면서 테니스의 폼은 이러 저러하게 하는 것이 좋다고 나에게 코치를 해 준다.

다음 날에도 그 다음 날에도 돈은 자주 눈에 띄었다. 그럴 때마다 그는 별 할 일 없이 테니스장을 지키고 있었다. 어떤 때는 어스름 황혼의 시각에 테니스장 밖의 벤치에 앉아서 무엇인가 명상을 하고 있기도 했다. 어두움이 짙게 깔려서 테니스장에서 모든 사람이 물러가도 그는 그 자리에 혼자 있기 일쑤였다.

다른 날 그에게 물어 볼 기회가 있었다.

"어디 사느냐? 가족은 있느냐?"

"사는 데는 일정치 않고 가족도 없다. 젊은 날에는 항모 미주리호의 갑

판병이었다. 그때는 자랑스럽게도 해군복을 입고 뻐기면서 젊은 날들을 보냈다. 기항할 때마다 처녀들이 줄을 서서 기다렸다."

"…."

"작년에 늑막염을 앓게 되었는데 수술비가 2만 달러가 나왔다. 그 바람에 집을 날렸다."

그러니까 돈은 홈리스(Homeless)였던 것이다. 매일 저녁 잘 곳이 없어서 이 로즈 가든 어딘가에서 잠을 자는 것이다. 그 커다란 테니스 가방 속에는 침낭이 들어있는 있을 것이다. 얼굴에 난 커다란 붉은 사마귀도 진행되는 암 덩어리인지도 모른다. 몸이 아파도 따뜻하게 누울 방이 없었던 것이다.

며칠 후에 테니스를 끝내고 돌아가면서 50달러짜리 지폐를 주려고 하니 사양이다. 그 대신 언제 다운타운에 가서 맥주나 한잔 사라고 한다. 다운타운에 근사한 맥주 집이 하나 있단다. 그러면 내일 가겠느냐? 좋다. 다음 날 5시에 로즈 가든 앞 버스 정류장에서 만나기로 했다.

다음 날 가벼운 옷차림을 하고 버스 정류장에 나갔더니 벌써 와 있었다. 의외로 말쑥한 옷차림을 하고 있다. 어디서 했는지 세수도 깨끗이 하고 면도까지 해서 아주 핸섬한 모습이다. 오후의 버스는 밝은 햇살을 싣고 버클리 언덕의 내리막길을 경쾌하게 미끄러져 내려갔다. 길가의 가로수들이 무성한 잎사귀를 머리에 이고 마치 숱 많은 미녀처럼 웃고 있었다. 돈은 신바람이 나는지 엉덩이를 들썩이며 점잖을 떨었다.

오클랜드 다운타운은 아담한 도시다. 오래 전에 허치운(Huchiun)이라는 아메리칸 인디언들이 살고 있던 땅이었는데 16세기경 스페인 점령군에게 빼앗겼다. 스페인 국왕은 이 땅을 페랄타(Peralta)에게 주었고 그가 죽은 뒤 4명의 자식들에게 분배되었다 한다. 그 당시 이곳에는 상수리나무(Oak trees) 숲이 울창하게 우거져 있었는데 1849년 골드러시(Gold Rush) 이후 차츰 도시로 개발되면서 철도와 전차가 놓이고 번성하기 시작했다.

1952년에는 오클랜드 시가 조직되기에 이른다. 샌프란시스코의 배후 도시로서 군사기지 등이 들어서고 버클리 대학도 생기면서 크게 성장하기에 이른다. 2차 대전 중에는 군수산업이 활발하게 일어나서 텍사스, 루이지애나 등지의 흑인들이 많이 밀려들어 왔다. 전쟁이 끝나고 군수산업이 한풀 죽자 백인들은 떠나갔지만 흑인들은 갈 곳 없이 오클랜드 다운타운과 리치몬드 지역을 지키고 있다.

오클랜드 다운타운 남단의 바닷가에 잭 런던 광장이라고 불리는 유명한 관광지가 있다. 그곳 부두에 오두막 주점이 있는데 이것이 150여 년간 이곳을 거쳐 가는 뱃사람들의 쉼터가 되었던 게다. 지금도 한쪽 구석에 2개의 통나무 오두막집이 있다. 하나는 단순한 유적지로 보호 중이고 다른 하나에는 아직도 주점이 있다.

돈이 나를 데리고 간 곳은 바로 이 주점이다. 좁은 공간에 테이블이 3개 정도 달랑 있다. 이상한 것은 이 방의 한쪽이 푹 꺼져 있다는 것이다. 이것 때문에 이 주점이 유명한데 이렇게 된 것은 1989년의 대지진 때 땅이 꺼지고 기둥이 내려앉았기 때문이다. 주저앉은 바닥에 맞추어 테이블의 다리 길이도 조정하여 바닥에 못을 박았다. 따라서 앉은 자세와 술 마시는 자세만 조심하면 이상한 곳에서 맥주를 마실 수 있는 것이다. 천장이며 벽은 오랜 세월의 때에 절어서 새까맣 대로 새까맣고, 그동안 이곳을 방문한 수많은 사람들이 저마다 작은 글귀 하나씩을 써서 부쳐 놓았다.

맥주 한잔을 요구할 때마다 바텐더에게 돈을 낸다. 그렇게 서너 잔을 마시니 둘은 흥취가 오를 대로 오른다. 돈은 술이 들어가니까 어디서 듣고 배웠는지 미국의 정치와 사회에 대해서 신랄한 비판을 가하기 시작한다. 미국 정부는 국민에게 최소한도 식생활(food), 주거(shelter), 의료 보험(medical insurance)을 보장해 주어야 한다는 것이다. 자신도 의료 보험이 없어서 병원 신세를 지게 되었을 때 의료보장이 되지 못하므로 금방 홈리스(homeless)로 전락하지 않았느냐는 것이다.

이에 대해서 나는 동양 사람들의 이야기를 들지 않을 수 없었다. 동양 사람들은 대체적으로 국가에 기대하는 바가 많지 않다. 인구가 워낙 많다 보니 국가도 국민 모두에 대한 생활 보장을 할 수 없었다. 그러므로 한국이나 중국 등지의 동남아 국가의 국민은 스스로 절약하고 스스로의 미래에 대해서 스스로 보장하는 데 익숙해져 있다. 국민 모두가 식생활(food)은 몰라도 주거(shelter)나 의료 보험(medical insurance)에 대해서는 스스로 대처를 해야 하는 게 아니냐고 나도 반박했다.

중국 사람들의 경우, 길에서 죽은 사람에게서도 최소한 장례비가 발견된다는 이야기를 어렸을 때 많이 들었다. 우리나라 사람들은 적은 수입을 절약해서 저축해 두는 습관이 몸에 젖어 있다. 하지만 최근의 젊은 이들에게서 보는 바와 같이 그도 이제는 옛말이 되지 않았나 싶다. 지금은 젊은이들뿐만 아니라 나이 든 사람들까지도 우선 쓰고 보자는 풍조가 있고 또 카드빚까지 써서 부채를 지고 사는 사람이 적지 않은 것으로 알고 있다. 특히나 주식시장 등의 서양식 경제가 우리나라 경제 인구에게 악습관을 많이 야기하고 있다. 재테크 단계까지는 좋았으나 주식테크 시장이 확대되다 보니 한 탕에 날리고 빚더미에 앉아 평생 고생하는 사람들이 늘어나기도 한다.

결국 우리나라도 이제는 옛날의 절약 경제개념이 사라지고 있다. 식생활(food), 주거(shelter), 의료 보험(medical insurance) 등이 이제는 절실하다는 사실을 부정할 수 없다. 웬만하면 돈의 말을 반박해서 우리 동양인들의 자립경제를 더 옹호하고 싶기도 했지만 생각을 거듭할수록 이제는 그게 아니라는 생각 때문에 발언을 거두어야 하게 되었다.

맥주 몇 잔에 기분이 좋아지기도 하고 주위가 일렁여 보이기도 하고 아무튼 우리는 이 날 밤 잠시 만이라도 세상이 부럽지 않았다. 탁자 위에 팁을 두둑이 놓아두고 2차를 위해 다음 집으로 향했다. 돈은 자기가 잘 아는 스시집이 있다며 안내에 나섰다. 잭 런던 광장에서 찻길을 건너 조금 걸으니 화려해 보이는 커다란 스시집이 나타났다. 우리는 요리사 앞의 바에 걸터앉아 각기 스시 4개씩을 주문했다. 요리사는 잠시 후에 우리 앞에 스시를 올려놓는다. 갑자기 돈이 손바닥을 치며 오두방정을 떤다. 왜 그러는지 영문을 모르겠다. 잠시 후에 알고 보았더니 입에 넣은 스시가 기가 막히다는 뜻이었다.

돈은 자신이 소크라테스라도 되는 양 개똥철학을 펼쳐 보인다. 그래도 책은 좀 읽은 것 같다. 현실이 따라 주지 않는 철학, 아무리 거창하면 무얼 하리. 호구지책 앞에선 개똥철학도 무색한 법이어늘….

밤이 늦어서야 오클랜드 다운타운에서 버스를 집어타고 다시 버클리 언덕으로 돌아왔다. 버클리 언덕에서 네 가방은 어디에 두었느냐고 물으니 친구 집에 맡겨 두었단다. 친구 집은 무슨 얼어 죽을… 공원 구석 나무 밑이나 어디에 숨겨 놓고 온 것 같은데… 아무튼 길게 묻고 답할 수 있는 이야기가 아니다. 아무리 술에 취했어도 자존심 건드리는 얘기는 생략하는 게 좋다.

몇 달 후 버클리에 잠시 들렀을 때 돈과 다시 한 번 저녁 식사를 하고 싶었으나 급히 시카고로 떠나야 했기에 그렇게 할 수가 없었다. 그 대신 전화를 한번 했는데, 대번에 내 목소리를 알아듣고 "하이, 킴, 나 잘 있네. 한 번 보세나" 한다.

제2부 샌프란시스코

1장 샌프란시스코

샌프란시스코는 세계 3대 미항 중 하나일 만큼 빼어난 자연 경관과 도시 미학을 자랑한다. 샌프란시스코 반도의 끝자락에 자리하여 서쪽으로는 태평양 물결의 끊임없는 율동을, 동쪽으로는 호수 같은 샌프란시스코 만의 평화로움을 바라본다. 북쪽으로는 시원스런 금문교를 건너 소살리토(Sausalito)와 골든게이트 국립 휴양지에 연결된다. 주변이 온통 아름다운 자연으로 싸여 있는 천혜의 도시이다.

아메리카 대륙 발견 이후 스페인 사람들이 1776년경에 이곳 반도의 끝 골든게이트에 요새와 '아시지의 프란시스(Francis of Assisi: 아시지는 이탈리아 중부를 일컬음)'라고 불리는 선교본부를 건설한 것이 단초가 되었다. 1848년 캘리포니아의 골드러시가 발생하면서 급격한 도시 성장의 추진력을 얻게 된다.

1906년의 지진과 화재로 도시는 완전히 파괴된다. 이것을 바라 본 '잭 런던'(Jack London 작가)은 다음과 같이 이야기 한다. "현대의 특급 도시가 그렇게 완전히 파괴된 적은 일찍이 역사에 없었다. 샌프란시스코는 사라졌다."

그러나 샌프란시스코는 대지진과 대화재를 교훈삼아 지진과 화재에 견고한 도시를 신속히 건설한다. 인간은 영리하다. 한 번의 교훈을 뼈아프게 받아들이고 또 다시 그러한 곤경에 빠지지 않을 만큼의 새로운 방책을 궁구하여 새로움을 창조한다. 하지만 자연은 언제 또 다른 재난을 인간에게 줄지 아무도 모른다. 현재로서의 교훈에 최선의 대책을 세울 뿐이다.

샌프란시스코는 그 아름다움 때문에 매년 수백만 명의 국제 관광객이 다녀간다. 금문교 다리 위의 인파는 전 세계로부터 몰려 온 사람들이고, 샌프란시스코 언덕 위를 오르내리는 전차 밖으로 몸을 내 놓고 바람에 머리칼을 휘날리는 젊은이들은 세계 도처에서 온 이방인들이다.

샌파블로 만(San Pablo Bay)의 중앙에는 알카트라즈 섬(Alcatraz Island)이 있고, 섬은 옛 감옥 건물이 차지하고 있다. 섬으로 향하는 하얀 유람선의 관광객들이 환성을 질러대면 주위의 갈매기들이 기웃거린다. 수십 개의 부두(Peer)를 따라 넓고 깨끗한 보도가 나란히 뻗어 있다. 보도 위에는 '어부 부두(Fisherman's Wharf)'로 향하는 무수한 사람들이 관광복 차림으로 끝없이 걷는다.

도심의 언덕에 있는 유니언 광장(Union Square)에는 프로 및 아마추어 화가들이 자신의 그림들을 전시해 놓고 오가는 사람들의 이목을 끈다. 샌프란시스코는 가파른 언덕이 많은 도시이며 빅토리아풍과 현대식을 절충한 건물들로 가득 차 있다. 태평양의 바람이 수시로 불어와 여름에는 서늘한 바람이 불고 겨울에는 온화하다. 태평양의 바람 때문에 공기는 맑을 수밖에 없는데, 그럼에도 불구하고 최적의 대기상태를 유지하겠다는 목표로 시내에는 전기 트램 버스를 운행한다. 시민과 관광객은 깨끗한 대기를 마음껏 마시며 온갖 운동을 즐기며 삶을 구가한다.

〈사진 _ 베이브리지. 버클리와 샌프란시스코를 연결한다.〉

〈사진 _ 피어 거리. 베이 해변을 따라 수십 개의 부두
들이 있고, 부둣가에는 관광객들이 항상 걷고 있다.〉

〈사진 _ 베이 해변의 잡목. 멀리 샌프란시스코 빌딩 숲이 보인다

2장 샌프란시스코의 역사

　미국 도시들의 역사를 조명해 보는 것은 매우 흥미로운 일이다. 그것
들이 모두 200여 년 미만의 짧은 나이를 가지고 있고 대부분 한 가지 이
상의 재난과 문제를 통하여 새로 태어났기 때문이다. 어떤 위험에 노출
되었으며, 어떻게 파괴되었다가 재건되었는지 따위의 문제는 현대의 대
도시 속에 사는 사람으로서 생각하고 싶은 관심사가 아닐 수 없다. 대도

시에서는 수많은 사람들이 곡예를 하듯 아슬아슬한 위험 속에 노출되어 생활을 영위하기 때문이다. 역사적 파괴를 통하여 얻은 교훈과 재난 방지를 위하여 세운 대책은 어떤 것인지를 학습하는 것은 매우 의미 있고 중요하다.

샌프란시스코 지역에 사람이 거주했다는 흔적은 기원 전 3천 년 전까지 거슬러 올라간다. 하지만 스페인 탐험가 가스파 드 포톨라(Gaspar de Portola)가 1769년에 이곳에 도착했을 때에는 올론(Ohlone) 족의 옐라무(Yelamu) 사람들이 살고 있었다. 그 후 6~7년 후인 1776년에 스페인 사람들이 이곳에 요새를 건설하고 선교본부를 세웠다. 샌프란시스코라는 이름은 그 선교본부(아시시의 프란시스 또는 돌로레스 선교부)로부터 유래하였다. 도로가 만들어지고 마을의 모습이 형성되자, 마을 이름을 예르바 부에나(Yerba Buena)라고 불렀다.

1821년에 스페인으로부터 독립하여 멕시코 령이 되었으며, 유럽으로부터 이주자들이 이 지역에 모여들기 시작했다. 1846년, 멕시코와의 전쟁으로 슬로트(John D. Sloat) 장군은 캘리포니아를 미국령으로 편입시키고 예르바 부에나를 샌프란시스코라고 개명했다.

골드러시와 더불어 사람들이 이 지역으로 몰려들자 1848년에 1천 명 정도이었던 인구가 1849년에는 2만 5천여 명에 이르렀다. 이렇게 되자 미 육군은 골든게이트 지역과 알카트라즈에 요새를 건설하고 지역의 방위와 치안 유지에 힘썼다. 1859년에는 은광이 근처에 발견되고 더 많은 인구가 유입되기 시작하였다. 부를 찾아 몰려든 사람들에 의하여 무법천지가 되었고 범죄, 매춘 도박이 횡행하였다.

금광 덕에 부를 획득한 사람들은 웰스파고(Wells Fargo) 은행을 설립하였다. 리랜드 스탠포드(Leland Stanford)와 몇몇 실력자들은 합작하여 첫 대륙 횡단철도를 건설하고 철도 산업을 경영하였다. 샌프란시스코 항만이 건설되자 이곳은 무역의 중심지가 되었다. 이민자들은 다국적 문화의 도시를 형성하였고, 중국인 철도 노동자들은 차이나타운을 만들어 나갔다.

1873년에는 샌프란시스코 언덕 위를 오르내리는 전차가 첫 운행을 시작하였다. 이 전차는 케이블 없이 철로를 따라 언덕을 오르내리는데도 '케이블 카(Cable Car)'라고 부른다. 현지인들에게 다른 말로, 예컨대 '스트리트 카'라든가 '트램 카'라고 물으면 알아듣지 못한다. 이 케이블카의 운전기사들은 가파른 언덕에서 무거운 케이블카를 정지시키기 위하여 온몸의 무게로 브레이크 바를 잡아당긴다.

주거지에는 빅토리아풍의 집들이 모습을 드러내고, 도시 행정관들은 널찍한 공원을 조성하고자 노력했다. 그 결과 골든게이트 공원이 조성되었다. 샌프란시스코 사람들은 학교, 교회, 극장 등 도시생활에 필요한 시설을 건설하기 시작하였다. 세기가 바뀌는 1900여년 경, 샌프란시스코는 현란한 풍조와 사치스러운 호텔, 부를 과시하는 저택들과 번영을 보여주는 예술적 조형물이 가득한 도시로 명성을 날렸다.

1906년 4월 18일 새벽 5시 12분, 대규모 지진이 샌프란시스코와 북부 캘리포니아를 강타했다. 진도 7.8의 강력한 진동으로 건물들이 붕괴되고 가스관들이 파열되면서 화염이 솟았다. 검은 연기가 도시 전체를 뒤덮은 채, 불은 도시 전역으로 퍼져서 7~8일간 잡히지 않고 계속되었다. 수도관마저 파열되어 속수무책이었다. 공병대가 다이너마이트로 건물 블록을 파괴하여 불을 차단하려는 시도를 해 보았지만 헛수고였다. 소돔과 고모라의 유황불과 흡사하였다.

도시의 4분의 3이 완전히 파괴되고, 수천 명이 목숨을 잃었으며, 40

만 인구의 절반 이상이 홈리스로 전락했다. 난민은 골든게이트 공원, 비치, 군부대 등에 임시 천막을 설치하기도 하고, 베이를 건너 반대편 지역으로 피난하기도 했다.

도시 재건은 신속하게 그리고 대규모로 진행되었다. 도로 격자를 완전히 새로 만들자는 요청을 뿌리치고 조속한 건설을 선택했다. 이태리 은행이 생계를 유린당한 사람들에게 융자를 해주었다. 이 은행은 나중에 '뱅크오브아메리카(Bank of America)'가 되었다. 파괴되었던 저택들은 웅대한 호텔로 다시 태어났으며, 시 청사는 장려한 모습으로 거듭났다. 1915년에 샌프란시스코는 국제 박람회를 열어 부활을 자축했다.

이후 몇 년간 샌프란시스코는 주요한 재정도시로 그 지위를 공고히 하였다. 1929년의 주식시장 붕괴의 물결 속에서도 샌프란시스코의 은행은 단 하나도 무너지지 않았다. 대공황의 파고 속에서도 샌프란시스코는 두 개의 커다란 토목사업을 동시에 수행할 정도로 튼튼한 재력을 과시하였다. 샌프란시스코와 오클랜드를 연결하는 베이브리지, 그리고 금문교가 그것으로서 각각 1936년과 1937년에 완성되었다. 바다를 가로 지르는 이 두 다리의 규모는 엄청난 것이었다. 금문교 다리 밑으로는 군함과 기선도 통과하여 베이 안으로 진입할 수 있다. 베이는 샌프란시스코 항구의 천연적 도크로서 태평양의 거센 파도를 막아주고 거대한 기선들을 정박시킬 수 있다. 이 때문에 베이 안에 있는 오클랜드가 항구로서의 기능을 수행하고 있는 것이다.

2차 대전 중에는 이곳의 해군 조선소가 경제활동의 중심지 역할을 했다. 태평양의 작전 무대를 향하여 병사를 승선시키고 화물을 적재하느라 붐볐다. 이 덕에 일자리가 폭증했으며, 미국 남부의 흑인들이 대거 이주해 왔다. 전쟁이 끝나고 병사들은 집으로 귀향했지만 민간인들은 이곳에 정착했다. UN 창설 시에 UN헌장이 이곳에서 초안되고 서명된 바 있다. 1951년 일본과의 전쟁을 공식적으로 종결하기 위한 샌프란시스코 조약은 이곳에서 체결되었다.

1972년에 '트랜스아메리카 피라미드(Transamerica Pyramid)' 빌딩이 세워짐을 필두로 도심의 고층화가 시작되었다. 이것은 샌프란시스코에서 가장 높은 빌딩으로서 지진 지역에 강한 설계를 바탕으로 지어졌다. 도시의 미관이 개선됨과 동시에 항구로서의 제 기능은 오클랜드로 옮겨지고, 일자리는 감소하였다. 샌프란시스코는 관광도시로 탈바꿈을 하게 된다.

주변 지역은 급격히 성장하는 반면, 샌프란시스코는 뚜렷한 인구 변화를 체험한다. 백인 인구가 빠져 나가고 아시아나 라틴아메리카 이민 인구가 그 자리를 채웠다. 이 시기에 이 도시는 반문화(counterculture)의 중심지가 된다.

1950년대 비트 세대(Beat generation)의 작가들이 샌프란시스코 르네상스에 불을 집히고, 1960년대에는 히피들이 몰려오고, 1970년대에는 게이 운동의 중심지가 된다. 샌프란시스코 거리에 몰려든 작가들은 커피 문화를 일으키고 1960년대의 사회적 격변기를 야기하였다. 그들 때문에 이 도시는 자유 행동주의의 진원지가 되었다. 민주, 녹색운동, 진보주의가 정치를 지배하였다. 1988년 이래 보수주의 리퍼블리칸은 거의 의회에 진출하지 못했다. 게이의 권리 주장과 시정 참여로 인하여 게이와 레즈비언의 소리가 높아졌다. 게이들의 퍼레이드와 페스티발이 있을 때마다 게이 관광객들로 성황을 이룬다.

도시와 주변 자연이 아름다운 지상의 낙원은 늘 인간의 죄악으로 물들게 마련이다. 또 다른 재앙이 기다리고 있었다.

1989년의 로마프리타(Loma Prieta) 대지진은 베이 지역에 파괴와 인명피해를 초래했다. 진도 6.9의 지진으로 도심의 고속도로 일부가 내려앉았고, 베이브리지 상판 하나가 떨어졌다. 곳곳에 건물이 파괴되었지만 1906년의 지진 때처럼 큰 화재나 파괴는 일어나지 않았다. 대지진의 경험으로 최대한도의 방비를 한 덕분이라고 할만하다. 당시의 대통령 부시는 35억달러의 재난구호금에 서명하였다.

1990년대에는 닷컴 붐에 힘입어 다시 회사들이 경제를 활성화하였다. 많은 수의 기업과 컴퓨터 업체들이 속속 들어와서 한때 가난해 보였던 시민들의 얼굴을 밝게 해 주었다. 그러나 2001년 버블이 꺼지면서 회사들은 문을 닫고 고용인들도 떠났다. 첨단 기술업체와 서비스업의 일부만이 샌프란시스코의 경제를 지탱시키고 있다.

우리가 지지리도 못살던 1960, 1970년대, 미제 연필 한 자루만 보고도 미국은 영원히 풍요로운 나라인 줄만 알았다. 그들에게도 몹시 가난한 시절이 있었고 범죄와 살인이 횡행하는 두려운 시대가 있었으며, 악행이 도시를 먹구름처럼 뒤덮는 시대에 뒤이어 재앙이 덮치는 지옥이 있기도 했다. 인간의 역사는 세계 어디에서나 이런 식으로 반복된다. 역사의 흐름을 그 누가 막을 수 있으랴? 샌프란시스코도 경제가 기울어 거리에 노숙자들이 넘쳐나기 시작하고 있다. 세계의 부를 한곳에 모아들이고 흥청대던 로마에도 깨어진 돌조각만이 뒹굴던 것처럼.

남의 일만은 아니다. 서울의 거리는 지금 부를 쌓아 올리는 시절로 들어서고 있나본데….

제3부 LA 친구들

1장 LA 친구들

한국에 있을 때 샌프란시스코와 LA는 근처에 있는 두 도시가 아니냐, 이렇게 생각했고 샌프란시스코에 와서는 그냥 맘만 먹으면 쉽게 갈 수 있는 곳이라 생각했다. 막상 LA에 가려고 계획하다보니 만만치 않은 거리라는 것을 알게 되었다. 차로 6~7시간, 쉬는 시간 등을 고려하면 하루 꼬박 걸리는 거리이다.

그렇다고 비행기로 가는 것은 여행의 묘미가 없다. 샌프란시스코와 LA 사이의 캘리포니아 지역은 과연 어떠한 지형이며, 어떠한 도시들이 있으며, 어떠한 산업과 농업이 이루어지는지 등등 궁금증이 많다. 특히 호기심의 발동이 심한 나에게는 비행기 여행이 탐탁지 않다.

그럼 버스로 가는 것은 어떠냐 하겠지만 버스가 한국처럼 흔한 것도 아니고 그것을 타러가기 위해서는 찾아야 하는 것이 너무나 많다. 또 현지에 도착해서도 무엇을 타고 어디로 가야하는지 막연할 수가 있다. 그러므로 힘들지만 자동차 여행이 그 중 낫다는 결론을 내린다. 마침 아들애가 나를 보러 샌프란시스코로 날아왔다. 그 애에게 캘리포니아 세상 구경을 시켜 줄 겸 함께 운전해서 가면 교육 효과도 좋을 것 같았다.

LA에는 동창들이 많이 살고 있다는 이야기를 여러 번 들었다. 처음 버클리에 도착했을 때 어디서 들었는지 인철이가 이메일을 보내 왔다. 근처에 와서 반가우니 언제 한번 볼 기회를 만들자고. 지금이 기회다.

백날 만나자고 입으로만 뇌까리고 아무도 움직이지 않으면 공염불에 불과한 것이니까. 사람이란 이동을 잘 하는 존재 같아도 그렇지 않다. 한군데 눌러앉으면 여간해서 움직이지 않는 동물이다.

그래서 일단 인철에게 전화를 했다. 참 말이 동창이지 40년이면 이제 얼굴도 알아 볼 수 없는 남이다. 그런데 이 또한 그렇지 않은 것이 인생살이다. 오래 되면 될수록 반갑고 보고 싶은 것이다. 시급히 보고 싶은 것은 늘 보는 친구가 아니라 오랫동안 보지 못하던 얼굴 잊은 친구다. 그 옛날 동숭동 교정에서 강의가 있어야 어쩌다 한번 보고 수업이 끝나면 이내 헤어지곤 했던 인철. 따로 만나 대화 한번 하지 않던 그 친구가 40년이 지난 지금 매우 보고 싶다.

인철이는 전화에 대고 당장 내려오라며 대환영이다. 아예 방을 하나 준비해 줄 테니까 있고 싶은 만큼 머물라고 한다. 인심은 있는 데서 난다는데 인철이는 LA에서 단단히 터를 잡은 것일까? 흔쾌한 초청을 받으며 이것도 동창이기 때문이라 생각했다. 아버지가 돌아가시기 전에 아버지 동창 분의 무덤을 자주 찾으시던 기억이 난다. 동창이란 무덤까지 가는 것임에 틀림없다.

생각보다 LA에 빨리 도착했다. 5번 고속도로를 타고 쭉 내려갔다. 가는 길에는 햇볕에 타는 민둥산, 관개수로에 의하여 키우는 과수 농장 밖에는 볼만한 것이 없었다. 그 때문에 앞만 보며 달리는 외에 별 할 일이 없었다. 그래서 그런지 새벽 여섯 시에 버클리를 출발하여 열한 시 경에 이미 LA에 도착했다. 도중에 아침도 점심도 푸짐히 먹었다. 그리고도 시간이 많이 남아서 LA 다운타운, 특히 한국인 거리를 한번 쓸어 볼까 했는데 이때 인철에게서 전화가 왔다. 길에서 헤매지 말고 자기 집으로 빨리 오라는 재촉이다.

인터넷 지도를 잘 준비해 간 덕에 인철이네 집을 쉽게 찾았다. LA의 유명한 맨해튼 비치(Manhattan Beach) 근처라 그런지, 그의 집은 지중해 연안의 흰 집을 연상케 했고, 종려수가 근처에 높이 솟아 있었다. 나 때문에 일부러 회사 일을 일찍 끝내고 집에 돌아와서 부인과 함께 우리를 친절하고 반갑게 맞는다.

이때부터 편안한 환대를 받으며 잊지 못할 LA 사흘간의 추억을 쌓는다. LA란 어림잡아 사방 100㎞가 넘는 방대한 지역이다. 그러므로 사흘간에 무엇을 좀 보고자 한다는 것은 언감생심이다. 가는 날, 오는 날 빼고 하루 반 정도에 무엇을 할 수 있을까?

인철은 20년도 더 넘어 보이는 볼보 차에 우리를 태운다. 화! 무지 짠돌이구나. 차 속에서 곰팡이 냄새가 풀풀 풍기는데 차가 그런대로 잘 간다며 버리지 않고 있는 것이다. 학교 다닐 때는 그냥 부잣집 아들로서 세상을 편케 생각하며 대충 사는 애 인줄 알았는데 그게 아니다. 이 정도면 쫀쫀한 짠돌이로서는 톱클래스다. 우선 트리플 에이에 들러 LA 지도, LA인근 지도, 샌 디아고 지도 등을 잔뜩 얻어다가 준다. 지도를 보고 갈 곳을 찾아보라는 것이다. 인철은 원래 꼼꼼하고 자상한 친구였구나!

맨해튼 비치(Manhattan Beach)

잠시 숨을 돌리고 가장 가까운 맨해튼 비치로 직행이다. 태평양의 넓은 모래사장에는 뜨거운 햇볕이 만장하고 사람들도 즐거운 것 빼고는 없는 오후 속에 파묻혀 있었다. 서핑 하는 젊은이들, 파도 속을 헤엄쳐 대양으로 나가는 젊은이들, 이 틈을 이용해 비행기 꼬리에 광고 플래카드를 걸고 해변을 따라 날아다니는 상혼들… 마음만 그 속에 빨려 들어가고 있었지 이방인은 역시 방관자일 수밖에 없음을 느낀다. 인철은 아들애에게 열심히 설명해 준다.

"이 맨해튼 비치는 전국적으로 유명해… TV에 비키니 차림으로 배구하는 프로가 있는데 그게 바로 이곳이야…"

넓은 모래사장에는 배구 코트가 수도 없이 많다. LA의 비치는 엄청나게 길고 또 모래사장의 폭이 넓다. 맨해튼 비치 외에도 산타모니카 비치(Santa Monica Beach), 레돈도 비치(Redondo Beach), 말리부 비치(Malibu Beach) 등, LA의 태평양 연안에는 비치들이 길게 들어서 있다.

인철이 말고도 대학 동기가 하나 더 있다. 대학 1학년이었을 때 여름 방학을 맞아 강화도 전등사에 함께 갔던 친구 형철이 이곳에 있다는 것이다. 40여 년 전, 전등사의 커다란 바위 위에 누워 우주의 별이 어떻고, 지구는 몇 천억 개의 별 중 먼지에 불과하다는 등 쓸데없는 얘기를 주고받던 친구다. 그 친구를 만나 저녁을 함께 하기로 약속해 놓았다고 말한다. 인철은 그 고물 볼보에 우리를 태우고 형철과 만나기로 한 음식점으로 부지런히 간다. LA는 워낙 넓어서 어느 구석에서 돌고 있는 것인지 감도 오지 않는다.

마침내 어느 허름한 한국 식당에 도달했다. 종이로 도배한 60년대 한 식당 안에서 형철을 만났다. 아니 이게 누군가? 늙지는 않았지만 젊었을 때의 깐깐한 그 인상이 아닌데, 형철이라고 한다. 믿을 도리 밖에 없다. 구수하면서도 짱짱하게 보이는 형철이의 얼굴… 구면이라고 하니까 이야기를 트지, 그렇지 않다면 얘기가 잘 나오지 않았을 뻔했다. 형철이는 종로에 있는 큰 교회 목사 아들이었다. 프라이드 밖에 없던 젊은 그의 모습, 그것도 이미 과거의 기억 속에 있지, 지금은 그저 온화한 그의 본성만이 덩그렇게 남아있다. 미국의 유명한 회사에 아직도 남아있을 만큼 실력이 있으나 세월 속에서 자존심이라든가 오만이라든가 따위는 흐르는 물속의 돌처럼 동그스름하게 닳아지고 말았다.

옛 친구들을 수십 년 만에 만난다는 것, 그것에 매력을 더하는 것은 바로 이러한 세월의 순기능 덕도 한 몫 한다. 식사 후에 다시 인철의 집으로 가서 이야기를 나누었다. 젊은 날 그 시절의 우리를 다시 한 번 발견하고자 서로를 찬찬히 뜯어보기도 하고 지나간 이야기를 나누어 보기도 하였다.

형철이는 기다리는 마누라를 위해 떠나야 했기에 해지기 전에 이별했다. 남은 우리는 저녁 시간을 맞았다. 인철은 다시 자기 차에 시동을 걸고 좋은 곳으로 데리고 가겠다고 나선다. 해변을 따라 남쪽으로 길을 타고 가니 아주 근사한 태평양 경치가 한 눈에 들어온다. 이곳이 그 유명한 팔로스 베르데스(Palos Verdes). 높은 절벽 아래 태평양 바닷물이 철석이고, 서쪽 대양 끝으로 낙조가 휘황한 빛을 드리우며 신비한 저녁을 열고 있었다. 광활한 조망이 가능한 이곳은 LA지역에서도 가장 훌륭한 주거지, 갑부들의 저택이 있는 지역이다. 이런 천국도 있구나, 구경조차도 황송한 지구촌이다.

해는 짙은 구름 뒤의 바다 끝에 떠 있고, 둥근 달은 그 반대편 팔로스 베르데스 언덕 위로 둥실 떠오른다. 해와 달은 고상하게도 멀리서 가끔 눈짓을 주고받을 뿐이다. 그도 그럴 것이 수천만 년 동안이나 부부지간으로 지내 왔으니 무슨 알콩달콩한 재미가 있으려나. 그저 의무적으로 눈도장이나 찍으면 되지. 그래도 오늘 저녁에는 제법 무드를 잡는다. 둘 중 누구의 생일인가?

인철이 부인은 고급 침대로 꾸며진 손님 용 침실은 나에게 주고, 자기 딸이 쓰던 방은 아들에게 빌려 주었다. 생각해 보니 오늘 하루 참 여러 가지 많은 일들을 경험했다. 샌프란시스코에서 LA까지의 긴 여행, 비치의 인파, 옛 친구들의 해후, 팔로스 베르데스 언덕에서의 일몰, 하루

안에 이렇게 많은 것을 체험한다는 것은 드문 일이다. LA의 하루는 여름 날 희랍신화처럼 길었다. 푹신한 침대에서 환상처럼 다가왔던 하루의 장면들을 떠올리던 중 달콤하게도 잠들어 버렸다.

이튿날 아침, 인철이가 깨운다. 부지런도 하지, 벌써 식사 준비까지 해 놓았다. 인철 부부의 정성이 식탁 위에 있었다. 해 맑은 아침, 식탁 앞에서 밝은 얼굴들을 대한다는 것 역시 좋은 인간의 일이다. 일상의 단조로움을 깨고 신선한 새들의 노래에 새삼 귀 기울이듯 한 느낌이었다.

우리는 LA 지역을 멋대로 한번 헤집어 보려고 나섰다. 인철 부부는 평시대로 직장으로 나갔다. 그는 세심한 지침을 빼먹지 않는다. 여기서는 이런 것 조심하고, 저기서는 저런 것에 관심을 두는 것이 좋다든가….

할리우드(Hollywood)와 유니버설 스튜디오(Universal Studio)를 거쳐서 산타 모니카 해변에서 얼쩡거리고 있을 때 인철에게서 전화가 왔다. 집으로 돌아와서 조금 쉬고 현규와 저녁식사를 하러 가잔다. 현규도 고교 동창인데 이곳에서 의사로 활동 중이다.

맨해튼 비치에서 마리나 델 레이(Marina del Rey) 쪽으로 올라가는 해변은 화학공장 단지와 황무지로 차 있다. 울산이나 여천을 연상케 한다. 현규를 만난 음식점은 일식집인데 허름한 한국의 뒷골목 음식점이나 진배없었다. 그런데 그 안에는 식객으로 가득 차있다. 한국인이 주인인데 미국에 부는 웰빙 바람으로 성황을 이루고 있었다. 김밥이 주 메뉴였는데, 미국인의 취향에 따라 다양한 김밥 내용물을 개발한 것이 주효했던 모양이다. 음식도 만드는 사람과 아이디어에 따라 고급스럽게 변신하기도 하는가 보다. 우리나라에서 흔히 보는 시금치, 단무지 등을 별스런 고급재료로 탈바꿈시켜 놓았다.

현규의 딸은 미국인 청년과 곧 결혼을 하려는지 함께 나왔다. 둘 다

물리학을 공부한다고 한다. 현규는 미국에서 수의사로 다년간 활동을 했다는데 열심히 몰두한 나머지 지금은 서울대학의 한 학회에서 주요한 역할을 한다고 한다. 우리나라 인재들이 세계의 곳곳에서 두각을 나타내고 마침내는 다시 고국의 장래를 위해 공헌을 한다. 이런 인재들이 많이 나타날수록 우리나라의 미래가 밝다. 우리나라는 인적 자원이 풍부하므로 해외에 나가 공부하는 것을 적극 장려하는 것이 좋은 일이다. 언젠가는 그들의 실력이 나라에 도움을 줄 것이니까. 8명이 모이니 이야깃거리도 많다. 밤늦도록 화기애애한 대화가 끊이지 않는다. 하지만 적당한 시점에 웃는 얼굴을 악수로 마감했다. LA의 밤은 어두웠다.

다시 인철이 집으로 돌아갔는데 인철 부인이 또 영화관에 가잔다. 이 부부는 시간을 쪼개서 인생을 즐기고 있나 보다. 무슨 영화인지는 모르지만 가자. 우리는 모두 차에 올랐다. 인철이의 7인승 SUV, 그렇지, 영화관에까지 고물차를 몰고 갈 수는 없지. 빨간 SUV는 젊게 사는 이 부부의 성향을 잘 드러내는 느낌을 준다. 영화는 매우 싱거웠지만 분위기가 좋다. 인철의 장모님은 87세이신 데도 졸지 않고 잘 감상하시건만 나는 코를 골고 주위를 시끄럽게 했으니 망신살이 뻗혔다. 그래도 인철은 영화가 다 끝나서야 흔들어 깨운다. 미안하지만 한 잠 잘 잤다!

이튿날은 우리가 헤어져야 할 시간, 다음에 다시 만나요…. 만남이 있으면 헤어짐이 있다. 인철 장모님은 자신의 저서에 사인을 해서 준다. 평범한 할머니가 아니었다. 모두에게 포옹을 나누고 인철의 집을 떠났다. 좋은 만남, 아쉬운 헤어짐. 여행을 하면 우리는 이것을 항상 겪는다. 텃새는 이웃과 자주 싸워도 철새는 이웃을 사랑하는 힘으로 산다. 그리고 새로운 도래지에서 그들을 연민하며 꿈꾸며 생활을 이어간다. 지구상에 사는 한 언젠가는 다시 또 만나리라는 희망으로 그들은 내일을 기약한다.

2장 LA

LA는 넓은 지역에 많은 인구가 살고 있다. LA 행정구역 안에만 380만 명이 살고 있고 LA 인근 지역까지 해서 1800여 만 명의 대 인구가 살고 있다. 기후가 연중 온화하고 위도가 낮아서 밝고 강렬한 햇볕이 내리 쪼인다. 흐린 날이나 비오는 날이 거의 없고 여름에는 시원한 태평양 바람이 불며 겨울에는 봄가을 정도의 날씨이다. 이 때문에 인생의 어둡고 심각한 우울증이 싫은 사람들은 지진의 위험에도 불구하고 이 지역으로 몰려든다. 기후만 좋다고 몰려드는 것은 아니고 100여 년 간 영화 산업과 텔레비전 산업, 인터넷 산업 그리고 석유산업 및 군수산업의 덕으로 일자리가 많았기 때문이다. 현재 이곳은 100여 개 이상의 언어가 소통되고 있는 다인종 사회가 되어 오순도순 잘도 지내고 있다. 언제 폭발할는지는 모르지만…

LA의 태평양 연안에는 수천 년 전부터 통바(Tongva)와 추매시(Chumash)라는 아메리칸 원주민이 살고 있었다. 이름으로 보아서도 통구스 족, 즉, 동북아시아의 몽골리언 혈통의 인종이라는 것을 알 수 있다. 이곳에 도착한 최초의 유럽인은 1542년 포르투갈 탐험가인 조아오 카브릴로(Joao Cabrilho)였는데 그는 이곳에 정착하지는 않고 지나가 버렸다. 그 후 2백여 년이 지난 후에야 뉴 스페인(New Spain) 총독 펠리페(Felipe de Neve)가 이곳에 '천사들의 여왕, 우리의 성모'라는 이름으로 도시를 건설하였다. 천사 즉, Los Angeles라는 이름은 이렇게 지어졌다. 이것은 1781년 44명의 멤버로 시작된 도시였는데, 이 44명 중에는 아메리칸 원주민, 스페인 사람, 그리고 3분의 2 이상은 메스티조(Mestizo, 스페인 사람과 인디언의 혼혈인)와 물라토(Mulatto, 흑인과 백인의 혼혈인)이었다.

1821년에는 뉴 스페인이 스페인으로부터 독립하여 멕시코가 되었고 따라서 로스앤젤레스(Los Angeles)도 멕시코 땅이 되었다. 그 후 아메리카-멕시코 전쟁의 결과 1848년 과달루프 히달고(Guadalupe Hidalgo)조약으로 멕시코는 캘리포니아를 비롯한 북미 여러 주를 미국(United States)에 넘겨주게 된다.

철도가 놓이고(1876), 석유가 발견(1892)됨으로써 1900년경에는 인구가 10만으로 늘어났다. 자연히 상하수도 시설이 필요해져서, 1913년에는 상하수도를 완성한다. 상하수도 시설이 시원치 않은 인근마을은 LA시티에 병합되고 LA는 확장된다.

1920년대에는 영화산업과 항공산업이 번창하게 되어 인구는 1932년 여름 올림픽 때에는 100만에 이른다. 이 시기에 유럽에서는 2차 대전의 긴장이 고조되고 망명객들이 이주해 온다. 그 중에는 토마스 만(Thomas Mann), 프리츠 랑(Fritz Lang), 버톨트 브레히트(Bertolt Brecht), 아놀드 쇤버그(Arnold Schoenberg), 리온 포이히트방거(Lion Feuchtwanger) 등이 있다.

2차 대전이 발발하면서 군수산업이 이 도시를 다시 성장과 번영의 길로 달리게 한다. 텍사스, 루이지애나, 미시시피 주 등으로부터 수많은 흑인 일꾼들이 몰려들어와 일손에 보탬이 된다. 전쟁 중에 일본인들은 전쟁 공포의 대상이었으므로 다른 지역으로 이송되어 수용소에 수감되기도 하였다. 전후에는 더욱 번성하여 도시 지역이 샌 페르난도 계곡까지 확장된다.

1969년에 이르러 LA는 인터넷의 탄생지가 된다. 알파넷(ARPANET)이라는 최초의 인터넷이 UCLA로부터 멘로파크에 있는 스탠포드 연구소로 연결되었던 것이다. 산타 바바라 캘리포니아 주립대(UCSB)와 유타 주립대(University of Utah)로 연결되는 인터넷망은 인터넷의 백본(backbone) 역할을 한다. 이것이 오늘날 또 하나 과학문명의 물결이 된 인터넷의 시발이다.

미국 내 다른 주요 도시들과 마찬가지로 LA도 오랫동안 풀리지 않는 인종문제가 1960년대와 1970년대에 폭발하기에 이른다. 멕시코 출신 미국인들이 그간에 받아 온 푸대접에 항의하는 표시로 1965년에 LA의 와츠(Watts) 지역에서 폭동을 일으켰고, 1968년에는 고등학교에서 멕시코 출신 미국인 학생들이 동맹휴학을, 그리고 1970년 멕시코 출신 미국인들의 모라토리움 운동이 있었다. 이 모든 것은 LA시에 있어 온 인종 차별에 대한 항거였다.

LA는 1970년대에 게이(Gay)들의 압력에 이기지 못하여 1979년에 게이 인권헌장을 통과시킨 도시 중의 하나가 되었다. 그리고 에이즈가 발견된 최초의 도시가 되었으며 1980년대에 이로 말미암아 세계의 이목을 집중시켰다.

1984년에는 두 번째 올림픽을 주최하였으며 재정적으로 큰 성공을 거두었다.

1980년대는 조직 폭력배들이 기승을 부렸고 경찰의 부패가 극에 달했다. 그리하여 인종적 긴장이 고조되어 1991년에 다시 폭발하기에 이르렀다. 소위 로드니 킹(Rodney King) 사건과 대규모 폭동이 뒤따랐다.

많은 사람들이 죽고 약탈, 방화 등이 뒤따랐으며 군대가 개입하여 진정되었다.

1994년에는 진도 6.7의 노스릿지(Northridge) 지진이 일어났다. 이 지진으로 72명이 죽고, 125억 원의 재산 피해가 났다.

LA의 주요한 명소는 다음과 같다.

할리우드, 차이나타운, 코리아타운, 리틀 도쿄, 월트디즈니 콘서트홀, 코닥극장, 그리피스 천문대, 게티 센터(Getty Center), LA기념 콜리세움(Los Angeles Memorial Coliseum), LA 미술박물관(Los Angeles County Museum of Art), 그로만 극장(Grauman's Chinese Theatre), 캐피톨 레코드 건물(Capitol Records Tower), LA 시 청사(Los Angeles City Hall), 할리우드 보울(Hollywood Bowl), 와츠 탑(Watts Towers), 스태플 센터(Staples Center), 다저 스타디움(Dodger Stadium).

3장 할리우드(Hollywood)

할리우드 거리는 영화 산업의 메카다. 1853년 이곳에는 벽돌색 오두막이 한 채 있었다. 그리고 1870년경에는 농사짓는 사람들이 마을을 이루게 되었다. 사람들은 이 지역의 언덕을 뒤덮고 있던 장미과의 상록 관목의 이름을 따서 할리우드라 명명했다. 겨울마다 빨간 열매가 열리는 캘리포니아 호랑가시나무들이 자라고 있었던 모양이다.

1900여년 경에는 인구 5백여 명으로 늘고 우체국, 호텔, 시장 등이 들어서게 되었다. 당시 LA의 인구는 10만여 명, 그리고 그곳에서 12km 떨어진 이곳 할리우드는 촌 동네. 1910년, 그리피스(Griffith) 감독이 한 무리의 배우들을 이끌고 이곳에 도착하여 영화를 제작하기 시작하였다. 그는 '옛 캘리포니아에서(In Old California)' 라는 영화를 만들었는데 이것은 1800년대에 캘리포니아에 살았던 한 멕시코 사람의 멜로 기록물이었다. 이 소식을 전해들은 영화인들이 이곳으로 몰려 들어오기 시작했다. 1914년에는 세실 드밀 감독이 'The Squaw Man(인디안 남편)'이라는 본격적인 작품 영화를 만들었다. 이렇게 하여 할리우드가 탄생한다. 그리고 일차세계대전을 거치면서 이곳은 영화산업의 수도가 된다. 1947년 미시시피 강 서쪽에서는 최초로 텔레비전 방송국이 이곳에 세워지고, 텔레비전 무비들이 만들어지기 시작했다. 1950년대에는 음악 레코드 스튜디오들이 곳곳에 세워지고 1952년에는 CBS방송국이 이곳에 텔레비전 시티를 건설하였다.

1960년대 영화와 텔레비전 산업이 번창하면서 미국과 세계의 가출 청소년들이 무비 스타를 꿈꾸며 대륙을 건너 이곳으로 밀려들어왔다. 이러한 모습은 버트 바카라치(Burt Bacharach)의 '산호세로 가는 길을 아느냐?(Do you know the way to San Jose?)' 라는 팝송에 잘 묘사되어 있다.

할리우드에 온 가출 청소년들은 전문적인 배우 그룹과 견줄 기회가 전혀 주어지지 않는다는 사실을 절감했다. 그들 중 대다수는 할리우드의 홈리스(거지)로 전락하여 할리우드 당국의 골칫거리가 되었다. 일부는 다시 집으로 돌아갔지만 대다수는 할리우드의 매춘소굴로 들어갔다. 또 얼마는 거리의 거지 대열에 합류하고, 나머지는 LA의 거리 일꾼으로 전락했다. 그들 중 일부는 샌 페르난드 계곡의 대규모 포르노 산업에 빠져 들어가 버렸다. 이러한 할리우드의 어두운 면은 1980년 잭슨 브라운(Jackson Browne)의 '신작로(Boulevard)' 라는 팝송에서 엿볼 수 있다. "황금 빛 컵 밑으로 젊은이들을 유혹해 들이고 네온 등 밑에서 밤을 팔게 하는…."

유니버설 스튜디오(Universal Studio)

유니버설 스튜디오는 LA 다운타운 북쪽 14Km 지점의 쉐퍼난드 계곡에 있다. 입구를 통해서 들어가니 여러 가지 기념품 파는 가게가 늘비하다. 사람들이 표를 사기 위해 줄을 서 있다. 스튜디오 입장료가 만만치 않다. 1인 당 80여 달러(8만원), 입장료가 이렇게 높은 관광지는 처음이다. 한나절 구경하는 대가로는 비싸다는 생각이 드는데 그것은 내가 영화에 별로 관심이 없어서 그런가 보다. 영화에 심취한 젊은이들에게는 조금도 비싼 입장료가 아닐 수 있다.

유니버설 스튜디오에는 할리우드 영화 중 유명한 몇 편에 대한 체험관이나 투어 코스가 있다. 터미네이터 등과 같은 SF영화의 촬영기술,

슈렉의 4차원 세계 체험관, 죠스나 킹콩의 촬영소 투어, 쥐라기, 미라의
놀이 공원 등이 있다.

　사람들의 영화에 대한 호감과 호기심을 이용하여 막대한 관광 수입을
올리는 기업 마인드. 우리나라 문화관광부에서 적극 참조해야 할 마인
드이다. 유니버설 스튜디오는 그야말로 황금알을 낳는 닭이다. 한번 써
먹은 촬영장의 세팅 시설들을 모아 놓고 외화를 긁어모으고 있다.

4장 코리아타운, 차이나타운

코리아타운(Koreatown)

코리아타운은 LA 다운타운의 유명한 윌샤이어(Wilshire) 지역에 자리
잡고 있다. 올림픽 거리(Olympic Boulevard 또는 Seoul St.)를 비롯하여 윌
샤이어 가(Wilshire Boulevard), 웨스턴 가(Western Boulevard), 버몬트 가
(Vermont Street) 등에 걸치는 넓은 지역에 한글 간판이 즐비하다. 한국
사람들이 즐기는 쇼핑센터, 음식점, 주점, 노래방, 여행사 등이 총 망라
되어 있어 마치 서울의 한 부분을 이루고 있는 듯하다. 말도 우리말이면
족하므로, 어려움 없이 생활할 수 있다. 한국인 용 택시마저 있다고 할
정도니 한국 땅의 연장이라고 생각할 수 있다.

1960년대까지 윌샤이어 지역은 부유한 상업지역과 주거지역이었다.
프리웨이가 건설되면서 LA 중심 지역은 인근의 넓은 지역으로 분산되
어 갔다. 따라서 윌샤이어와 인근지역은 오랜 기간에 걸쳐 쇠퇴 일로를
걷고, 부동산 가격도 하락하였다. 이즈음에 동남아시아로 부터의 이민
제약이 해제되고, 1970년대 한국의 중화학공업이 육성되면서, 한국인
들은 이 지역으로 유입하기 시작하였다. 이들이 소규모의 상업을 영위
하면서 번성하자, '코리아타운' 이라는 이름이 붙게 되었다. 한국인들
은 돈도 잘 벌고 화려한 상가를 일구고 있었다.

그러나 상대적으로 빈곤한 주위의 흑인과 멕시칸들은 부유한 한국인들을 종종 공격하였다. 무장 강도를 당한 한국인 가게 주인들은 이들을 경계하고, 그에 대한 반작용으로 한국 가게에 대한 인식이 악화되었다. 1992년 로드니 킹 사건과 흑인 폭동 시에 수많은 한국 가게들이 약탈되고 방화되기에 이른다. 로드니 킹 사건과 흑인 폭동은 흑인과 백인의 인종 갈등이었다. 로드니 킹이 백인 경찰의 제지에 대항하다가 구타당한 비디오테이프가 공개되고, 이를 근거로 열린 재판에서 백인 경찰들이 무죄로 방면된다. 이에 격분한 흑인들이 일으킨 폭동은 '로드니 킹 폭동'이라고 불린다.

이때 평소 인심을 잃었던 한국인 가게들이 많은 피해를 입었다. 그 결과 한국인들은 샌 페르난드 계곡과 오렌지 카운티로 이주하고, 그 자리를 멕시칸과 중앙아메리카의 이민자들이 채웠다. 1990년대에 이 지역의 인구 4분의 3이 라틴 아메리칸이었고, 아시안 아메리칸은 5분의 1에 불과하였다.

2000년대에 이르러 많은 한국인들이 다시 이 지역에 돌아오기 시작했다. 세리토 지역이나 얼바인 같은 주거지역에서는 상업이 지지부진하므로, 활성화를 도모하기 위해서는 도심 지역이 필요했던 것이다. 한편 중산층 한국인 이민자들이 한국의 불경기를 떠나서 이 지역에서 새로운 길을 모색하였다.

코리아타운은 이제 다시 활발한 생업과 밤 문화를 즐기고 있다. 아파트나 콘도와 같은 중상층 주거용 빌딩을 건설하면서 새로운 한국인들이 속속 유입되었다. 2000년 현재 LA의 한국인 인구는 19만여 명에 이른다. 최근에는 상대적으로 비싸지 않은 주거비용 때문에 UCLA와 USC에 다니는 한국인 대학생들이 이곳에 많이 살고 있다.

차이나타운(Chinatown)

차이나타운은 구 차이나타운과 신 차이나타운으로 구분된다. 구 차이나타운에서는 1852년부터 1890년까지 약 3천여 명이 번영하며 살았다. 그러던 것이 1871년 5백여 명의 지역 주민들에게 19명의 중국인 남자와 소년들이 살해되었다. 이것이 '1871년의 중국인 학살'이라는 중대한 인종 폭동 사건으로 기록되고 있다.

1890년부터 1910년까지는 이곳의 절정기였는데 15행의 대로와 2백여 개의 건물들이 들어 설 만큼 성황을 이루었다. 중국인 오페라 하우스, 중국인 신문, 전화 교환국까지 있을 정도였다. 중국인이 중국으로부터 너무 많이 유입되자 중국인의 시민권과 재산 소유를 금하고 중국인 이민을 제한하는 배타적 법령이 공포되었다. 이것이 이 지역의 성장을 막았다.

1910년경부터 차이나타운은 쇠퇴하기 시작하였다. 도박, 마약 등의 부패 징후 때문에 지역사회의 사람들이 차이나타운을 보는 시각이 냉담해졌다. 자연히 영업 활동은 쇠퇴하였다. 구 차이나타운의 중국 주민들은 재산을 가질 수 없었기에 주로 건물의 임차인이었다. 건물주들은 건물의 유지보수를 소홀히 하여 재개발이 필요한 시기가 도래하기에 이르렀다. 건물주와 도시 개발업자 사이에 매매가 반복되고 분쟁이 일어나곤 했다. 30여 년간의 혼란 끝에 대법정은 이 지역에 철도 터미널 건설을 승인하여서 유니언(Unoin) 역이 들어서게 되었다.

7여 년이 지나서야 차이나타운이 이전될 대토가 마련되었다. 오랫동안 상업이 폐쇄되었기 때문에 많은 상업인이 떠나가 버렸다. 1950년대 초에 구 차이나타운의 남은 무리가 유니언 역과 구 시장 사이에 파고 들어왔다. 이 지역의 신 차이나타운은 1930년대 화교 지도자에 의하여 추진되고, 중국과 미국의 혼합형 건물이 생겨나기 시작했다. 뉴 차이나타운은 약진하여 관광객을 끌어들이고, 오늘날의 차이나타운이 다시 형성되었다.

더불어 사는 지혜

중국인들은 더불어 사는 지혜가 부족했다. 미국 땅은 다 민족, 다 인종이 함께 사는 국제적인 사회이다. 중국 본토에서 살던 방식, 즉 이기적이고, 몰염치하고, 불결하고, 이익만을 탐내는 행태는 함께 사는 다른 민족들에게 질시를 받게 마련이다. 그들이 대부분의 미국인들처럼 예절과 교양을 갖추는 노력을 하고, 남을 배려하는 데 신경을 썼더라면, 멸시적으로 불리는 이름 '차이니스' 는 달리 인식되었을 것이다. '차이니스는 무질서한 상업 행위와 이익에만 탐하는 염치없는 인간들이다' 라는 통념을 자초한 것이다.

국제적 사회에서 더불어 살려면 다른 사람들에 대한 최대한의 배려가 필수적이다. 자신들만 돈 잘 벌고 떵떵거리며 살면서, 기부 문화(Donation Culture)를 아랑곳하지 않는다면 언젠가 국제적 질타를 받게 마련이다. 단체적인 헌금, 지역 사회에 대한 기부 또는 기여는 그 사회 속에서 획득한 이득을 나누어 가진다는 인간애적인 미덕이다.

이것을 소홀히 하여 유대인들은 한때 유럽에서 곤욕을 치렀다. LA의 차이나타운 중국인들도 더불어 사는 지혜를 망각했기 때문에 멸시받은 역사를 남겼다. 코리아타운의 가게 주인들도 작은 오점을 남겼다.

더불어 사는 지혜는 비단 국제사회에만 적용되는 문제는 아니다. 한 나라 안에서도 똑같은 논리가 성립된다. 돈 잘 벌고 잘 나가는 기업집단이 자기네들끼리만 나누어 먹는 행태를 반복한다면, 반드시 그 만큼의 대가를 치른다. 주변에서 바라보고 있는 시선이 너무나 많기 때문이다. 베푸는 미덕, 기부하는 문화, 그들이 속한 사회에 대한 기여, 이것은 함께 살아가는 사회 속에서 생존하는 지혜인 것이다.

우리나라에서 대대로 이어 온 갑부 집안은 대체로 이러한 지혜를 터득한 바 있다. 주변에 사는 가난한 사람들에 대한 배려, 지역사회에 대한 기여, 국가에 대한 공훈, 이러한 명성이 그들을 오랫동안 번영하도록 사회가 허용하고 인정했던 것이다.

S그룹처럼 막대한 이득을 얻고 번영하면서, 내부 인사들끼리의 나눠 먹기식 소득 분배로 만족한다면, 그것은 더불어 살아가는 지혜를 모르는 우매한 짓이다. 막대한 세금을 내니까 사회나 국가에 대하여 할 만큼 했다고 생각한다면 오산이다.

대부분의 이득과 재산을 사회와 국가에 환원한다는 고양된 수준의 지혜를 가진다면, 그들은 보다 더 장수하며 번영을 누릴 수 있을 것이다. H그룹의 유명한 총수는 이 지혜를 너무나도 잘 알고 실천한 바 있다. 그 바람에 S그룹은 미움을 받아도 H그룹은 정의롭다는 이미지를 그룹의 문장紋章처럼 간직하게 된 것이다. 이것은 자본주의 사회가 오랫동안 번성할 수 있는 지혜이며 동력이기도 하다.

5장 월트디즈니 콘서트 홀(Walt Disney Concert Hall)

LA 다운타운 그랜드 가(S. Grand Avenue) 111번지에는 매우 이상하게 생긴 건축물이 버티고 서 있다. 승무를 추는 무희의 고깔모자 같기도 하고 다산 선생의 훈장 모자 같기도 한 독특한 모습의 건물이다. 외부는 전부 스테인리스 금속판으로 이루어져 있어서 희고 빛나는 모습은 멀리서도 눈에 뜨인다. 바로 월트디즈니 콘서트홀이다. 이 홀은 LA의 4번째 음악 공연장으로 LA 필하모닉과 LA 마스터 합창단의 집이기도 하다. 독일의 건축설계자 프랭크 게리(Frank Gehry) 가 설계하여 2003년에 개관한 최신 콘서트홀이다. 특히 이 홀의 음향 시스템은 널리 찬사를 받고 있다.

이 음악당은 월트 디즈니의 미망인 릴리안 디즈니(Lillian Disney)가 1987년에 500억 원을 헌금함으로써 시작되었다. 그러나 음악당의 지하 주차장을 위하여 LA시가 1100억 원을 모금하는 등 여러 문제에 시간과 돈을 소비한다. 시간이 지연됨에 따

라 더 많은 예산이 소모되기에 이르자, 당초의 석조건물 설계에서 스테인리스 금속 외관 설계로 변경한다. 결국 2003년에 완성되었을 때는 총 2740억 원이 소요되었다. 1960년대 설계 당시의 건물 건축 예산 350억 원에 비하여 큰 재원이 추가로 소요되었다.

완공 후에도 문제가 발생했다. 콘서트홀의 외벽이 스테인리스 금속 포물곡면으로 이루어져 있기 때문에 햇빛이 주변 지역으로 대량 반사되었던 것이다. 더욱이나 금속 포물면은 햇빛의 집광 거울처럼 작용해서

주변의 거주 지역에 고온의 열을 발생시켰다. 어떤 지점은 섭씨 60도까지 올라가서 살인적인 더위를 야기시키곤 했다. 주변의 건물주나 아파트 주민들은 설계자를 불러들여 문제의 해결을 촉구했다. 설계자는 음악당 건물 표면을 컴퓨터로 분석하여 솔루션을 내놓았다. 2005년에 건물의 스테인리스 금속 표면을 샌드페이퍼로 갈아서 거울처럼 반사되던 것을 불투명한 유리 모양으로 변성시켜서 햇빛을 누그러뜨렸다.

이 음악당의 콘서트 오르간은 2004년에 완성되었다. 그리고 같은 해 오르가니스트 상공인을 위한 특별 공연에서 처음으로 연주되었다. 오르간은 이 건물 설계자 게리(Frank Gehry)에 의해서 디자인되고, 음향은 로잘레스(Manuel Rosales)에 의하여 설계되었다. 게리는 매우 독특한 디자인을 로잘레스에게 제시하였으나 로잘레스는 난색을 보였다.

로잘레스는 나중에 다음과 같이 토로했다. "게리의 처음 디자인은 기괴한 모습이었으며 오르간 소리에도 이상한 영향을 주었다. 어떤 디자인은 부챗살 모양의 배열이었고, 어떤 디자인은 파이프를 거꾸로 나열하기도 했다. 또 재질이 전혀 적합지 않은 오르간 파이프를 제시하기도 했다. 아주 매혹적인 제안이기는 하지만 그대로는 오르간 음향을 낼 수가 없었다. 어느 순간, 우리는 평상의 방법을 따르는 수밖에 없다는 결론에 이르렀다. 좀 더 실용적인 설계를 따랐을 때 이번에는 내가 진부하게 느끼게 되었다. 그때 게리가 옆으로 틀어져 나오는 곡선형 목재 파이프 디자인을 가지고 나타났다. 이 디자인은 음악적으로 큰 생동감을 주었다."

오르간은 독일인 괴츠(Capar Gotz)가 로잘레스의 지시를 따라 제작했다. 이렇게 만들어진 오르간은 북독일 바로크식 오르간을 어느 부분 닮았고 또 어떤 부분은 프랑스의 로맨틱 오르간을 닮기도 했다. 이 오르간은 모두 72개의 스톱과 109개의 랭크와 6125개의 파이프로 구성되었다. 파이프의 길이는 수 센티미터에서 10미터에 이르기까지 다양하다.

6장 극장

코닥 극장(Kodak Theatre)

코닥 극장은 LA의 할리우드 대로(Hollywood Boulevard)와 북 하이랜드 거리(North Highland Ave.)에 있는 라이브 극장으로 2001년에 개관하였다. 그 이후로 매년 개최되는 아카데미 수상식의 홈이 되었다. 이 극장은 코닥사의 후원금 750억 원으로 지어졌고, 록웰(David Rockwell)이 설계했다. 미국에서 가장 큰 무대를 가진 극장으로 무대의 길이가 34미터, 너비가 18미터에 이르고 3401석의 객석을 구비하고 있다.

코닥 극장 입구의 석조 기둥에는 1927년 이래의 아카데미 수상자 이름이 전시되어 있다. 수상식 시즌에는 전면을 거대한 휘장으로 가리고 유명한 레드 카펫을 까는 등, 건물 전체를 치장한다. 오스카 수상식 몇 주 전부터 아카데미 상 주최 측(The Academy of Motion Picture Arts and Sciences)에서 이 극장을 통째로 임대한다. 그 이후에는 여러 가지 라이브 콘서트, 심포니 음악공연 등이 열린다.

2010년부터 10여 년간 유명한 서커스 쇼(Cirque du Soleil)가 이곳 코닥 극장에서 열릴 것이다. 할리우드 지역에 몰려드는 수백만 관광객을 대상으로 하는 영화 주제의 서커스 공연이며, 오스카 시즌 중 6주간의 기간에 이 행사를 한다고 한다. 유명한 음악가, 가수 등이 이 무대에 선 바 있고 에미상 수상식도 이곳에서 치렀다. 미스 USA pageant 선발식도 여기서 개최되곤 한다.

그로만의 차이니스 극장

할리우드 거리에 위치한 이 극장은 1927년 세실 드밀의 '왕 중 왕'의 개봉식과 더불어 개관한 극장이다. 그 후 많은 영화의 개봉 영화관이 되었으며, 아카데미 상 수상식도 열린 바 있다. 이 극장이 이름나 있는 것은 유명한 할리우드 스타들의 장문(손자국), 족문(발자국), 사인 등을 판인(捺印)하여 영구 보관한 콘크리트 판 때문이다. 이 사인 판에는 1920년대부터 현재까지의 할리우드 스타의 흔적이 남아 있다. 그 중에는 찰리 채플린, 존 웨인, 메릴린 먼로, 엘리자베스 테일러, 소피아 로렌, 커크 더글러스, 폴 뉴먼, 프랭크 시나트라, 아놀드 슈와제네거, 숀 코네리, 리처드 기어 등, 눈에 익숙한 모든 배우들이 총 망라되어 있다. 참고로 그동안 판인된 할리우드 스타들의 이름을 열거하면 아래와 같다.

1920년대
Mary Pickford
and Douglas Fairbanks(April 30, 1927)
Norma Talmadge(May 18, 1927)
Norma Shearer(August 1, 1927)

Harold Lloyd(November 21, 1927)
William S. Hart(November 28, 1927)
Tom Mix and Tony the Wonder Horse(December 12, 1927)
Colleen Moore(December 19, 1927)
Gloria Swanson(1927)
Constance Talmadge(1927)
Charlie Chaplin(January 1928)
Pola Negri(April 2, 1928)
Bebe Daniels(May 11, 1929)
Marion Davies(May 13, 1929)
Janet Gaynor(May 29, 1929)
Joan Crawford(September 14, 1929)

1930년대
Ann Harding(August 30, 1930)
Raoul Walsh(November 14, 1930)
Wallace Beery and Marie Dressler
(January 31, 1931)
Jackie Cooper(December 12, 1931)
Eddie Cantor(March 9, 1932)
Diana Wynyard(January 26, 1933)
The Marx Brothers
(February 17, 1933)
Jean Harlow(September 25 and
September 29, 1933)
Maurice Chevalier and
Jeanette MacDonald
(December 4, 1934)
Shirley Temple(March 14, 1935)
Joe E. Brown(March 5, 1936)
Al Jolson(March 12, 1936)
Freddie Bartholomew(April 4, 1936)

Bing Crosby(April 8, 1936)

Victor McLaglen(May 25, 1936)

William Powell and Myrna Loy
(October 20, 1936)

Clark Gable and Woody Van Dyke
(January 20, 1937)

Dick Powell and Joan Blondell
(February 10, 1937)

Fredric March(April 21, 1937)

May Robson(April 22, 1937)

Tyrone Power and
Loretta Young(May 31, 1937)

Sonja Henie(June 28, 1937)

The Ritz Brothers
(September 22, 1937)

Eleanor Powell(December 23, 1937)

Don Ameche(January 27, 1938)

Fred Astaire(February 4, 1938)

Deanna Durbin(February 7, 1938)

Alice Faye and Tony Martin
(March 20, 1938)

Edgar Bergen and
Charlie McCarthy
(July 20, 1938)

Jean Hersholt(October 11, 1938)

Mickey Rooney(October 18, 1938)

Nelson Eddy(December 28, 1938)

Ginger Rogers(September 5, 1939)

Judy Garland(October 10, 1939)

Jane Withers(November 6, 1939)

1940년대

Linda Darnell(March 18, 1940)

Rosa Grauman and George Raft
(March 25, 1940)

John Barrymore(September 5, 1940)

Jack Benny(January 13, 1941)

Carmen Miranda(March 24, 1941)

Barbara Stanwyck and
Robert Taylor
(June 11, 1941)

Rudy Vallee(July 21, 1941)

Cecil B. DeMille(August 7, 1941)

The Family of
Judge James K. Hardy
(August 15, 1941)

Abbott and Costello
(December 8, 1941)

Edward Arnold(January 6, 1942)

Joan Fontaine(May 26, 1942)

Red Skelton(June 18, 1942)

Greer Garson(July 23, 1942)

Henry Fonda, Rita Hayworth,
Charles Boyer,
Edward G. Robinson,
and Charles Laughton(July 24, 1942)

Bob Hope and Dorothy Lamour
(February 5, 1943)

Betty Grable(February 15, 1943)

Monty Woolley(May 28, 1943)

Gary Cooper(August 13, 1943)

Esther Williams and
Private Joe Brian
(August 1, 1944)

Gene Tierney(January 24,1945)

Jack Oakie(February 21, 1945)

Jimmy Durante(October 31, 1945)

Sid Grauman(January 24, 1946)

Irene Dunne and Rex Harrison

(July 8, 1946)

Margaret O'Brien(August 15, 1946)

Humphrey Bogart(August 21, 1946)

Louella Parsons(September 30, 1946)

Ray Milland(April 17, 1947)

Lauritz Melchior(November 17, 1947)

James Stewart(February 13, 1948)

Van Johnson(March 25, 1948)

George Jessel(March 1, 1949)

Roy Rogers and

Trigger(April 21, 1949)

Richard Widmark and Charles Nelson

(April 24, 1949)

Jeanne Crain(October 17, 1949)

Jean Hersholt(October 20, 1949)

Anne Baxter and Gregory Peck

(December 15, 1949)

Gene Autry and Champion

(December 23, 1949)

1950년대

John Wayne(January 25, 1950)

Lana Turner(May 24, 1950)

Bette Davis(November 6, 1950)

William Lundigan(December 29, 1950)

Cary Grant(July 16, 1951)

Susan Hayward(August 10, 1951)

Hildegard Knef and

Oskar Werner(December 13, 1951)

Jane Wyman(September 17, 1952)

Ava Gardner(October 21, 1952)

Clifton Webb(December 7, 1952)

Olivia de Havilland(December 9, 1952)

Adolph Zukor(January 5, 1953)

Ezio Pinza(January 26, 1953)

Donald O'Connor and

mother Effie(February 25, 1953)

Marilyn Monroe and Jane Russell

(June 26, 1953)

Jean Simmons(September 24, 1953)

Danny Thomas(January 26, 1954)

James Mason(March 30, 1954)

Alan Ladd(May 12, 1954)

Edmund Purdom(August 30, 1954)

Van Heflin(October 8, 1954)

George Murphy(November 8, 1954)

Yul Brynner and Deborah Kerr

(March 22, 1956)

Elizabeth Taylor, Rock Hudson,

and George Stevens

(September 26, 1956)

Elmer C. Rhoden(September 16, 1958)

Rosalind Russell(February 19, 1959)

1960년대

Cantinflas(December 28, 1960)

Doris Day(January 19, 1961)

Natalie Wood(December 5, 1961)

Charlton Heston(January 18, 1962)

Sophia Loren(July 26, 1962)

Kirk Douglas(November 1, 1962)

Paul Newman and Joanne Woodward(May 25, 1963)

Jack Lemmon and Shirley MacLaine(June 29, 1963)

Mervyn LeRoy(October 15, 1963)

Hayley Mills(February 22, 1964)

Dean Martin(March 21, 1964)

Peter Sellers(June 3, 1964)

Debbie Reynolds(January 14, 1965)

Marcello Mastroianni(February 8, 1965)

Frank Sinatra(July 20, 1965)

Julie Andrews(March 26, 1966)

Dick Van Dyke(June 25, 1966)

Steve McQueen(March 21, 1967)

Sidney Poitier(June 23, 1967)

Anthony Quinn(December 21, 1968)

Danny Kaye(October 19, 1969)

Gene Kelly(November 24, 1969)

1970년대

Francis X. Bushman(November 17, 1970)

Ali MacGraw(December 14, 1972)

Jack Nicholson(June 17, 1974)

Tom Bradley and Ted Mann (May 18, 1977)

Darth Vader(August 3, 1977)

George Burns(January 25, 1979)

1980년대

John Travolta(June 2, 1980)

Burt Reynolds(September 24, 1981)

Rhonda Fleming(September 28, 1981)

Sylvester Stallone(June 29, 1983)

George Lucas and Steven Spielberg (May 16, 1984)

Donald Duck and Clarence Nash (May 21, 1984)

Clint Eastwood(August 21, 1984)

Mickey Rooney(February 18, 1986)

Eddie Murphy and Hollywood's 100th Anniversary(May 14, 1987)

1990년대

Gene Roddenberry, William Shatner, Leonard Nimoy, DeForest Kelley, Nichelle Nichols, James Doohan, George Takei, and Walter Koenig (December 5, 1991)

Harrison Ford(June 4, 1992)

Michael Keaton(June 15, 1992)

Tom Cruise(June 15, 1992)

Mel Gibson(August 23, 1993)

Arnold Schwarzenegger(July 15, 1994)

Meryl Streep(September 25, 1994)

Whoopi Goldberg(February 2, 1995)

Bruce Willis(May 18, 1995)

Steven Seagal(July 10, 1995)

Jim Carrey(November 1, 1995)

Johnny Grant(May 13, 1997)

Robert Zemeckis(July 8, 1997)

Michael Douglas(September 10, 1997)

Al Pacino(October 16, 1997)

Denzel Washington(January 15, 1998)

Walter Matthau(April 2, 1998)

Warren Beatty(May 21, 1998)
Danny Glover(July 7, 1998)
Tom Hanks(July 23, 1998)
Robin Williams(December 22, 1998)
Susan Sarandon(January 11, 1999)
William F. "Bill" Hertz(March 18, 1999)
Ron Howard(March 23, 1999)
Sean Connery(April 13, 1999)
Angela Lansbury(February 5, 1999)
Richard Gere(July 26, 1999)
Terry Semel and Bob Daly
(September 30, 1999)

2000년대
Anthony Hopkins
(January 11, 2001)
Nicolas Cage(August 14, 2001)
Martin Lawrence
(November 19, 2001)
John Woo(May 21, 2002)
Morgan Freeman(June 5, 2002)
Christopher Walken
(October 8, 2004)
Joshua Dykens
(November 11, 2004)
Jack Valenti(December 6, 2004)
Sherry Lansing(February 16, 2005)
Adam Sandler(May 17, 2005)
Johnny Depp(September 16, 2005)
Samuel L. Jackson
(January 30, 2006)
Kevin Costner(September 6, 2006)
Brad Pitt, George Clooney,

Matt Damon, and Jerry Weintraub
(June 5, 2007)
Daniel Radcliffe, Emma Watson,
and Rupert Grint(July 7, 2007)
Will Smith(December 10, 2007)

7장 할리우드 글자 간판

LA에 착륙할 때 으레 먼저 눈에 띄는 것은 할리우드 산 정상 부근의 할리우드 글자 간판이다. HOLLYWOOD의 아홉 글자의 흰 간판이 명물이다. 애초에는 HOLLYWOOD LAND의 13글자가 만들어져 세워 있었다. 새로운 주택단지를 광고하기 위하여 부동산 업자가 1923년에 세웠던 광고 보드였다. 한 글자 보드의 크기는 세로 15미터, 가로 9미터이며, 4천여 개의 전구로 불을 밝혀서 밤에도 이 글자판을 볼 수 있도록 했다. 처음에는 1년 반 정도의 광고 효과를 누리고 철거할 계획이었으나, 할리우드 영화에 등장한 여파 때문에 국제적으로 알려지게 되자 영구 보존하기로 의견이 모아졌다.

1932년에 여배우 Peg Whistler가 H 글자 꼭대기에 올라가 뛰어내려 자살한 사건이 발생했다. 그녀는 자신을 거절한 영화사의 이름 첫 글자인 H를 선택하여 목숨을 버렸던 것이다. 1940년대에 들어서 글자판은 자꾸 망가지기 시작했다. 더구나 어떤 사람이 차를 몰고 가다가 언덕 아래로 굴러 떨어지면서 H 글자판을 들이 받았다. H 글자는 심하게 훼손되었다. LA 사람들은 LA 공원국에 고쳐줄 것을 의뢰하였다. 이때 LA 공원국은 고쳐주면서 HOLLYWOODLAND의 LAND를 제거한다는 단서를 붙였다. Hollywood Land는 주택단지만을 의미하니까 Hollywood 시를 나타내는 HOLLYWOOD 9자가 명분 상 맞다는 이야기였다. 그런 연유로 오늘날 보는 바와 같이 아홉 자만이 LA의 심벌로 남아 있다.

미국인들은 한번 건설하거나 세운 것은 되도록 없애거나 버리지를 않는다. 가능하면 그대로 두고 후대의 역사적 유물로 남겨둔다. 보잘 것 없는 글자 간판을 그대로 두어 그 역사를 후대에 남기며, 관광자원으로 활용하는 지혜가 깃들어 있다. 그로만 극장의 유명 스타들의 장문, 족문, 사인 시멘트 석판 만해도 그렇다. 몇십 년간 판인한 콘크리트 글자판이 오늘날 세계인들의 관광 명소가 되어 수없이 많은 돈을 긁어모으는 데 일조를 하고 있다.

우리나라에서는 모든 것을 폐기하고 철거한다. 고도 서울에서 옛 자취를 보는 것은 고궁 정도에서나 찾을 수 있다. 고가도 부수고, 오래 된 역사가 담긴 건물도 부수고, 그 위에 현대판 새로운 건물을 짓는다. 현대판 건물은 단순히 새로울 뿐이지, 역사적 가치나 관광자원이 될 수는 없다. 그 뿐만 아니다. 도심 공원의 여러 가지 시설도 몇 해 동안 잘 이용하고 익숙해지고 추억이 될 만큼 시간이 지났나 보다 하면, 어느 새 구청 당국은 헐고 새로운 시설물을 만들어 넣기에 혈안이다. 예산 낭비도 문제지만, 역사가 소멸되는 것이 더 큰 아쉬움이다. 지자체 단체장들의 업적 쌓기 경쟁의 희생물이 되어 버린 느낌이다.

외국에는 모차르트 생가다, 베토벤 유적이다, 셰익스피어 생가다 해서 관광자원도 많건만, 우리나라에는 여기에 아무개가 살았었다 할 관광자원은 사라지기만 한다. 관광객에게 "우리 아파트 참 잘 지었지 않소?"라며 아파트 구경이나 시켜 줄까? 하잘 것 없는 글자 간판까지 살려서 관광자원으로 삼는 외국에 비하면 큰 대조가 된다.

이러한 풍토의 나라에서 숭례문도 더 이상 살기 싫다고 자신을 불살라 사라짐을 선택했는지 모른다.

8장 그리피스 천문대(Griffith Observatory)

그리피스 천문대는 LA의 할리우드 산 남쪽 경사면에 자리하고 있다. 여기서 LA 다운타운을 포함한 LA분지 일대를 조망할 수 있다. 할리우드가 남쪽에 있고 태평양이 남서쪽으로 보인다. 천문대는 우주와 과학 분야의 전시물로 채워져 있어서 인기 있는 관광명소이다.

이 천문대 부지는 할리우드에 처음 자리를 잡고 번영하였던 그리피스가 1896년 천문대 건물 기금과 함께 헌납하였다. 그의 뜻에 따라 1935년 천문대와 과학전시실을 포함한 천문대 건물이 완성되었다. 2007년, 인근에 산불이 일어났을 때 매우 가까운 곳까지 화마가 이르러 위험한 지경에 빠지기도 했다.

건물 안에 들어선 방문객이 처음 만나는 것은 푸코의 진자(Foucault pendulum)이다. 이것은 천장에 매달린 추인데 지구의 자전을 보이는 이론을 설명하고 있다. 전시실에는 12인치 망원경, 태양 망원경, 그리고 달의 북극 모형 등이 있다. 지구의 및 마술 상자 등 60여 가지의 전시물은 시청각 기구에 의하여 관람할 수 있다. 2차 대전 시의 비행사들과 아폴로 우주선 승무원들은 이들 천체 과학 장비를 이용하여 훈련하였다.

영화와 텔레비전 드라마에는 그리피스 천문대가 단골 메뉴처럼 등장한다. 터미네이터, 이유 없는 반역, 광란의 끝, 한밤중의 광란, 찰리의 천사들, 트랜스포머, 스타트랙, 슈퍼맨, 원더우먼 등 수없이 많다.

이 천문대 건설 자금을 헌납한 그리피스는 광산업으로 수십억 달러를 번 사람이었다. 그가 젊은 날 산타모니카 호텔에서 권총으로 그의 부인을 쏘았다. 그의 부인은 권총 발사 시에 급히 머리를 한쪽으로 돌렸기 때문에 목숨을 건졌으나 왼쪽 눈이 실명되고 말았다. 이 일로 그리피스는 교도소에 2년간 수감되었다. 1992년에 그가 천문대 건설 자금을 헌납하겠다고 LA 시 당국에 제의했을 때, 시 당국자는 거절하면서 다음과 같이 말했다. "자라나는 소년, 소녀, 새 세대를 위하여 이 돈을 받는 것을 거부합니다. LA 지역사회는 이 돈을 받을 만큼 가난하지도 않고, 공공 정의를 상실하지도 않았습니다." 그러나, 그리피스가 죽고 다른 시 당국자가 들어왔을 때 결국 그 돈을 수락하고 천문대를 건설하였다.

제4부 대륙을 지나

1장 출발, 대륙횡단

인터넷 게시판에 오랜 만에 들어와 보니 동기 따님들의 결혼식 소식들이 많이 올라와 있다. 종민, 효식, 강철 모두에게 따님들의 결혼을 축하한다. 나도 딸애의 결혼식을 위해서 긴 여행을 시작하려고 한다. 애초에는 비행기를 타고 9월 15일쯤 가려고 티케팅까지 마쳤는데 객기가 발동해서 자동차로 삼분의 이의 대륙 횡단을 하기로 했다. 오랜 만에 시간이 넉넉하여 이런 발상을 하게 되었다.

이 나이에 대륙 횡단을 해보지 않으면 영영 기회가 없을 것이다. 나이가 늘어남에 따라 체력은 반대로 떨어져 가는 것이므로 지금 안 되는 것은 이후에 더욱 안 될 것이다. 문제는 1시간만 운전해도 졸음이 몰려오는 신체적 취약함을 어떻게 극복할 것인가. 더구나 혈혈단신으로 2,500여 마일을 과연 끝까지 운전할 수 있을까. 이런 생각으로 매우 망설이면서 장고를 거듭했다.

한 걸음 더 나아가 요세미티를 가로질러 가는 120번 도로와 네바다 사막을 횡단하는 6번 도로를 타기로 마음까지 굳혔다. 이 도로들은 인터 스테이트(Interstate) 도로가 아니고 산악과 사막을 가로질러 가는 도로이므로 인적도 한산하고 주유소나 제대로 있을지 알 수가 없었다. 더욱이 차는 고물이므로 도중에 고장이라도 생기면 꼼작 없이 발이 묶일지도 모른다.

그래서 알 만한 사람들을 붙잡고 수소문을 해 보았다. 모두 안전한 도로로 안전하게 가라고 이구동성이다. 그런 도로로 장거리를 여행해 보지 않았다는 것이다. 그러니까 더욱 불안해지면서 동시에 모험심이 충동질을 해댄다. 어쨌거나 8월 30일 밤에는 모든 짐을 차에 싣고 동부를 향해서 떠날 채비를 했다. 그러는 중에도 마음을 바꾸어 안전한 여행을 하리라는 생각은 떠오르지 않는다. 마음이 시키는 대로 지금까지 잘 따라오며 살아 온 내가 이제 새삼스레 마음을 배신하지는 않으리라.

저녁에 주인집 아저씨와 포도주를 나누어 마시며 이별을 고했다. 거의 5개월 동안 이 아저씨의 신세를 진 것이다. 그 포도주 때문에 늦잠을 자고 말았다. 새벽 4시에 출발하려던 계획이 7시 반으로 미루어진 것이다. 하지만 기분은 역시 상쾌했다. 차에는 물 40여 병, 스타벅스(Starbucks)커피 12병, 쌀 한포, 식빵 2자루, 종이 밥공기, 일회용 포크, 전기밥솥 등이 있으므로 쉽게 굶어 죽지는 않을 것이다.

더블린을 지나면서 그간 여러 가지 도움을 준 민식, 정이, 명수, 기철, 인철, 형민 등에게 감사의 마음을 날렸다. 해철의 말처럼 모두 좋은 친구들이었다. 70, 80, 90을 넘기면서 친구들이 줄어들 때 더욱 아쉬워질 사람들이다. 친척보다 더 가깝게 서로 돕고 도우며 살아가야 할 동기들이다. 그간 가깝게 얼굴들을 대함으로써 수십 년의 공백이 몽땅 메워진 것을 느꼈다. 오히려 학창시절보다 더 가까워진 것이다. 모두 한결같이 자신의 시간과 노력을 아끼지 않고 환대해 준 고마운 광경들이 하나씩 하나씩 머리를 스쳐갔다.

요세미티 국립공원

아침 일찍 달리니 정신은 맑고, 운전은 힘이 안 든다. 출발지에서 30분 거리에 있는 더블린(여기는 민식이가 사는 동네다)도 삽시간에 지나고, 리버모어(여기는 정이가 사는 동네)도 순식간에 지났다. 만티카 (Manteca)에 이른 것은 불과 한 시간 남짓, 여기서부터 요세미티까지는 큰 시티가 없다. 이제부터 정신 차리고 잘 가야 한다. 주유소에 들러 기름도 가득 채우고, 아침식사도 간단히 했다. 베이스캠프에서 신발 끈을 다시 당겨 매는 기분이다.

농장과 과수원들이 슬슬 도로 양 옆을 채워 나간다. 한 개의 농장은 매우 커서 한 동안 달려도 끝나지 않는다. 뚜껑 없는 대형 트레일러에 빨간 사과들이 수북이 실려서 도로를 달려 나간다. 시에라네바다 산맥 중에 요세미티, 시쿼이어 국립공원 등이 있고, 지금 내가 지나고 있는 이 일대가 캘리포니아 중앙에 남북으로 길게 누워 있는 평야다. 이 평야의 넓이가 우리나라 남북한 크기의 6~7배라고 하며, 여기서 생산되는 과일과 야채는 미 전역에 공급되고 심지어 외국에까지도 실려 나간다.

이 평야는 원래 강수량이 적고 사막처럼 무덥고 메마른 곳이다. 도저히 식물을 재배할 수 없는 지역이다. 하지만 골드러시(Gold Rush) 이후 금이 엄청나게 생산되었는데, 그 금 덕분에 관개와 농업 발전을 위한 연구와 시설투자가 가능했다. 파이프를 설치하여 산맥의 물을 끌어들이고 마른 땅에 스프링클러 시스템을 가동하기 시작했다. 햇볕은 사시로 강렬하고 땅은 원래 비옥하니 물만 있으면 과수는 잘 자란다. 비가 거의 없으니 과일의 당도가 높아 품질 좋은 과일이 생산된다. 나파와 소노마 지역의 포도주는 세계 최고로 뛰어 올랐다. 비가 많은 플로리다 지역에서 나는 오렌지 주스보다 이곳 캘리포니아 지역의 오렌지 주스가 한 수 위다. 끝도 없이 펼쳐진 이 풍요의 땅, 우리는 마냥 부럽기만 하다. 물론 미국인들의 땀이 마른 땅을 적셔서 옥토를 만들어냈긴 하지만, 땅이 부족한 우리로서는 부럽지 않을 수 없다. 우리나라가 이런 땅을 빌려서 농사를 지을 방도는 없는 것일까?

이런 공상을 하면서 달리는 동안 어느 새 요세미티 국립공원 입구에 도달했다. 굵은 레드우드(red wood)가 하늘을 찌르는 숲 속에 들어왔다. 10시 반 경이었으니까 버클리를 출발한 지 거의 3시간 만이다. 레인저 (Ranger) 복을 입은 매표원에게 공원 입장료를 내니, 윈쉴드에 표를 붙여준다. 7일 동안 마음대로 즐길 수 있으니 좋은 시간을 가지라고 한다. 제대로 즐기려면 일주일 정도 머물면서 공원 구역 내를 여기 저기 유람 해야 할 것이지만, 이 몸은 수 시간 만에 요세미티 공원을 관통해야 한다. 아쉽다!

요세미티 숲 속 길은 경쾌하다. 달려도 달려도 끝이 보이지 않는다. 그래도 지루하지는 않다. 30여 년 전 텍사스에서 처음 차를 샀을 때, 아내도 모르게 사라져서 그 곳의 헌츠빌(Huntsville) 숲을 몇 시간 씩 달리던 생각이 떠오른다. 그 이후 숲 속 마을에서 집 짓고 사는 꿈을 꾸지만 아직 이루지 못하고 있다. 마음에 드는 곳에서는 차를 세우고 '쉬'를 해서 표시를 해 본다. 숲을 통째로 가질 수 없으니 견공처럼 경계표시나 해보자는 심산인가? 이유는 알 수 없지만 꼭 그런 곳에서는 '쉬' 하고 싶어진다. 요세미티 공원을 반 이상 달렸을 때 탄성이 터지기 시작했다. 용식이 말이 맞다. "요세미티는 입구나 중앙에서는 진가를 알 수 없다. 절반 이상 관통해 보아야 한다."

원시의 숨결이 그대로 머물러 있는 곳, 저 멀리 숲과 호수가 아렴풋이 보이고, 그 너머 어딘가에 그리던 이상향이 있을 법한 그림, 이곳이 정녕 지상이더란 말인가! 종일 앉아 바라보더라도 끝내 지상의 아름다움을, 그 신비를 이해하지 못할 것 같다.

'철컥', 한 장의 사진으로 만족해야만 하는 우리네 인생에게는 결코 환희의 순간을 붙잡아 둘 수 없는 법! 한 송이 꽃의 가장 순수한 절정도, 아름다운 젊음의 가장 화려한 순간도, 숨 막히게 기쁜 인생의 어느 순간도 우리는 우리 곁에 붙잡아 놓을 수 없다. 그렇듯이 이 환상적인 꿈도 이 산 속에 버려두고 다음의 잠자리를 찾아서 서둘러 떠야 하는 것이다.

멀리 보이던 그 호수, 티네야(Tenaya) 호숫가에 이르러 내 바쁜 걸음은 다시 멈추지 않을 수 없었다. 삼목 숲과 높은 흰 바위산에 둘러싸인 이 깨끗한 호수에 빠져 며칠 간 자연과 대화를 나눌 수만 있다면! 세상의 가지가지 시름을 잊고 정겨운 자연과 속삭이는 며칠이 내게 허용된다면!

주제넘은 생각 그만해라, 속에서 그런 말이 들려 나온다. 멋쩍은 마음으로 다시 핸들을 잡았지마는 얼마를 가지 못해 다시 발목이 잡힌다. 도저히 그냥 두고 떠날 수 없는 또 다른 광경이 눈앞에 펼쳐진다.

들풀과 산꽃이 어우러진 넓은 초원과 그 뒤로 흐르는 시냇물, 그리고 삐죽삐죽 솟은 푸른 숲과 온화하게 내려다보는 산 구릉! 그 모든 것이 어우러져 조화를 이루는 자연의 손짓을 도저히 마다할 수 없는 것이었다.

전체 광경이 시야에 들어오는 한 곳을 찾아 차를 정지시키고 고요히 숨을 죽였다. 자연의 속삭임을 듣고 싶었다. 어릴 적 느낀 세상의 영광스런 빛을 새삼 이 초원 속에서 찾고 싶었다. 가만히 자연의 손길에 이끌리며 그 속으로 들어가고 싶었다.

구름이 머리 위로 지나가면서 후드득 비를 뿌려댔다. 어느 봄날 시내를 내려다보는 모교의 창문 가로 다가간다. 그때 교정과 푸른 가로수에 내리던 그 비, 우리는 노래를 불렀었지. '싱긋벙긋 웃는 얼굴, 그 기억이 새로워라, 다시 만날 기약 없이 헤어지는 이 심정…' 이 때 시야가 흐려지며 지나가는 비처럼 눈에서도 비가 뿌렸다. 아, 아, 티네야 호숫가의 광경이여, 도달할 수 없는 이상향이여! 초원의 꿈이여, 젊은 시절의 환희여!

2장 툐가패스(Tioga Pass)

내가 감상에 젖었던 곳은 요세미티 중의 툴룸메도우라고 하는 곳인 것 같다. 매우 목가적인 초원이다.

요세미티가 1864년경 링컨으로부터 공원 보호구역으로 지정받긴 했지만 캘리포니아 주 정부가 관리할 겨를이 없자, 이곳에 목축업자들이 양들을 방목하기 시작한다. 목초들과 야생 꽃들을 게걸스럽게 먹어 치우는 양떼들에 의하여 차츰 자연의 멋을 잃어가던 이곳에 존 뮤이르가 나타난 것은 1889년 경.

이 자연보호가는 초원이 황폐화되어 가는 모습을 바라보면서 눈에 쌍심지를 켜지 않을 수 없었던 모양이다. 그는 요세미티 자연의 황폐화에 대한 기고 등으로 여론을 일으키고, 여기에 로버트, 언더우드, 존슨 같은 실력가들의 동조를 얻어 국립공원화를 위한 대대적인 캠페인을 벌인다. 이것이 결실을 맺어 1906년 마침내 미 의회와 정부는 요세미티 국립공원법을 통과시킨다.

요세미티가 자연스러운 모습으로 남아 나를 감동시킬 수 있었던 것은 이런 극성스러운 자연보호가들의 열정 덕분이다.

우리나라는 얼마나 아름다운 금수강산인가? 그럼에도 불구하고 오늘날 산을 제외하고는 원시적 자연의 아름다움을 느끼고 그 혼에 도취될 만한 곳은 보기 힘들다. 우리나라에도 존 뮤이르 같은 사람이 나와서 자연을 회복시켜야 한다.

아쉬운 마음을 뒤로하고 목초 길을 따라 달리니 방문객 센터, 야영장 등이 나타난다. 이곳에서 야영을 하면서 요세미티를 즐기는 사람들이 부럽다. 얼마 후 요세미티의 동쪽 관문, 툐가패스 입구(Tioga Pass Entrance)가 나타난다. 여기가 이제 요세미티의 끝이다. 내가 살아 있으면 언젠가 다시 볼 것이다. 잘 있어라. 요세미티야….

4천 미터 급 다나(Dana) 산과 콘니스(Conness) 산 사이로 빠져 나가는 길이 툐가패스(Tioga Pass)다. 얼마나 험하고 위험하면 늦은 가을부터 이른 봄까지는 이 길을 폐쇄할까? 아닌 게 아니라 돌과 바위가 연중 굴러 떨어지는 가파른 산 중턱으로 내려가는 길고 긴 길이 한 눈에 보인다. 장엄하다. 위험한 것은 언제나 장엄해 보인다.

8% 내리막길이라 2단에 놓고도 브레이크를 가끔 밟아 주어야 심한 속도를 제어할 수 있다.

길 위에는 오늘도 굴러 떨어진 돌과 바위들이 종종 보인다. 운 나쁘면 차 위로 떨어질 수도 있다. 어서 이 위험한 길을 무사히 벗어나야 할 텐데…. 오른 쪽 창밖을 내려다보니 저 아래 푸른 계곡이 있고 숲과 길이 보인다. 스위스의 그린덴발트와 흡사하다.

모노레이크

한사코 내려 달리니 마침내 내리막의 끝이 나오고 그 즈음에 광활한 호수가 하얀 벌판에 펼쳐져 보인다. 바로 모노레이크(Mono Lake)라 부르는 대형 호수이다. 시에라네바다 산맥의 동편과 네바다 주 사이에 있어서 여름에는 사막 가운데 있는 오아시스 같다. 그럼에도 주위에는 푸른 초목의 모습이 전혀 없어서 이상하다.

멀리서 보는 모노레이크는 광택 나는 한 장의 금속판처럼 보인다. 직경이 10여 마일 이상 되는 대형 호수인데 주변에는 도시가 형성되지 않는다. 이 호수는 유타 주의 솔트레이크(Salt Lake)나, 오리건 주의 앨버트(Albert) 호수처럼 염호이다. 따라서 이 물을 관개해서 농사에 쓸 수가 없다. 염분의 농도가 바다보다 2~3배 짙다. 그래서 빛이 물 표면을 투과하듯이 그렇게 투과하지 못하고 금속 표면에서 반사되듯이 튕겨 나오는 것이다.

이 호수는 물의 출구가 없다. 주변에서 물이 흘러들기만 하지 빠져 나가는 곳이 없는 것이다. 한 여름에 증발하는 물의 양은 호수의 높이로 따져 4피트 이상이라고 하니 막대한 양의 물이 작열하는 태양에 의하여 증발한다. 그럼에도 물의 높이가 더 이상 줄지 않는 것은 어디선가 흘러 들어오기 때문이다. 염분은 배출되지 않으므로 이 호수에 계속 남아 있다.

유타의 솔트레이크에 비하여 화학적 성분이 좀 다르다. 솔트레이크는 염소 성분의 함량이 더 높은 반면, 이 호수는 탄산염 성분의 함량이 더 높다. 붕산(Boron)의 농도는 세계 최고다. 따라서 이 호수 주변에서 강한 바람을 맞으면 눈이 매우 따갑다고.

그래도 갈매기나, 사슴, 방울뱀, 도마뱀, 독수리 등과 같은 동물의 서식처이고 새우도 많다고 하니 먹고 싶은 사람은 와서 드셔 보시라. 그런데 탄산염의 농도가 짙어 미끄러지기 쉽다. 하지만 빠져 죽을 염려는 노. 잘 가라앉지를 않으니까.

토가패스를 타고 내려와서 이 호수를 왼쪽으로 흘낏 보고는 우측으로 휘어 남쪽으로 내려간다. 120번 도로가 캘리포니아 주도 395번과 만나서 잠시 함께 달리게 된다.

황야길

넓은 395번 도로를 타면서 시원스런 광경 때문에 카메라를 집어 들어야 했다. 395번 도로는 시에라네바다 산맥의 동쪽 기슭을 따라 캘리포니아 남쪽 LA까지 이어진다. 시에라네바다 산맥 동쪽의 캘리포니아 땅도 만만치 않게 넓다. 그리고 높은 산맥이 왼편으로 이어지기 때문에 훌륭한 관광 도로이다. 이 때문에 LA지역 사람들은 이 도로를 타고 관광여행을 다닌다.

그래서 이 도로에는 차들이 좀 보인다. 시에라네바다 산맥 기슭에는 골프장, 스키장, 목장 등이 형성될 만큼 아름답다. 이런 곳은 땅이 좀 싸려나? 전원을 즐기고는 싶으나 돈 없는 사람은 여기 와서 진을 치면 괜찮을 듯싶다. 내가 만약 자유롭다면 그러고 싶기도 하다. 하지만 사람이 천년만년 사나? 단칸 방 오두막에 살면서 대충 자연을 즐기다 가는 것이 순리이려니….

여기에 심취하다보니 120번 도로를 놓쳤다! 분명히 5 마일 정도 달리면 왼쪽으로 빠져나가는 120번 도로 이정표가 있을 터인데, 보지를 못했다. 계기를 보니 이미 20여 마일을 더 달린 것이다. 야단이다. 길가에 차를 세우고 지도를 조사해 보았다. 계속 더 가서 6번을 만나 북상하면 120번을 만나게 된다. 그렇게 하면 50마일 이상 더 돈다. 되돌아가서 120번을 찾자니 20여 마일을 후진해야 된다. 하지만 왔던 길을 다시 가기는 싫다. 다시 지도를 정밀 조사해 보았더니 도로 이름이나 번호가 안 붙은 희미한 선이 가로 지른다. 옳다구나, 이 농로를 타고 가자.

그래서 조금 더 전진하니 표지판도 없는 동쪽 행 도로가 나타난다. 그 길로 들어섰다. 언제나 대충의 내 방향감각과 판단은 틀리지 않는다. 이 것만 믿고 이 길로 들어 선 것이다. 길가 농가 입구에 웬 젊은 커플이 앉아 있다.

"이 길로 계속 가면 120을 만나게 되나요?"

"120이 뭐에요?"

젊은 애들은 연애에 대해서는 잘 알아도 길에 대해서는 무식한가 보다.

"120 번 도로 말이우."

"아주 미안하지만 우린 길에 대해서 잘 모르걸랑요?"

"아무튼 고마워요."

에이 몰라도 좋아유, 난 그냥 내 생각대로 이 길로 갈래유. 속으로 이렇게 말하면서 액셀러레이터를 밟았다. 순 벌판이다. 아무 것도 심지 않은 벌판길을 그냥 달린다. 길을 잃어도 길 자체가 시원하니 짜증이나 조바심 같은 것은 아예 나지를 않는다. 되는 대로 길을 헤매어 보는 거다. 대륙인들이 반도 사람들에 비하여 느긋하게 보이는 이유가 이런 데 있는가 보다.

얼마를 가다보니 '오웬강 목장(Owens River Ranch)'이라고 쓴 아치가 보인다. 맞다. 아까 지도에서 오웬강(Owens River)이라고 쓴 물줄기 표시를 본 것 같다. 보니 옆에 작은 개울도 보인다. 여기서는 작은 개울도 river라고 표시한다. 그렇다면 지도에 나타난 농로를 제대로 달리고 있는 것이다. 약간 자신이 붙었다.

사람이 없는 길은 좋다. 다른 차에 신경을 쓰지 않아도 좋고, 이 길을 내가 오늘 전세 낸 것이니까 좋고. 하지만 벌써 오후 4~5시경, 저녁 무렵인데 이런 길에서 헤매면 어쩌나….

길은 휘어지면서 산 속으로 들어가고 있었다. 이때 웬 봉고차가 백미러에 나타난다. 그리고는 나를 향해 마구 달려오고 있었다. 양평을 지나 원덕의 한적한 길을 달리다 강도를 만나 살해된 노부부가 떠오른다.

3장 사막의 음침한 골짜기

아닌 게 아니라 여행 시초에 이런 위험을 생각해 보지 않은 것은 아니다. 위험한 장난이라면 더 좋아하는 내 요상한 성격이 문제다. 그리고 다른 사람들에 비해서 간땡이가 큰 것이 문제다. 뒤에서 돌진해 오는 차와 내 차의 거리는 점점 더 가까워진다. 이때 링컨의 금언이 생각난다.

"We shall grow stronger by calmness and moderation(침착하거나 중용을 지킬 때 더 강해질 수 있다)."

이럴 때 중용은 모르더라도 침착하면 강해질 수 있는 것이다. 외딴 산길에서 승용차도 아닌 봉고차, 나쁜 사람들이 탄 차라면 틀림없이 나홀로 차를 공격할지 모른다. 어떻게 할까, 마구 내빼면 더 극성스럽게 달려 붙을 것이고, 확실히 모르면서 길옆으로 차를 정지시키는 것은 용렬하다. 만일 저들이 내 차 앞으로 가서 막아서면, 그들이 내려서는 것을 보는 즉시, 획 돌려서 오던 길로 달려 나가면 된다. 그들이 차를 타고 다시 돌려 쫓아오는 데는 시간이 걸릴 것이니까.

하지만 나쁜 사람들이 아닐 수도 있다. 악한 사람들은 대체로 이런 외딴 곳에 오지 않는다. 범죄 하기 좋은 곳은 사람들이 많고 돈 될 만한 것이 많은 곳이 아니냐. 대부분 운전자들은 손을 들어 먼저 가라는 시늉을 하면 친근한 표정에 마음이 순해진다. 그래, 이런 한적한 길에서는 친절한 표시가 최상이다….이러는 사이에 그 차는 뒤쪽으로 바짝 다가왔다.

손짓을 하여 앞서가라는 신호를 했다. 그리고는 차를 오른쪽 갓길로 바짝 붙여서 뒤차가 지나가게 했다. 생각대로 그 차는 나를 추월하여 저만큼 앞서 내닫는다.

"그러면 그렇지 무슨 나쁜 사람들이 그렇게 많을라고."

조금 놀란 것은 사실이라 시편 23편을 외우기 시작했다.

"내가 사망의 음침한 골짜기로 다닐지라도 해를 두려워하지 않을 것은 주께서 나와 함께 하심이라. 주의 지팡이와 막대가 나를 안위하시나이다. … 내 평생에 선하심과 인자하심이 정녕 나를 따르리니 내가 여호와의 집에 영원히 거하리로다. 아멘."

길은 이리 꼬불 저리 꼬불 산길을 오르내린다. 역시 인적 없는 빈산이다. 관목은 꽤 우거져 있다. 30여 분을 달렸다. 끝이 없을 것만 같은 길이다. 마침내 저 앞에 교차로가 보인다. 120번 도로를 다시 만난 것이다.

여기서 오른 쪽으로 가면 네바다 주로 가게 된다. 일단의 오토바이 폭주족들이 교차로 코너에 있었다. 쉬느라고 서있는 모양이다. 저들도 도시에서 왔음에 틀림없는데, 어디서 왔을까? 시에라네바다 동쪽 이 인근에는 도시가 없다. 그렇다면 시에라네바다 산맥 서부, 즉 샌프란시스코나 트레이시 쪽에서 요세미티를 넘어 오지 않았을까? 괜히 관심 둘 필요 없다. 그냥 못 본 척하고 오른쪽으로 틀어서 서서히 지나갔다. 빨리 달린다든가 하여 관심을 끌 필요는 절대 없다.

길을 제대로 찾고 달리니 한 매듭 푼 것 같다. 시간을 보니 5시가 가까워졌다. 오늘 최소 한도 네바다 주의 토노파(Tonopha)까지는 가야 한다. 계획을 짤 때 그렇게 예상했기 때문이다. 하지만 과연 거기까지 갈 수 있으려나. 여기서 7마일 정도 더 가면 캘리포니아 주의 마지막 마을 벤튼(Benton)이 나타나고, 6번 도로를 만나게 된다. 거기서 7마일 정도 더 가면 네바다 주로 진입한다. 주 경계를 넘어 74마일을 더 가면 토노파에 이른다. 60마일로 속도를 계속 낼 수 있으면 한 시간 반 정도면 도달할 수 있다. 그러면 6시 반 경이 될 것이다. 토노파에서 숙소를 찾을 수 있을 것이다. 하지만, 지도상에 도시로 표시되었다 해도 네바다 주에서는 작은 마을에 불과할 터인데 무엇이 있겠는가? 어쩔 수 없다. 무작정 가보는 거다. 애초에 그렇게 예상하고 작정한 길이다.

네바다 주(Nevada)

아침부터 운전해 오면서 쇼킹한 광경을 많이 보아 왔기 때문에 지치기도 하고, 또 웬만한 경치에는 덤덤해졌다. 네바다에 가까워지면서 사막의 관목이 늘비할 뿐 푸른 초원은 사라진지 오래다. 들도 산도 모두 흙색으로 이루어졌다. 벤튼은 작은 마을. 모두 시간 속에 묻혀 버린 곳 같다. 황야 길 오지에서 이 사람들은 어떻게 살까? 그리고 왜 여기 들어와 사는 것일까? 버림받은 사람들일까, 아니면 이런 곳을 좋아하는 특유의 기질을 가진 것일까?

네바다 주 경계로 들어서면서 높은 산을 넘어갔다. 네바다 주에서는 가장 높은 4000미터 급 산. 주 경계에 있기 때문에 바운다리피크(Boundary Peak)라고 명명된 산이다. 고개를 넘자 광활한 벌판이 눈에 들어온다. 드디어 사막의 네바다에 들어선 것이다. 저 멀리 지 평선 끝까지 텅 빈 벌판이다. 수목도 없고, 집도 없고 구릉도 없는 빈 벌판, 가운데 내가 달릴 한 줄 도로 외에는 아무 것도 없다. 그렇다고 아라비아 사막처럼 모래로 덮인 것은 아니다. 마른 흙으로 덮인 사막이다. 네바다 경계를 지난 지점부터 2마일 간격으로 거리 표시 이정표가 계속된다. 그 이정표의 숫자가 늘어나는 맛으로 운전해 나갈 뿐이다.

고개에서 내려다 본 그 지평선 끝까지 달려보니 대략 20여 마일 된다. 약 32km라는 말인데 서울 인천 거리가 아니냐? 참 무지하게 넓다. 지평선 끝은 약간의 구릉으로서 양 옆으로 멀리까지 낮은 산들이 이어져 있다.

이 구릉을 넘으니 이번에는 더 넓은 광야가 눈앞에 펼쳐진다. 왜 이런 땅을 놀리는 것일까? 우리나라 같으면 땅속을 파서 지하수라도 길어 올려 농사를 지으려고 할 터이지만 땅 부자 나라에서는 그럴 필요가 없나 보다. 조건이 더 좋은 땅도 휴경지가 많은 판에 이런 메마른 땅을 무엇에 쓰랴? 그러니 핵실험이나 해 대지.

고개를 넘으면 지도상에서 본 콜데일(coaldale)이라는 마을이 있어야 한다. 그래서 두리번거리고 살펴보니 왼편 흙산 밑에 녹 쓸고 낡은 주점 같은 것이 하나 있다. 그 뒤쪽으로 부서진 창고 같은 것이 있다. 사람이나 가축은 그림자도 없다. 이곳이 콜데일임이 틀림없다. 오른 편을 보니 사람이 사는 듯한 집이 하나 있고 푸른 나무를 주위에 심어 놓았다. 대체 물은 어디서 구해서 나무를 길렀을까? 이 광막한 사막에 혼자 어떻게 사는 것일까? 자못 궁금하고 호기심이 일어난다. 그렇다 해도 이곳에 정차하고 싶은 마음은 없다. 왠지 으스스한 유령의 집 같기도 해서 떨린다. 잘못하면 옛날얘기에 나오는 처녀 귀신한테 잡혀가서 딸내미 결혼식장에도 못 간다.

조금 지나면서 길가 팻말을 읽으니 '70마일 이전에는 주유소가 없음'이라고 씌어있다. 참 이상하다. 주유소 같은 것은 보이지 않았는데 어디서 기름을 넣어 준다는 말인가? 기름을 넣고 가라는 유혹에 넘어가서 되돌아가는 차들을 쥐도 새도 모르게 처치해 버리는 것이 아닐까? 혼자 달리면서 별 해괴한 공상도 다 해본다. 이 사막 광야를 달리면서 거리 표시 이정표의 숫자로 셈해보니 30마일이 넘는다. 약 50km가 되는 거리를 달려서야 또 하나의 빈 들을 지난 것이다. 도로 상에 소가 넘어갈 수 있으니 주의 하라는 표지가 더러 눈에 띈다. 그러나 소도 말도 아무 것도 안 보인다. 풀도 없는데 소들이 무엇을 먹는다는 말인가? 이런 메마른 들판에 소를 방목하다니 이해가 안 된다. 그래도 표지가 있는 것으로 보아 우기에 풀이 돋아날 때가 있는가 보다. 그러니까 이 넓은 땅을 겨우 소떼에게 풀을 뜯어 먹이는 용도로 쓴다는 말이지?

하지만 내가 보기에는 이 네바다 주가 언젠가는 빛을 보게 될 것 같다. 화석 에너지가 고갈되면 결국 태양에너지를 이용해야 한다. 그 때에는 일조량이 많은 이 네바다 주가 태양에너지 수집에 큰 역할을 할 것이다. 카지노 도시로 연명하는 주가 아니라 태양 에너지로 큰 부자 주가 될 것이다. 캘리포니아 주가 금 러시 때문에 부자 주가 되고, 과일 야채 농사를 했듯이, 이 주가 태양에너지로 벌어 들인 돈으로 관개 사업을 벌인다면 제 2의 캘리포니아가 될 소지가 충분히 있다. 독자들이여, 지금 쌀 때 네바다 주 땅을 많이 사 놓으시오.

4장 달아, 내 사랑아

이제 해는 서쪽 하늘에서 무거운 고개를 떨구고 있었다. 태양도 피곤할 만하지. 종일 나와 함께 캘리포니아를 가로 지르고, 네바다 주 깊숙이 행진했으니 오죽하랴. 그럼에도 뻗어 있는 광야의 긴 길은 끝날 줄을 모른다. 20~30마일 거리의 광활한 빈 들판을 지나면, 또 다른 광야가 나타나기를 반복한다.

이때 먼발치에 휴게소(Rest Area)가 눈에 들어왔다. 빈 벌판 한 가운데 조그마한 오아시스 같은 곳이다. 가까이 다가가니 나무 대 여섯 그루가 있고 그 가운데 작은 화장실 하나가 있는 휴게소이다. 가판대는 물론 가게나 주유소는 전혀 없는 사막의 쉼터이다. 푸른 색 초목이라고는 전혀 보이지 않던 이 광야에 초록빛 나무 대여섯 그루라니. 참 귀한 식물이다. 식물들도 외롭기 짝이 없을 것 같다. 다행이 지나가던 차 한 대가 서 있고, 부부가 긴 여행 중 차 속에서 운동 부족이던 강아지에게 기분 전환을 시켜 주고 있었다.

화장실은 다른 주와는 달리 흙벽돌로 지어져 있다. 나무는 귀하고 흙만 무진장 많으니 흙을 이겨서 벽돌을 만든 후에 쌓은 것 같다. 볼일을 본 후에 꼭지를 트니 물이 내려간다. 사막에서 어떻게 물을 조달했을까? 손을 씻고 손을 말리려니 송풍기가 돌아간다. 전기는 어떻게 생산했을까? 밖에 나와 보니 나무에 물을 주는 스프링클러까지 가동되고 있다. 저쪽 코너에 태양열 전기판이 설치된 작은 곳간이 있다. 그러니까, 이 전기로 지하수까지 길어 올리는 장치를 가동시키는 것 같다. 그래서 대여섯 그루의 나무도 자라게 하고 그것으로 행인에게 그늘을 제공하는 것이다.

이 모델(model)은 사막 같이 메마른 땅도 이용하려면 얼마든지 이용할 수 있음을 보여주는 것이다. 황무지를 개간하여 삶의 터전으로 조성한 곳은 세계 도처에 있다. 반드시 남이 건설해 놓은 곳만 살 수 있는 곳은 아니다. 인간은 개척 정신만 살아 있으면 어디든지 가서 살 수 있다.

야외용 식탁도 두서너 개 있다. 식탁에 저녁상을 차리고 식사를 했다. 식빵 두 조각에 치즈를 끼우고, 토마토 한 개와 바나나 한 개를 먹는 것이 내 저녁 식사가 된다. 사막에서 무슨 현미밥이냐. 이 정도만 되더라도 훌륭하다. 더구나 빵은 여러 가지 통곡류를 섞어 만든 건강빵이다. 영양이 부족할 리 없다.

바람이 너무 세다. 강도가 수그러든 햇볕 덕에 바람은 뜨겁지 않고 시원하다. 하지만 세찬 바람인지라 종이 접시를 식탁에 올려놓고 있을 수가 없다. 해가 약해진 지역과 아직 식지 않은 지역의 기압 차이 때문에 생기는 폭풍이다.

맛있게 저녁 식사를 마치고 다시 길을 떠난다. 하루를 잘 놀고 집으로 돌아가던 어린 시절이 생각난다. 시골길을 걸으며 지쳐도 즐거운 마음으로 걷던 초등학교 친구들, 그 중 한 친구는 몇 해 전에 떴다. 그런 생각을 하며 10여 마일을 더 갔다. 예의 민둥산들이 나타난다. 그 기슭을 타고 올라가니 마을이다. 마침내 토노파(Tonopha)에 도달한 것이다. 이것이 도시냐, 광산촌이냐? 마을은 마을이로되 죽은 마을이다. 송장메뚜기 색깔의 마을이다.

길가에 여러 개의 모텔, 인(Inn), 로지(Lodge) 등이 보이긴 하는데, 영업하는 것 같지 않다. 주차장에는 주차된 차도 없고, 문이나 창문 등이 모두 폐쇄된 깃처럼 보인다. 말 타고 다니던 시절의 보안관 대신 두꺼비 색깔의 옷과 차로 이동하는 경찰이 왔다 갔다 한다. 집도 몇 채 안 되는 죽은 마을에 웬 보안관만 이렇게 많으냐? 이상한 기분이 든다. 도로를 통과하는 동안 그 두꺼비 보안관 차가 미행한다. 벌과금을 매길 꼬투리를 찾는 것이냐, 아니면 저승에 데려가려고 쫓아오는 저승사자냐? 혼미하다. 정차할 수도 없고 모텔을 찾아 들어가 문의하기도 왠지 싫다. 텔레비전 퀴즈에서와 같이 이런 경우에도 마뜩찮으면 '통과' 다. 등골이 서늘해져서 통과다. 마을이 작아 금방 마을의 끝에 이르렀다. 애초에 여기서 숙소를 찾으려던 계획을 완전히 백지화하고 무작정 탈출이다.

마을을 완전히 벗어났다. 친구가 함께 했다든가 우군이 있다면 다시 한 번 몰래 잠입해서 정체 파악을 시도해 보겠다마는 혼자서 해내겠는가? 탐정 소년 '이지도올' 도 아닌데? 네바다에서 벌써 두 번째 으스스한 경우를 만난다. 날도 뉘엿거리고 피곤도 하다. 대체 어디서 잠자리를 찾아야 하나?

토노파에서 한참을 벗어나서 지도를 다시 살피니, 10여 마일 지난 지점에 캠핑지 표시가 있다. 달리면서 두리번거렸지만 캠핑지를 알리는 팻말은 보이지 않는다. 저녁 햇살에 빛나는 드넓은 땅에 눈이 팔려 놓쳤든가, 폐쇄되어 없든가, 둘 중 하나렸다. 상관없다, 가는 데까지 가보자. 또 하나의 광막한 사막 한가운데 이르니 태양은 거의 서쪽 지평선 근처에 도달해 있었다.

해가 떨어져서 완전히 어두워지면 어디가 어딘지 분간을 못하리라. 그때 무엇을 찾는다는 것은 불가능하다. 이때 생각이 번뜩 떠올랐다. 그렇다. 오늘 밤은 이 사막 한가운데에서 자자. 길에서 옆으로 한참 들어

가면 지나가는 차들이 내 차 쪽으로 접근하지는 않을 것이다. 사람은 물론이고 동물조차도 없을 것이다. 사막 가운데 무엇 먹을 게 있어서 동물이 배회하겠는가? 더구나 자동차 뒷좌석에는 버클리에서 쓰던 이불이 실려 있지 않은가. 자동차 안은 안전하고 폭신한 잠자리가 될 것이다. 캠핑지에 야영 꾼이 한 두 사람 미만이면 그것이 더 위험하다. 밤중에 총이나 칼을 들이대고 위협할 수도 있는 것이다. 미국에는 워낙 험한 사람이 많아서 알 수 없다.

길에서 조금 벗어나는 곳까지 차를 몰고 들어갔다. 땅은 누가 일부러 고르게 펼쳐 놓은 것처럼 편편하다. 모래가 아니다. 금모래 빛 깨끗한 흙 땅이다. 눈을 들어 사면을 보니 멀리 가물가물 보이는 산들까지 온통 똑 같은 흙 땅이다. 밭을 만들면 모두 밭이 될 수 있고 논을 만들면 모두 논이 될 수 있는 땅이다. 짧은 그루터기의 마른 사막 풀만이 드문드문 끝없이 펼쳐져 있다. 수억 평도 넘을 것 같다. 이렇게 넓은 땅, 우와, 오늘은 이게 모두 내 땅이다. 오직 나 혼자 만의 대지다, 이 넓은 땅이! 왜냐하면, 이 땅 위에 오늘 나 말고 누가 있느냐? 그러므로 적어도 오늘밤, 내가 이곳에 머무는 한 이 광대한 땅이 모두 내 소유다.

사실 많은 사람들이 자기 땅이라고 주장하는 손바닥만 한 땅도 그가 죽고 나면 그 사람의 땅이 아니다. 그가 그곳에 존재하는 동안만 그의 땅일 수 있는 것이다. 그러므로 오늘 누가 뭐래도 이 광대한 땅이 모두 내 소유이다. 차로 이 땅 위를 헤집고 다니든 달리기를 하며 온 밤을 헤매든 무엇이든지 할 수 있는 이 곳, 오늘 밤은 나의 땅인 것이다. 누구이의 있나? 봐라, 아무도 반대하는 사람이 없지 않은가.

뒷좌석을 정리하여 아담한 침실을 꾸미고 영양 간식(trail bar)과 토마토, 바나나 등을 꺼내어 푸짐한 간식 식탁을 마련하고 점잖고 품위 있게 식사를 했다. 대지주大地主의 야식인 것이다. 서쪽에 몰려오는 구름 뒤로 숨어서 이제 막 지려하는 태양을 바라보며 2007년도 8월 31일의 마지막 시간들을 근사하게 보낼 참이었다. 버클리를 떠나 시카고까지 대륙의 3분의 2를 횡단하는 첫날밤을 이 네바다의 사막에서 주위의 자연을 거느리고 우아하게 보내는 순간이었다.

차츰 어스름이 대지를 뒤덮는다. 거대한 자연의 신비를 일각일각 느끼면서 일초의 순간도 놓치지 않으려고 고요히 지켜본다. 이제 신발을 벗고 내 침실로 든다. 폭신한 이불 위에 누울 수가 있느냐? 이 아름다운 자연의 변화에서 눈을 뗄 수 있느냐? 뒷좌석의 침상에 앉아서 사면의 터진 창으로 대지를 응시하며 밤의 발걸음을 관찰해야 하는 것이다.

그는 참으로 살며시 다가 왔다. 아무 소리도 내지 않고, 급히 서둘지도 않으면서, 초침에 맞춰 예의를 갖춘 채, 내 주위로 와서 조아리고 있었다. 그는 별들의 사자로서 내 주위를 시위侍衛하기 위해서 다가오는 것이었다.

준비가 다 되자 이윽고 달님이 동편 하늘에 얼굴을 나타내기 시작한다. 맑고 환한 얼굴로 다정하고 부드럽게 나를 응시하며 입장한다. 내 신부 내 달님이 오늘 밤 나의 밤 속으로 들어온다. 그녀는 결코 화려하게 웃지를 않는다. 결코 교태를 부리거나 헤픈 웃음을 띠지 않는다. 조용하면서도 현숙한 모습으로 조금도 어두운 빛없이 환하게 내 마음 속으로 파고든다. 그러면서도 세상의 온갖 안위를 다 몰고 와서 저 만치 하늘 공간에서 나의 사랑을 고대하고 있다.

그녀는 광막한 대지 위를 한 점 빈틈도 없이 골고루 비추고 있었으며, 낮의 사나운 열기를 온화한 미소로 잠재우고 있었다. 드넓은 대지 위를 구석구석 환하게 비추되 눈시울을 시게 만드는 강렬한 태양의 자외선이나 적외선을 사용하지 않고, 오직 인자한 눈빛으로 대지를 제어하고 있는 것이다. 그러면서 나에게만 깊은 사랑을 눈짓하는 숨 막히는 순간! 야한 화장을 하지 않았어도 아름다운 얼굴이었고, 화려한 의상으로 꾸미지 않았어도 가냘픈 자태였으며, 금은보석으로 치장하지 않았어도 고귀한 품위를 갖추었다. 오만함의 그림자도 없고, 다소곳한 겸손이 몸에 배었으며, 지성이 넘치되 결코 도도하지 않은 음전한 새 색시!

그녀의 눈빛으로 주위의 돌조각, 풀포기들이 잘 보였으며, 지평선 근처에서 조아리고 있는 산들조차 또렷이 보였다. 말이 밤이지, 보이지 않는 것은 아무 것도 없었다. 어릴 적 보름달 밤, 환한 들에 나가 친구들과 술래잡기하던 광경이 떠오른다. 하지만 지금 이곳 주위에 그들은 없다. 오직 나와 내 신부 달님 뿐, 난 오늘 밤 그녀와 밤새 이야기를 나누리라. 그립고 아쉬웠던 나의 애인과 모든 사연을 다 말할 거나?

휘영청 창밖이 밝으오, 창으로 내어다 보니,
달은 어여쁜 선녀 같이 내 뜰 위에 찾아온다.
달아, 내 사랑아 내 그대와 함께 이 한 밤을
이 한 밤을 노래하고 싶구나.

5장 네바다 사막에서의 아침

달님과 나는 긴긴 이야기를 주고받았다. 이것은 우리만의 프라이버시이므로 독자들에게는 말할 수 없다. 하지만 주제는 '인생에서 짝이란 무엇인가?' 같은 플라토닉 한 스토리에서부터 '코드가 맞아야 함께 살 수가 있는가' 같은 로맨틱한 스토리에 이르기까지 끝없이 이어졌다.

깜박 눈을 떴을 때는 환한 아침 7시, 그 때까지 달님은 멀리 가지 않고 서쪽 중천에서 곤하게 자는 나를 지켜주고 있었다. 아직도 부드럽고 자애로운 눈빛으로 내 얼굴을 바라보고 있는 것이었다.

'좋은 아침, 아, 많이 피곤했던 것 같아.'

사막의 아침은 그야말로 모닝 글로리(Morning Glory)! 멀리까지 황금빛 땅 덩어리가 아침 햇살을 받아 눈부시게 빛나고 있었고, 지평선 끝에서 조아리고 있는 산들은 아직도 달님과 나를 시위(侍衛)하고 있었다.

'달님, 이제 피곤할 테니 들어가 푹 쉬고 저녁에 봐요.'

달님에게 인사를 하고 나는 다시 핸들을 잡았다.

사막이라도 아침의 공기는 시원하고 삽상했다. 밤사이에 고공의 찬 공기가 무거워서 내려오고 사막 위의 더운 공기가 대신 올라가 버린 것이다. 밤사이에 달님에게서 기를 받은 데다 새벽의 시원한 기운이 가세하여 온 몸은 날듯이 가벼웠다. 길은 지평선을 향하여 뻗어 있고, 그 위에는 아무 차도 보이지 않는다. 혼자서 신선한 아침 공기를 가르며 광야를 내닫는 이 기분, 세상에 부러울 것이 없어라!

한 평야를 넘자 지도에서 본 웜 스프링스(Warm Springs)라는 마을이 나온다. 따뜻한 지하수가 솟는 곳인가? 넓은 사막 가운데 딱 세 집이 보인다. 첫 번째 집 주위에는 농기구, 트랙터 등이 흩어져 있다. 농사를 짓는가 보다. 스프링클러가 돌며 물보라를 뿜어 올리고 있다. 하늘은 구름 한 점 없이 파랗고 사막 땅은 메말라 있다. 개울조차 없는 곳이나 지하수는 있는가 보다. 1마일 쯤 떨어진 곳에 2개의 집이 있다. 트윈 스프링스(Twin Springs)라고 쓴 팻말이 있다. 사방 천지 50~60마일 가도 아무도 살지 않는 황야 한 가운데 있는 마을이다.

이곳에 집을 짓고 땅을 일구는 사람들! 그들은 누구이며, 무슨 생각으로 여기에 정착한 것일까? 그들이 누구이든 간에 분명한 것은, 개척자적 자세와 고고한 정신을 가진 사람들임에 틀림없다. 가정을 이룬 사람들이라면, 사막 가운데에서 개척하며 살아보자고 약속이라도 했을 성싶다.

세상 정치에 염증을 느낀 사람들이라면, 권력 쟁취의 각축장을 피하여 평화로운 자연 속에 파묻히고자 온 사람들일 수도 있다. 세상 속의 탐리貪利와 속임수를 구차스럽게 여긴 사람들이라면, 내 손으로 심고 거두어서 깨끗하게 살기를 동경하여 왔을지 모른다. 싸우고 질시하는 세속에 환멸을 느낀 사람들이라면, 세상과 멀리 떨어진 이곳에서 하나님을 찾으려고 집을 세웠을지 모른다. 잘났다고 과시하며, 힘없다고 경멸하는 세태를 역겹게 느꼈던 사람들이라면, 과시도 경멸도 없는 대자연을 찾아왔을지 모른다. 화려와 환락으로 얼룩진 세상을 혐오스럽다고 생각한 사람들이라면, 단조롭고 소박한 대지를 동경하여 여기 정착했을지도 모른다.

그들은 돕는 배필, 사랑하는 배우자를 동반했을 것이 틀림없다. 왜냐

하면 인간은 아무리 개척 정신이 투철하다 해도 그 정열은 사랑하는 배우자로부터 비롯되는 것이기 때문이다. 나와 달님처럼 코드가 맞고 함께 있으므로 인해서 의욕적일 수 있다면 황야가 두려우랴? 희망을 일깨우는 사랑이 있다면 우주의 끝엔들 못 가리?

스콧과 헬렌 니어링 부부가 그들의 삶에 대해서 쓴 책을 읽어 본 사람들은 여기 이 황야의 사람들을 이해할 수 있을 것 같다. 그들은 뉴잉글랜드 지방에 땅과 집을 마련한 후, 현대 문명과 거리를 두고 자신들의 노력과 자연의 도움만으로 살았다. 그리고 죽을 때까지 변함없는 사랑을 주고받았다고 했다.

트윈 스프링스를 지나는 마지막 고갯길 언덕에서 잠시 정차하고, 저 아래 그 세 가구의 마을을 다시 바라보았다. 그들의 행복을 기원한다.

네바다 동부

우리는 걸으면서 또는 달리면서 많은 생각을 한다. 이런 사막 길을 달리는 중에도 역시 명상이 좋다. 누가 말을 걸어 방해하는 사람도 없고, 라디오나 TV의 잡음이나 잡영雜影도 없다. 깔보거나 멸시하는 목소리도, 소음도 없으며, 눈살 찌푸려지는 광경도 없다. 정신집중을 방해하는 것이나 명상을 깨뜨릴 만한 요소는 그 어디에도 없다. 참으로 안온한 마음이 가득 찬다. 보이는 모든 것에 평화가 가득하다.

명상을 하며 긴 시간을 달렸다. 70여 마일을 지나니 구릉과 초목이 보이기 시작한다. '큐란트(Currant)'라고 불리는 마을에 다가갔는데 언덕 위에 서너 채의 집이 보이고 주위로는 큰 키 나무들을 심어 놓았다. 평야와 먼 산을 조망하며 평화롭게 살고 있다.

여기서 한 20여 마일 가면서 차츰 푸른 풀이 보이기 시작한다. 큰 고개를 넘자 엘리(Ely)라는 도시가 나타난다. 드디어 네바다 주 동부에 이르렀다. 네바다 주를 거의 다 횡단한 것이다.

엘리는 구리 광산으로 유명하다. 1870년대에 군 소재지로 역마와 우체국 기능으로 시작했을 때는 인구가 고작 200여 명이었다. 1906년 미 서부의 금광 붐이 한물 지나가자 구리 붐이 일었다. 이때 이곳에서 구리 회사가 문을 열고 엄청난 양의 구리를 생산하기 시작했다. 한 때는 세계 제일의 구리 생산지였다고 한다. 하지만 1978년도에 구리광산은 문을 닫는다. 제련소도 문을 닫고, 철도도 쉬고, 구리회사의 노동자들도 모두 해고된다. 한 동안 북적거렸던 도시가 한산한 마을로 퇴색해 버렸다. 그 대신 경관이 빼어난 쉘크릭(Shell Creek) 산맥 주위에 수렵, 낚시, 스키 등의 레저타운이 생겨나고 있다.

엘리에서 잠시 머뭇거리면서 지도를 점검해 보았다. 여기서부터는 이제까지 타고 오던 6번 도로가 50번 도로와 만나서 동시에 동쪽으로 진행된다. 60여 마일을 더 가면 완전히 네바다 주를 졸업하게 된다.

엘리를 벗어나면서 넓은 광야를 지나고 산지로 진입한다. 이곳 광야는 주인이 있는 모양이다. 수 에이커 별로 철조망이 쳐 있으나 아무 것도 재배하지 않고 빈 땅으로 남아있다. 빈 들이 자기 소유라고 경계선을 그어 놓았다. 사람들은 욕심 때문에 경계 짓기를 좋아한다. 하나님은 인간이 화합해서 행복하게 사는 터전으로 땅을 주었다. 그럼에도 불구하고 사람들은 힘으로 땅을 차지한다. 필요할 때 필요한 만큼 빌려서 쓰고, 죽을 때 반납하고 조용히 가면 좋으랴마는….

6장 유타 주의 시작

마른 들판을 지나니 산길이 가로 막는다. 힘겹게 돌고 오르고 해서 산을 넘으니 또 다른 사막 들판이 나온다. 여러 시간을 달렸다. 시간으로 보아 네바다 주를 지나고 유타 주에 들어섰을 터인데, 경계 표시 이정표도 없으니 언제 어디서 유타 주로 진입했는지 모르겠다. 지형이 다소 변한다. 네바다 주에는 흙산이 많았는데 유타 주에는 돌산이나 바위산이 많아진다. 사람이나 차뿐만 아니라 집이나 마을조차 없는 지구 위를 지나간다.

다시 고개를 넘으니 전면에 웅장한 바위산이 등장한다. 거대한 산 전체가 평야의 끝에 시현되어 있는 데다 전체적으로 가로 줄 무늬가 드러나 보이는 바위산인지라 장난감 같다. 가로줄이 길게 벋어 보이는 것은 지층형성으로 생겨난 것일 터인데 산 전체가 흐트러짐 없이 고스란히 지표 밖으로 들리어졌다는 이야기다. 거대한 산을 들어 올리는 힘, 자연의 힘은 대자연 속에 살아있다. 산 전체를 날름 들어서 집 뜰에 가져다 놓고, 보기도 하고 등산도 하면 좋겠다. 희랍의 신화에 나오는 힘 있는 신이 보았다면 그렇게 했을 것 같다.

지도를 살펴보니 이 산은 노치봉(Notch Peak)(2964미터)인 것으로 짐작된다. 노치봉은 많은 등산객들이 가고 싶어 하는 산이다. 산 정상에 오른 어떤 이의 말을 참고하면 다음과 같이 묘사할 수 있다.

노치봉 정상의 서쪽은 수백 미터 수직 암벽이다. 수직 벽 가장자리에 가까이 가서 고개를 쏘옥 내밀면 갑자기 숨이 턱 막히는 수백 미터 절벽 아래를 내려다 볼 수 있다. 이 꼭대기에서 유타의 사면이 한 눈에 보인다. 대기는 크리스털처럼 투명해서 정신이 번쩍 들게 한다. 세상의 마지막 정상에 오른 듯하고 우주를 한 눈에 다 보는 듯한 느낌을 받는다. 동남쪽으로는 세비어(Sevier) 호수가 사막의 태양 아래 아른 거리며 사파이어의 푸른빛을 내뿜는다. 호수의 가장자리는 말라버려서 코카인처럼 하얀색을 띤다. 서쪽으로는 컨퓨전(Confusion) 산맥의 톱니모양 능선 모습이 길게 펼쳐지고, 콩거(Conger)산, 모리아(Moriah)산, 휠러(Wheeler)산 등이 구름을 이고 푸른 피라미드처럼 서 있다. 북동쪽으로는 쇳빛 사막의 모래 언덕들이 물결치듯 둥근 지평선 너머로 뻗어 있다. 이러한 매력에도 불구하고 노치봉은 다른 유타 서부의 산들과 같이 고적하고 외롭다. 사막 가운데 멀리 떨어진 관계로 찾는 이가 적음이라.

이 산 근처의 지하에서 이상한 소리가 가끔 들린다고 한다. 때로는 북소리와 흡사하고 때로는 천둥소리처럼 들리기도 한다나. 이런 소리는 이 일대의 또 다른 산에서도 들리는데, 그 산은 북소리 때문에 아예 드럼(Drum)산이라고 불린다. 립 반 빈클에 등장하는 북소리와 이상한 세계는 이곳에서 힌트를 받고 쓴 것이 아닐는지? 드럼산에서는 금이 생산되기도 하여 주변에 금광 도시 조이(Joy)가 생겼다.

세비어 호수

노치봉 남쪽의 둔덕에 오르니 사막의 푸른 사파이어가 눈앞에 펼쳐진다. 바로 세비어(Sevier) 호수이다. 넓은 호수에 푸른 물빛이 그지없이 아름답다. 고개를 내려 가까이 갈수록 하얗고 긴 스트립으로 보인다. 대호수지만 낮은 데서 보면 한 줄기 흰 천 조각처럼 보이기 때문이다.

이 호수도 대분지(The Great Basin) 중에 있는 그레이트 솔트 레이크

(Great Salt Lake)나 모노레이크(Mono Lake)처럼 염호다. 대분지라고 하는 것은 네바다 주 전체와 유타 주 서부 삼분의 일 일대의 광활한 지역을 일컫는데, 선사시대 이전에는 본빌(Bonneville)이라고 불리는 내륙의 바다였다. 이 지역의 호수는 물이 흘러들기만 할 뿐 배출되지는 않는다. 즉, 배수로가 없다. 따라서 흘러 들어오는 물은 증발이나 여과에 의하여 소모된다.

세비어 호수는 간헐적으로 사라진다. 그래서 지도상에는 '마른 호수 (Dried Lake)' 라고 표기되어 있다. 1872년의 기록에는 최대 깊이 15피트 (4.5미터), 188평방 마일(1억 5000만 평)에 이르는 광대한 호수로 적혀 있다. 이곳으로 흘러드는 강 이름은 세비어 강(Sevier River). 흘러드는 물을 관개수리 시설에 의하여 농지로 빼돌렸기 때문에 1880년경부터는 마른 호수가 되었다. 그러던 것이 1987년경부터 다시 예전의 모습을 되찾는다. 세비어 강으로 부터 충분한 물이 흘러들어오면 하얀 염분의 대지로부터 푸른 물의 호수가 된다.

사막의 끝과 유타 마을의 시작

사막에도 끝은 있다. 호수를 지나 한 시간 반쯤 정신없이 달리니 차츰 푸른 들판이 보이기 시작한다. 오른편 들녘으로 세비어 강이 흐르고, 그 유역에 푸른 곡식이 익어가고 있다. 마을이 보이기 시작한다. 오랜만에 반갑다. 사람 사는 동네로 들어가니 갑자기 활기가 느껴진다. 디세크렛 (Desecret), 힝클리(Hinckley), 수더랜드(Sutherland), 델타(Delta) 등의 작은 마을이 서로 5마일 이내의 거리에 옹기종기 모여 있는 곳이다. 델타 (Delta)가 제일 크지만 인구는 고작 3천여 명 정도, 우리나라로 치면 '리' 단위의 시티인 셈이다.

디세크렛(Desecret)은 몰몬교 사람들이 유타에 처음 이주했을 때 벽돌로 작은 성채를 짓고 인디언의 침범을 막으면서 살던 곳이다. 이곳에서 남서쪽으로 조금 내려가면 '큰 바위 얼굴(The Great Stone Face)'이 있다. 그 형상이 놀랍게도 몰몬 교주였던 조셉 스미스(Joseph Smith)를 닮았다고 한다. 나다니엘 호오손의 '큰 바위 얼굴'은 이곳에서 소재를 얻은 것 같다.

쉬고 싶어 그늘을 찾으나 쉽지 않다. 나무는 민가 근처에 몇 그루 심어져 있어서 지나가는 행인에게까지는 여유가 없다. 일단 기름을 넣고 주유소 앞 공터의 나무 밑을 잠시 차지하기로 했다. 남서쪽으로 멀리까지 벌판이 이어지고 남동쪽으로는 기다란 산맥이 아스라이 보인다. 로키 산맥의 자락이다. 벌판 위의 외딴 농가에 높은 미루나무가 서있고, 들판 가운데로 뻗은 길은 멀리로 사라진다. 한낮의 더운 태양은 그 위에 가득하다. 오늘이 9월 1일, 가을이 시작되었어도 볕은 따갑다. 곡식이 잘 익어가고 있다. 고호나 고갱처럼 미루나무 밑에 앉아 화폭에 농가와 곡식 익는 벌판을 그려 보고 싶다. 평화로움을 그리면서 평화 자체를 마음으로 만끽할 수 있을 테니까 말이다. 자연의 그림을 그리며 동시에 꿈을 그린다면 행복한 인생이 될 것 같다.

7장 유타 주의 작은 마을들

햇빛이 쏟아지는 대지 가운데로 달려 나간다. 발목이 시리도록 온종일 걷고 싶다는 시인의 기분이 이해된다. 들판의 끝 목장의 울타리 가에 이르러 그냥 벗어나기 아쉬워 잠시 정차하고 숨을 들이켜 본다. 아, 좋다. 폐부 깊숙이 환한 태양의 기운이 들어오는 것이 좋다. 지나온 들길을 되돌아보니 무엇인가 심금을 울린다. 나와는 상관없었던 한 낯선 지구의 대지 위에서 평화를 누릴 수 있었음이 좋다. 순수한 대자연 속에서 천진스럽게 살아가는 사람들의 싱싱한 얼굴, 문명과는 거리가 먼 자연스러운 삶의 모습, 그것이 창조주가 우리에게 처음 시여施與했던 삶이건만 인간은 문명의 이름으로 스스로의 삶을 점점 더 복잡하게 꼬아가고 있다.

이대로 주저앉아 살고 싶지만 머무를 수 없는 운명이다. 나만이 좋다고 하여 그 자리에 눌러앉게끔 조성된 존재가 아닌 것이 사람이다. 얽히고설킨 다른 존재들이 기다리고 있다. 그래서 우리는 길을 간다. '인생의 길, 힘들더라도 너희가 걸어라.' 이것이 우리 학창시절, 청소년 시절부터 이제껏 귓가를 울리는 소리다. 이 소리에 맞추어 다시 우마牛馬처럼 길을 간다.

홀덴(Holden)이라는 시티에 이르렀다. 인구가 고작 2백여 명, 도로와 집들이 도로에 따라 정렬되고 교회까지도 있는 차분한 마을이다. 도시를 찾아 몰려드는 사람들과는 대조적으로 한적하고 조용한 곳을 선호하는 사람들이 하나 둘씩 찾아 들었다. 네바다 주의 한 가운데에서 보았던 세 가구에 비하여 다소 많은 사람들이 모여 농사일을 한다. 2백여 명이면 가족 같은 분위기로 살아가겠지.

홀덴에서 I-15번 도로를 탄다. 자유로웠던 지방 도로를 벗어나 고속도로로 진입한 것이다. 고속도로에서는 쉬고 싶을 때 정차하여 한숨 돌리는 자유로운 행위가 쉽지 않다. 고속도로에서 주변 경관은 단조롭고 빠르게 지나친다. 학창시절은 지방도로, 직장생활은 고속도로와 비유된다. 생활의 전선에 노출되지 않은 학창시절에는 무엇을 하든 자유였지만, 직장을 가지고 사회생활을 하면서부터는 한눈팔기가 어렵다.

산지를 통과하여 10여 마일쯤 지나 스키피오(Scipio)라는 시티를 만난다. 이곳도 인구는 고작 3백여 명, 많은 것은 땅밖에 없다. 우리나라에는 땅이 적어 모두 "땅, 땅"하면서 땅을 갈구하지만, 여기는 그럴 필요가 없어서 좋겠다. 땅은 넓고 사람은 적으니 사람 보기 어렵다.

인디언의 멸망

풍요의 땅, 이 큰 땅을 거저 얻은 것은 아니다. 불과 백여 년 전만 해도 이들은 땅 때문에 원주민과 전쟁을 치르고 많은 목숨을 바쳤다. 땅은 곧 기업이기 때문에 모두에게 소중한 자산이다. 원래 유타 주는 유트(Ute)족, 파이유트(Piute)족 등 아메리칸 인디언들이 살던 땅이다. 그래서 이 주를 유타(Utah)주라고 명명했다.

처음 소수의 유럽인들이 찾아와 살기 시작할 때, 유트 족은 대수로 생각하지 않았다. 많은 유럽인들이 몰려들어 오면서 위기를 느끼기 시작했다. 느낄 때는 항상 너무 늦다. 활과 총의 차이를 알았을 터임에도 대비를 못한 것이다. 임진왜란 때 우리나라가 그랬다. 부산진의 송상현은 속절없이 죽었고, 조령의 정기룡은 용맹했음에도 거꾸러졌고, 배수진의 신립도 고함만 컸을 뿐이다.

전쟁에서 진 유트 족은 인디언 보호구역 안으로 유폐된다. 북미대륙 안에 퍼져 살던 인디언들은 모든 것을 뺏기고 많이 죽었다. 미국 대륙의 주인은 이제 그들이 아니다. 아메리칸 인디언은 존재조차 희미하다. 무기가 약한 쪽은 망한다고 역사는 말한다. 로마의 철 무기는 주변 나라를 굴복시켰다. 2차 대전의 일본은 준비된 무기로 진주만의 미국 함대를 궤멸시킨다. 그러나 새로운 원자무기의 벼락을 맞는다.

북핵은 우리에게 무엇을 말하고 있는가? 그것이 만들어지기 전 우리는 무엇을 했는가? 느낄 때는 항상 늦다. 그래도 우리는 아직 괜찮은가? 과연 그럴까? 지금은 경제전쟁 시대라 경제가 우리를 구해줄까? 한 가지 방법이 있을 듯도 하다. 핵미사일이 북한의 상공을 벗어나기 전에 떨어뜨리는 첨단 무기를 개발하는 것, 새 대통령은 최소한 그 일을 해내야 하지 않을까?

스키피오에서 잠시 남동쪽으로 달리다가 살리나(Salina)에서 I-70을 만난다. 이제부터는 이 도로를 타고 유타 주, 콜로라도 주, 캔자스 주, 미주리 주의 중앙을 차례로 관통할 것이다. 이 도로는 미국의 중앙을 횡단한다.

8장 금도성

그렇게 장엄하고 웅대한 세계를 표현하기가 주저되고 막막하다. 특히 내 둔한 필력으로 하나님의 지구세계를 어찌 표현할 수 있으리오. 살리나에서 70번 도로를 타고 얼마쯤 지났을 때였다. 돌연 안전眼前에 전개되는 광막한 조각품들을 보고 정신을 가다듬지 않을 수 없었다. 이곳이 과연 지구상인가? 아니면 우주선을 타고 다른 별 세계에 도착한 것인가?

지구의 곳곳을 많이는 못 가 봤어도 그래도 유명하다는 곳은 꽤나 두리번거려 본 바 있다. 그랜드 캐니언, 브라이스 캐니언, 지온 캐니언 등의 광막하거나 아기자기하거나 신비한 곳은 입 벌리고 경탄한 바 있다. 옐로스톤 파크의 숨소리도 들은 바 있고 나이아가라의 장엄한 무지개도 내 눈 속에 어른거린다.

오늘 눈앞에 전개되는 유타 주의 이 자연은 그냥 자연이 아니라 하나님이 사시던 그 큰 성들을 바로 목도目睹하는 것인지라, 갑자기 이런 생각이 들었다. '아, 하나님 나라에 가보고 싶다.' 거룩한 마음이 저 깊은 마음의 심연으로부터 솟구치도록 하기에 충분한 성지聖地가 그곳에 있었던 것이다.

몇 만 년 전인지, 몇 십만 년 전인지 아무도 모르는 그 옛날 언젠가, 화려한 금도성金都城을 짓고 이곳에 거하시던 하나님, 공룡을 타고 지구를 여기 저기 돌아보시며 경영하시던 하나님. 그 분이 손수 흙으로 지으신 아담과 이브가 급기야 불순종의 죄를 짓고 사탄 곧, 마귀라고도 하고 뱀이라고도 부르는 그 악의 축 속으로 떨어지던 날, 하나님은 자식을 잃은 슬픔으로 이 지구를 떠나가신 것이다. 그의 영광이 떠나가자, 그가 거하시던 이 성들은 모두 저주의 흙과 바위로 변해 버렸지만 그래도 오늘 이 눈의 회개를 불러일으킬 만큼 영광의 잔영殘影이 머물러 있는 것이다.

이것이 유타 주의 장엄하고 웅대한 성채城砦 모양의 유적(?)을 보고 뇌리를 스치는 영감靈感이었다.

지도를 보면 유타 주의 I-70번 도로 상에 유달리 많은 휴게소(rest area) 표시를 발견할 수 있다. 연방정부 도로 관리국에서 특별히 보암직한 광경은 조경대(scenic view 혹은 scenic point)라고 쓴 이정표로 안내를 하고 경치 조망을 할 수 있는 시설을 해 놓았다. 이런 안내 팻말을 만나면 의심하지 말고 들러서 진경珍景 감상을 하라고 권하고 싶다. I-70번 도로상에서 조경대 팻말을 처음 보았을 때는 이미 해가 얼마 남지 않은 때였다. 잠자리를 서둘러 찾아야 할 참이었다. 그럼에도 불구하고 '왜 놓치랴' 라는 생각이 들어 조경대에 올랐다. 바로 이때였다. 내 눈을 의심했을 때가. 천상의 장엄하고 웅장한 교향악이 울려 퍼지면서 천지의 파노라마가 펼쳐지고 좌우로 길고 긴 성곽 모습의 암벽이 이어지고 있었다. 주변의 다른 사람들에게는 아무 소리도 들리지 않는 것 같았다. 그들은 연방 사진을 찍어 대고 있었지만 그 광막한 들에 펼쳐진 웅장한 바위들이 금도성의 건축물들과 조각품들이었음을 알 리가 없었다.

그럼에도 불구하고 그 첫 광경은 다음에 나타날 웅장한 석조 조형물들의 전주곡에 불과했다. 새로운 '조경대' 팻말이 나타날 때마다 마술에 홀린 듯 차를 멈추지 않으면 안 되었다. 처음 본 것들은 금도성 외변의 성곽으로 헤아려지고 그것을 장식하는 거대한 동물 형상의 장식도 여러 군데서 발견할 수 있었다. 유타의 이 모든 지형이 지각의 변형에 의하여 생겨난 것이라고 생각하는 사람들의 눈에는 단순한 암석 덩어리로 밖에는 보이지 않을 것이다.

광막한 하나님의 성곽 안에서는 사람의 거주지라고는 그 어디에도 눈에 띄지 않았다. 백인들이 몰려와 그들의 문명으로 더럽히기 이전에 하나님은 몰몬 교도들을 유타 주로 선진先進케 하여 자기 궁성의 유적을 보존케 하심이 분명해 보인다. 그리고 연방정부의 국립공원화 시책을 유도하여 이 굉장한 석조 조형물 지대를 완벽한 상태로 보존시키고 있음을 짐작할 수 있다. 다른 주의 사람들에게 들은 바에 의하면 그들은 유타 주로 이민하기를 꺼린다. 그 이유는 유타 주 안에서는 몰몬 교도들의 세력이 매우 강해서 기를 펴고 살기 힘들다는 것이다. 기독교는 100가지 교리 중에서 단 한가지만이라도 다른 교조를 가지면 무조건 이단시異端視 하는 것이 아리우스파와 아타나시우스파의 쟁투爭鬪 이래로 전통처럼 되어 있다. 몰몬교의 일부다처제 교리 때문에 그들이 동부에서도 그리고 일리노이 지역에서도 쫓겨난 사실은 이미 언급한 바 있다.

유타 주에만 국립공원이 5개나 있는데 그 하나가 우리나라 한 도道의 크기로 사료된다. 그 국립공원들은 유타 주 중부 이남에 몰려 있고 솔트레이크 시티를 비롯한 주민 집중 지역은 중부 이북에 몰려 있다. 도성 밖 멀리에 사람들의 거처가 형성되었다고 하는 것은 나의 이 정설正設을 받아들이면 아무 것도 이상할 것이 없으리라.

어두움이 몰려오는 조형물 계곡사이로 빠져 나간다. 내일은 목적지에 지각하는 한이 있더라도 금도성 유적에 더 파묻혀 보리라. 국립공원 중 단 하나만이라도 감상하고 가야겠다. 하나님 영광의 근처에나마 가보고 싶은 생각이 온 몸을 사로잡는다.

9장 그린리버의 모텔

전등불이 켜지기 시작할 즈음에 그린리버(Green River)라고 하는 마을에 도착했다. 오랜만에 나타나는 마을이다. 중심도로를 따라 서행하면서 마땅한 모텔을 찾는다. 농토도 없고 무슨 공산품 생산지역도 아니므로 순전히 관광산업만 바라보며 사는 사람들의 마을이다. 따라서 중심도로 상에는 모텔, 주유소, 간이 레스토랑 등이 늘어서 있다.

그 끝에 이르니 조그마한 실개천이 흐르고 있었는데 이것을 일컬어 Green River라고 부르는 모양이다. 개천 바닥에 푸른 풀이 자라고 있다. 초목이 보이지 않는 담황색 벌판, 모래바위산 천지 가운데로 흐르는 실개천 바닥에 푸른 풀이 보이니 초록 강(Green River)이라고 이름 지을 만하다. 참 귀한 초록색이다.

한적한 모텔이 보이기에 다가가 보니 폐업한 빈 모텔이다. 시즌이 지났는지, 아니면 경쟁력에서 밀렸는지 폐업한 모텔이 더러 있다. 불이 켜 있고 차들이 몇 대 주차해 있는 모텔을 발견하고 들어갔다. 음식점도 그렇지만 모텔도 차들이 많이 주차해 있는 곳은 무언가 나은 점이 있다.

모텔 카운터에서 친절한 유럽계 주인아주머니가 담배 안 피우는 방을 원하느냐고 묻는다. 담배 안 피우는 깨끗한 방을 원한다고 하니 웃으며 자기네 모텔 방은 모두 깨끗하단다. 방을 찾아 들어가 보니 정말 세면대며, 침대며 모두 깨끗하게 치우려고 노력한 흔적이 보인다.

어떤 모텔은 인건비를 절약하느라고 시트며 베개 커버를 바꾸지 않은 곳도 있다. 반듯하게 정리는 해 놓았지만 시트를 들여다보면 머리카락 등이 있다. 주로 인도인이나 동양계 사람들이 주인인 모텔이 그렇다. 모텔비는 다 받으면서 시트를 갈지 않고 청소를 하지 않는 것이다. 어떤 미국인은 사인 하기 전에 방을 다 점검해 본다. 마음에 들지 않았던지 "다음번에 잘게요." 그러면서 나가는 것을 본 일이 있다.

미국 모텔은 단층 또는 2층짜리가 많고 바로 방문 앞에 차를 댈 수 있는 곳이 많다. 한국에는 이런 모텔이 드물다. 나는 방문 앞에 차를 댈 수 있는 모텔을 선호한다. 취사도구를 옮기기가 수월해서이다. 전기밥솥과 쌀 그리고 반찬, 이런 것으로 한식 저녁을 차릴 수가 있다. 김치, 쌀밥 냄새, 한국인은 이게 없으면 힘이 안 난다. 그러니 어찌 하랴. 염치 불구하고 밥을 지어 먹는다. 그래서 우리는 고급 호텔이 필요 없다. 쌈직한 단층, 그것도 문 앞에 주차할 수 있는 모텔이면 안성맞춤이다. 호텔 로비를 통과해서 취사도구며 김치 통 등을 지어 나른다는 것은 격에 어울리지 않는다.

자동차 여행하는 한국인이라면 전기밥솥 하나쯤은 필수라고 생각된다. 그렇다고 김치, 국, 탕 등 온갖 구색을 갖추려고 옆방에 향기를 피워서 괴롭히는 것은 주책 당으로 분류돼야 한다. 좋은 것은 혼자 은밀히 즐길 줄 알아야지 공연히 이웃에게 나누어 줄 것도 아니면서 군침을 흘리게 하는 것은 좋은 매너가 아니다. 더구나 하루 빌린 방을 국물 따위로 더럽히는 것은 더욱이 못 쓰는 짓이다(미국 모텔은 카펫이 깔려 있다). 최소한의 한식으로 공중도덕을 지켜야지.

저녁을 잘 먹고 지도를 펴서 내일 여행할 곳을 물색해 본다. 금도성 지역에 들어 왔으니 짧은 시간에 가장 효과적으로 둘러 볼 곳을 생각해 보기 위함이다. 로마에 갔을 때 그 넓은 로마의 유적지 중 어디를 둘러보아야 할 것인가 하고 막막해 하던 기억이 떠오른다. 이곳은 황제의 도읍지가 아니라 우주의 왕이신 하나님 도성의 유적지이다. 로마보다 더 엄청난 유적이 널려 있을 것이다.

이 근처에는 어떤 유적지가 있느냐? 있다. I-70번 도로에 가까운 아치즈(Arches) 국립공원! 그 밑으로 캐니언랜드(Canyonland) 국립공원, 캐피톨리프(Capitol Reef) 국립공원, 브라이스캐니언(Brice Canyon) 국립공원, 지온(Zion) 국립공원 등… 즐비하다. 유타 주의 중부 이남은 국립공원들로 가득하다. 그 중 I-70에서 가장 가까운 아치즈(Arches) 국립공원을 선정했다. 내일은 이곳을 둘러보고 가자. 목적지로 가는 시간이 한정적이니 그 모든 국립공원을 다 둘러볼 수는 없다. I-70번 도로에서 가까운 한 곳만을, 그것도 겉핥기식으로 잠시만 둘러보고 가야 할 판이다.

집 떠난 지 이틀째, 오랜 만에 깨끗한 물로 씻고 편안한 침대에서 깊이 잠들었다.

10장 아치즈 국립공원

옆방의 부지런한 객이 시동을 거는 소리에 잠을 깼다. 벌써 식사까지 마쳤나 보다. 식사라야 대륙식 조반(continental breakfast)이라고 불리는 간단한 식사일 터. 식빵이나 베이걸 한두 조각에 크림치즈를 듬뿍 발라 커피와 함께 먹거나 달걀을 뭉개서 베이컨 등과 함께 프라이 한 식사, 그러니까 한입에 넣어 버리면 끝나는 초스피드 식사다. 그러니 관광이든 여행이든 빨리해 댈 수 있겠지. 하지만 우리는 밥 짓고 상 차리고 먹고 설거지 하다 보면 한 시간으로도 부족하다. 우리나라의 '빨리 빨리' 문화는 이렇게 허비한 시간을 벌충하기 위해 서두는 데 기인하는 바 없지 않다.

간신히 준비하고 나오니 벌써 해는 많이 솟았다. 빨리 빨리 기름 넣고 서둘러 70번 도로에 오른다. '아치즈 국립공원' 이란 팻말이 나오자 70번을 버리고 191번 도로로 가지 친다. 이 길을 따라 남쪽으로 25마일 쯤 내려가면 아치즈 국립공원 입구가 있다. 넓은 벌판 위로 뻗은 도로 위에는 차들이 드문드문 서둘러 가고 있다. 나는 커다란 성이 나타날 때마다 멈추어 서서 그 위용을 살펴본다. 아침 햇살이 벌판과 그 위에 도열해 있는 옛 성들을 비추어 찬란하다. 집도 도시도 없는 빈 대륙에 몇 십만 년 전의 고성들만 있다는 것을 상상해 보라. 별 세계에 온 것이다!

캐니언랜드(Canyonland) 국립공원으로 가는 길의 이정표가 먼저 나타났다. 이 국립공원도 관심은 있는데 워낙 광대한 지역이라 특별히 작심하고 며칠 시간을 내지 않으면 체험할 수 없다. 하지만 맛보기만이라도 하기 위해 잠깐 들러보기로 했다. 입구는 웅장한 협곡을 따라 전개된다. 본격적인 성城으로의 행진이다. 신성神城으로 들어가기 위한 길은 시작부터가 장엄하다. 양옆으로 솟아오른 암벽이 한동안 이어지면서 그 사이로 달린다. 작은 이 인간을 완전히 압도한다.

돌고 돌아 협곡의 상부로 오르는 길을 한동안 지나가니 여기저기 도열한 성채가 조망된다. 인간으로서는 감히 꿈꿀 수 없는 거대한 성채, 지금은 비록 바위지만 하나님이 떠나기 전까지는 모종의 용도로 사용되던 건물이라고 밖에 생각할 수가 없다(꿈꾸는 환상가로 남아 이렇게 생각해야 이 굉장한 광경을 이해할 수가 있으니, 혹시 누가 엉뚱한 생각이라고 힐난해도 상관없다). 좀 더 전진해 보았는데 이렇게 가다가는 오늘 중으로 돌아오기 어렵다고 속에서 누군가 일러준다. 여기는 이 정도로 선을 그어야 하겠다. 차를 돌려 나오면서 다시 살펴본다. 지구라는 곳은 볼수록 놀라운 곳이다. 기기묘묘하고 다양해서 상상만으로는 감히 이해할 수 없는 곳이다.

잠깐 후에 드디어 아치스(Arches) 국립공원 입구에 도착했다. 높다란 협곡 사이에 매표소가 있고 차들이 표를 사기 위해 길게 늘어서 있다. 자전거를 탄 관람객들도 대열에 섰다. 전문적인 자전거 마니아들인가 보다. 검게 탄 다리의 근육이 웬만큼 단련된 모습이 아니다. 이 넓은 국립공원을 자전거로 여행하다니 정말 대단하다.

매표소를 지나자마자 바로 높은 벼랑을 오르도록 되어 있다. 지그재그 식 오름 도로를 여러 구비 지나니 분지盆地가 나타나고 굽이굽이 길이 이어진다. 벼랑 아래는 가물가물 도로가 뻗어있다. 길 건너에도 바위산이라고 해야 할지 성채라고 해야 할지 모를 장엄한 암벽이 도로를 따라 이어진다.

국립공원 측은 무인무도無人無道의 공원 안에 산재해 있는 관광지를 효과적으로 돌아볼 수 있도록 도로를 시설했다고 한다. 그러니까 도로만 잘 따라서 드라이브하면 골고루 관광할 수 있다. 처음 나타나는 곳은 '공원대도公園大道(Park Avenue)'라고 명명된 기암거석들의 행렬이다. 이 행렬의 행진이 대도시의 빌딩 군(群) 사이로 지나가는 것 같은 느낌을 주는 이유로 '대도大道(Avenue)'라고 이름 붙였나 보다. 희한하게도 거석巨石들은 도로를 따라 서있는 빌딩처럼 정연하게 기립해 있다. 그 사이로 멀리까지 푸른 하늘과 벌판이 아득하다. 포로 로마노의 모습과 흡사하지만 규모가 다르다. 포로 로마노는 장난감 옛 궁성이지만 이것은 방대한 공간에 거대한 자연의 거석으로 구성되어 있다. 그리고 그것은 2천여 년 전의 유적이지만 이것은 몇 십만 년 전의 유적인지라 세밀한 부분, 예컨대 개선문의 조각이나 글 따위가 사라졌다고 볼 수 있다.

다시 조금 가니 '법원청사法院廳舍(Court House)'라 이르는 거대한 바위빌딩이 보인다. 도시의 법원건물처럼 생긴 거대한 빌딩모습의 바위이다. 영화 '델마와 루이스'의 한 장면을 이 바위빌딩 앞에서 촬영했다고 한다. 델마와 루이스가 오픈카를 타고 절벽 아래로 떨어지는 장면이 연상된다. 젊은 아가씨들이 창공으로 솟은 붉은 바위빌딩 숲에 들어와서 하늘을 날 것 같은 자유로움을 절감하지 않을 수 없었겠지.

구불구불 길을 따라 달리면서 좌우로 기묘한 형상들이 나타난다. 이 국립공원의 주 메뉴인 아치(Arch)들이 다수 몰려 있는 '창부窓部(Window Section)'라는 곳이다. 동굴아치(Cove Arch), 이중아치(Double Arch), '남북 창 아치'(South and North Window) 등 그림에서 흔히 보던 바위 아치들이 여기 있다. 이 국립공원에는 아치 모양으로 부식된 바위들이 특히 많다. 9천만 평의 광대한 땅에 천여 개의 아치 바위들이 산재해서 기묘한 모습들을 연출하고 있기 때문에 아치국립공원이라고 이름 지어진 것이다. 아치의 규모는 1미터 이상에서부터 89미터 크기의 '랜드스케이프 (Landscape) 아치'에 이르기까지 다양하다.

이곳에서 차를 타고 10여 분을 더 들어 가면 유명한 '델리킷 아치' (Delicate Arch)에 이른다. 주차장에서 1km 이상 둔덕길을 타고 걸어올라가면 카우보이 바지 모양의 거대한 바위아치가 멀리 보인다. 매우 예술적인 조각품 같아서 광고사진, 잡지 등에 이 아치 바위가 자주 인용된다. 카우보이 바지 아치는 Utah주의 자동차 번호판에 심벌그림으로 사용된다. 몇 해 전에 어떤 괴짜 녀석이 이 아치 바위에 기어 올라가서 사진을 찍고 난리를 쳤다. 그 이래로 접근하는 것을 금지하고 있고 따라서 멀리서밖에 볼 수가 없다. 아치 바위들은 끊임없이 부식하기 때문에 몇 년에 한 개 꼴로 사라진다고 한다. 세상에 영구히 존재하는 것이 없듯이 바위라고 예외는 아니다.

이곳에서 다시 더 들어가면 '광란의 용광로'(Fiery Furnace)라고 불리는 바위산 군群이 나타난다. 붉은 바위 봉峰들이 수천 개 들어서 있고 바위 봉 사이로 좁은 통로들이 나있는데 그것이 복잡한 미로를 형성하고 있어서 관광객들을 유혹한다. 혼자 들어갔다가는 이 미로에서 헤어나지 못하기 때문에 안내인을 대동해야 한다.

이곳에서 다시 몇 마일을 더 운전해 들어가면 '마귀의 정원(Devil's Garden)'이 있다. 아치들과 거석기둥들이 능선을 따라 형성되어 장관을 이룬 곳이다. 1922년 링호퍼(Ringhoffer)가 처음 이것의 관광 자원적 가치를 인식하고 철도국 뉴스지에 기사를 써서 당국의 관심을 끌었다. 몇몇 독지가는 그 뜻에 동참하고 이를 국립공원화 하려고 노력한다. 마침내 1929년 후버(Hoover)대통령은 국립기념물(Arches National Monument)로 지정하기에 이른다.

그 후 루즈벨트와 존슨 대통령은 이 보호지역을 확대하고, 닉슨 대통령은 아치즈 국립공원으로 지정했다. 오늘날 아치즈 국립공원 하나만으로도 연간 수십억 달러의 관광수입을 연방정부 국고에 입금시킨다. 그러나 1926년의 쿨리지 대통령은 '까짓 걸 뭐 하러 국립기념물화 하는가?'라며 서명을 거부했다고 한다. 경제적인 마인드를 가진 대통령이라야 관광자원의 진가를 아는가 보다. 국가의 수입은 '국민의 혈세로만 충당한다'라는 개념을 버려야 함을 보여주는 작은 사례이다. 실제로 로마 황제들은 정복지역의 곡물을 수입해서 국민을 먹여 살렸고 전쟁을 통해서 얻은 전리품을 병사들에게 봉급으로 주었다. 세금을 뺏어 가지 못해서 혈안이 된 대통령보다, 벌어서 국민에게 분배해 주는 대통령이 우리나라에도 나올 미래의 세대를 기대해 본다.

벌써 오후로 들어서고 있었다. 지나는 객이 너무 오래 머물렀다. 제대로 관람하려면 야영하면서 오륙일을 지내야 한다고 안내 책자에는 쓰여 있지만 우리 '빨리빨리' 민족에게는 어림없다. 대충 생략하고 공원 출구를 빠져 나온다. 70번 도로에서 내려 올 때는 아치즈 국립공원 서변西邊을 따라 내려왔다. 돌아 갈 때는 191번 도로로 다시 가지 않고, 동변東邊의 128번 도로를 따라 북상하여 70번 도로에 진입하기로 마음먹었다. 온 길로 다시 갈 이유가 없지.

그 생각은 옳았다. 128번 도로의 드라이브는 도원승경桃園勝景을 따라 전진하는 것 같다. 한적할 뿐더러 별유천지別有天地 그 자체다. 기암절벽 사이로 콜로라도 강물이 흐르고, 실버들 가지가 강변을 따라 늘어져 있으며 가파른 커브 길을 돌 때마다 문득 새로운 광경이 전개된다. 그런가

보다 하면 높은 산간 사이에 벌판이 나타나고 그곳에 무릉도원인양 야생 과수果樹들이 늘어서 있다. 높다란 성채 절벽이 끝없이 이어지며, 절벽 위의 바위가 굴러 떨어져 차를 덮칠 것만 같은 곳도 여러 군데 지난다. 청룡열차를 몰고 가며 손에 땀이 쥐어 지는 느낌이다. 30여 분을 숨가쁘게 달리니 마침내 대 평원이 보이면서 70번 도로에 접근한다.

평원의 고갯길에 올라 비로소 한숨을 돌리고 갓길에 차를 세운다. 마른 풀이 가볍게 흩어져 있는 깨끗한 자리에 자리를 잡고 점심을 차린다. 달려온 길을 돌아보니 구불구불 평지 길 저 뒤로 도원승경은 자취 없이 사라지고 아득 한 곳에 '라 살 산맥(La Sal Mountain)'의 설봉이 구름 위로 자태를 드러내 놓고 있다. 바로 남가일몽南柯一夢이었다. 그래, 인생이란 다 이런 것이지. 때로는 꿈같은 감격 속에 몰입했다가도 그것은 시간과 더불어 멀리 가고, 가서는 흔적 없이 잊히는 것. 흘러 간 것은 모두 과거요, 과거인 것은 좋거나 궂거나 간에 다시 돌아오지 않는 것, 그리고 담담한 기억 속으로 가물가물 소멸해 가는 것. 허상허물虛想虛物. 성서마저도 '헛되고 헛되다' 라고 절규하고 있다.

11장 콜로라도 주

그랜정션

70번 도로를 따라 동진한지 20여 분 만에 유타 주와 콜로라도 주의 경계에 이르렀다. 콜로라도 주에 들어서니 성채 모양 바위산의 모습이 달라진다. 이런 것을 여기서는 메사(mesa)라고 부른다. 붉은 색 메사에서 대리석 색의 메사로 바뀌면서 규모는 더 웅장하다. 로마군병의 투구 모양을 한 메사 밑으로 초목이 우거지고 강이 흐르며 촌락이 보인다. 제법 규모가 큰 촌락이다. 좀 더 가까이 다가가 본즉 그랜정션(Grand Juction)이라는 도시다. 내 눈에는 촌락처럼 보이는데 콜로라도 서부에서는 기중 큰 도시라 한다. 인구가 고작 오만, 우리나라 같으면 면 단위 정도이겠으나 워낙 인구가 적은 지역인지라 이 정도도 도시다.

그랜정션(Grand Junction)의 정션(Junction)은 동쪽으로부터 오는 콜로라도 강과 남동쪽에서 오는 거니슨(Gunnison) 강의 합류점이기 때문에 붙여진 이름이다. 그랜드(Grand)라는 형용사가 붙여져서 큰 도시이거나 강이 클 것으로 기대했으나 의외로 초라하다. 단지 이 도시를 둘러 싼 높은 성채 모양의 바위벽이 웅장할 뿐이다. 콜로라도 강은 로키 산맥 중에서 발원하여 콜로라도 주의 허리를 지나 서진한 후 이 곳을 통과해서 유타 주의 국립공원 사이로 빠지고, 남쪽으로 내려가서 애리조나 주의 그랜드 캐니언까지도 지나가는 긴 강이다. 하지만 메마른 지역이라 강물은 많지 않고 따라서 강폭도 그리 넓지 않다. 이곳에서는 이 강물을 이용해서 포도 등의 농작물을 재배한다. 유타 주에 인접한 이 지역도 사막 기후, 강수량이 매우 적다. 그러므로 이 강물은 포도농사의 젖줄이다.

로키산맥에 진입하다

그랜정션을 지나고 한동안 비슷한 모습의 메사 산지가 이어진다. 거대한 메사 산지가 가로 막으면 이를 우회하고, 우회해서 돌아가면 또 다른 메사 산지가 나타난다. 얼마 후 이러한 지형도 지나고 서서히 산지가 늘어난다. 맑고 깨끗한 수풀 속에 정연하게 조성된 주거 단지도 보이고 때로는 깊은 산 계곡 속에 빼곡히 들어찬 마을도 나타난다. 협곡을 따라 별장 같은 집들이 산기슭을 따라 수없이 둥지를 틀고 있다.

어떤 곳은 좁은 협곡 사이로 계곡물과 겹쳐서 도로를 만들었을 정도로 계곡이 좁다. 너무 비좁아서 고속도로가 아니고 산속 마을로 들어가는 진입로 같다.

콜로라도 주는 로키 산맥이 중앙을 남북으로 관통하고 있다. 로키 산맥을 기준으로 서부는 산악지대이고 동부는 중앙대평원의 일부로서 완전히 벌판이다. 그러니까 콜로라도 주를 서쪽에서 동부 쪽으로 진행하면 다음 순으로 등장한다. 즉, 유타 주에 인접한 메마른 사막 지역, 산악 고원지대, 4천 미터 급 고봉준령, 그리고 갑자기 시작되는 대평원.

70번 도로를 타고 동진하면, 유타 주와의 경계에서부터 그랜정션 일대까지는 메사가 산재한 황무지, 그리고서 서서히 숲이 많은 산악이 시작된다. 산악은 점차 험해지면서 고도가 높아간다. 산과 계곡을 따라 작은 마을 도시들이 이어지지만 가난한 산지민山地民의 초라한 마을이 아니라 미국 전역의 부자들이 지어 놓은 휴양 별장 도시들이다. 산악의 고도는 주도인 덴버 근처에서 절정을 이룬다. 바로 이 지역 근처에는 로키 산맥의 유명한 고산高山들이 산재해 있다. 그러나 덴버를 지나면서 갑자기 미 대륙 중앙의 대평원으로 돌변한다.

콜로라도 주 전체가 미국의 주 중에서 가장 높은 고도를(낮은 평원이라도 해발 일천 미터 이상임) 유지하며, 로키산맥을 따라 4천 미터 급 고산高山이 500여 개나 된다. 따라서 지역에 따라 기후의 변화가 심하다. 낮은 계곡 지역은 더울 때 섭씨 40도도 사양치 않으나 산악 지역에서는 여름에도 눈이 올 때가 있다. 로키산맥 서쪽 사면의 봄과 여름은 폭풍을 동반한 폭우가 흔하고 동쪽 사면에서는 우박이 흔하다. 번개가 잦아서 번개로 사망하는 비율이 다른 주에 비하여 높다고 한다.

로키산맥의 동쪽 사면을 따라 남북으로 늘어서 있는 콜로라도 주의 주요 도시는 덴버 이외에도 콜로라도 스프링스(Colorado Springs), 푸에블로(Pueblo) 등이 있다. 이러한 도시들은 대륙분단선(Continental Division)을 형성한다. 대륙분단선에서 시작되는 콜로라도 주의 동쪽 반이 바로 대평원이며 이곳을 흐르는 강도 로키산맥에서 시작한다. 눈이 많이 온 해에는 눈 녹은 물이 불어나 홍수가 되곤 한다. 평원에서는 토네이도가 잦은데 1990년 라이몬 시(Limon)의 토네이도는 시 전체를 휩쓸어 버린 바 있다. 콜로라도 주의 면적은 우리나라 남북한 합친 것보다 크다. 인구는 5백만도 채 안되며 그 인구의 3분의 2가 주도인 덴버와 인근 불더(Boulder), 콜로라도 스프링스 등지에 집중해 있다.

콜로라도 서부 산지는 대체적으로 우리나라 강원도 산길과 흡사하다고 보면 된다. 강원도의 횡성, 평창, 진부 등을 거치는 고속도로의 풍경과 매우 닮았다. 산악 계곡 길을 따라 달리면서 나타나는 별장도시는 베일(Vail)이라는 곳에서 본격적으로 시작된다. 70번 도로가 지나가는 계곡 지역을 따라 이어지는 산기슭에는 멋진 집들이 둥지를 틀고 들어서 있다. 거리는 깨끗하게 정돈되어 있었고 스키로 유명한 지역이라 호텔들도 많았다. 날이 기울어지기에 쉴 곳을 찾으나 마음 닿는 곳이 나타나지 않는다.

한 구간을 더 가서 프리스코(Frisco)라는 곳에서 모텔을 살폈으나 거리며 사람이며 모두가 베일보다 더 고급스러워서 위화감을 느낀 나머지 다시 빠져 나와 버렸다. 미국의 부자 젊은이들이 모여들어 산정의 스키를 즐기는 것 같았는데, 거리는 유럽 스타일이고 고급 상점이 많고 사람들도 붐볐다. 내가 찾는 쌈직한 문전 형 모텔은 아예 그림자도 보이지 않는다.

다시 몇 구간을 더 가서 딜론(Dillon)과 실버쏜(Silverthorne)이라는 쌍둥이 도시에 이르렀다. 피곤한 몸을 쉴만한 모텔을 찾으나 역시 사람들이 많은 지역이라 문전 형은 끝내 구하지 못하고 비싼 호텔식 모텔에 투숙할 수밖에 없었다. 짠물포라도 피곤에 지치면 철칙을 깨뜨리지 않을 수 없는 거지 뭐.

덴버(Denver)

이튿날 일어나 기름 채우고 또 길을 떠난다. 긴긴 고갯길을 오르다가 급한 경사를 내리 달리기를 수십 번 하는 로키 산맥의 심장부를 지난다. 내 헌 차가 기진맥진이다. 그래도 어쩌랴, 기운을 내라, 애마여. 나와 함께 어려운 길을 많이 달린 나의 캠리가 지쳐 죽으면 안 된다. 죽는 너도 가엽지만 대륙 중앙에 버려지는 나도 비참해지지 않느냐.

이렇게 한 동안 달리니 고개 아래 저 멀리 덴버 시가 모습을 드러낸다. 그 뒤로 대평원(Prairie)이 지구의 다른 쪽인 양 드넓게 펼쳐진다. 높고 가파른 산악 길이 덴버에서 돌변하여 평원이 된다. 급격히 변하는 지형을 실제로 보니 희한하다. 지구 형상形狀 중 또 하나의 장관이다.

덴버는 역시 큰 도시다. 높은 빌딩들이 중앙 도로에 가득하다. 덴버 시의 경제는 지정학적 위치 때문에 상당한 득을 보고 있다. 시카고와 같은 중서부 대도시와 미 서부지역 대도시의 중간 지점에 위치해 있고, 주변 1,000km 이내에서 유일하게 큰 도시이다. 상품의 집합과 분배가 이루어지는 물류의 중심 도시이다.

또한 대륙의 중부에 위치해 있기 때문에 연방정부 기관이 워싱턴 시 다음으로 많이 들어와 있다. 연방정부의 방위 및 우주 프로젝트에 관련한 산업들이 대거 이곳에서 이루어지고 있다. 핵무기 제조와 에너지 관련 연구의 고향이기도 하다.

로키산맥에 다양한 광물이 풍부한 관계로 광물자원 관련 산업도 활발하다. 초창기에는 금 은 광산업의 부침에 따라 덴버 경제가 부침을 거듭했고, 석유 파동에 따른 경제의 변화도 혹독했다. 1970년대와 1980년대의 석유 붐에 힘입어 다운타운의 마천루들이 지어졌지만, 1981년에 배럴 당 34달러 하던 석유 값이 1986년에 이르러 9달러로 하락하자 1만 5,000여 명의 근로자가 실직하기도 했다. 그 당시 사무실 공실률空室率이 미국 내 최고수준인 30%에 육박하기도 했다.

도시의 높이가 해발 1마일 정도이기 때문에 마일 시티라고 불리기도 하는데, 그 덕분에 한때 통신관련 업종이 호황이었다. 퀘스트(Qwest) 통신사, 위성접시 네트워크 사, 컴캐스트(Comcast) 회사 등이 1990년 중반까지는 그런대로 잘 나갔으나 최근에는 동남아 제국들에게 기술개발 수준면에서 뒤져 다시 실업률이 늘고 있다. 국가의 기술개발 수준이 이렇듯 실업률과 밀접한 관계를 가지고 있다.

콜로라도 주 동부의 대평원

도시를 통과하는 70번 도로를 오르고 기고 하여 마침내 덴버를 벗어나면서, 고개에서 보던 평원 길로 들어선다. 이제부터는 미국 중부의 대평원이 시작된다. 콜로라도 주 동부의 반은 대평원 소속이다. 미국 전체에서 가장 높고 험한 산지인 로키산맥이 덴버에서 돌변하여 평원이 된다. 전방 180도 전체에 산이란 일체 없는 대평원. 지평선 끝은 둥근 지구의 실루엣을 보이며 망망대지茫茫大地뿐이다. 바다를 향해 나아가는 배처럼 내 차는 전진한다. 뒤를 돌아보니 높은 로키의 준령들이 고고하게 내려다보고 있다.

여기서부터는 일사천리, 거칠 것이 없는 평평직선 도로를 타고 생각 없이 달린다. 사람도 별로 없고 차도 많지 않은 도로를 따라 그저 달린다. 평원은 넓기만 한데 집도 사람도 보이지 않고 십여 마일마다 한 번씩 나타나는 작은 마을이 있을 뿐이다. 중간에 토네이도에 휩쓸렸던 라이몬(Limon)도 지나고 사이버트(Seibert)도 지난다. 불과 두 시간여 만에 캔자스(Kansas) 주의 접경도시 벌링턴(Burlinton)에 도착한다. 그리고는 10여분 만에 콜로라도 주와 캔자스 주의 주 경계마저도 지난다. 주 경계를 지나도 모두 대평원 지대의 연속이기 때문에 변화 없이 벌판이다. 우리네 개념으로는 도저히 이해가 가지 않는다. 대부분의 땅은 아무 것도 없이 텅 비어 있다. 우리나라에서는 평지 한 평만 해도 잡초 뽑고 돌 고르고 씨 뿌리고 채소 가꾸고 난리를 치는데 여기는 바다처럼 넓은 땅을 긴요하게 이용할 의지가 없어 보인다. 부자가 돈을 아끼며 쓰지 않듯이 땅 부자 미국은 땅을 아끼며 함부로 쓰지 않는 인상이다. 그러니까 미국인의 땅에 대한 개념은 우리나라와 상당히 다르다. 땅은 이용할 수 있는 한 이용하는 것이 아니고, 필요가 있을 때 사용하기 위하여 준비해 두는 것이 이네들의 토지 공空개념인 것이다.

땅이라고 모두 인생의 거주지가 아니다. 변화가 있는 곳, 땅의 기복과 율동이 조화를 이루는 곳, 그런 곳이 사람의 살 땅임을 콜로라도는 표본적으로 보여 준다. 특히 덴버, 가장 인구가 많이 몰려 있는 곳, 여기는 산지와 평원이 균형 있게 변화를 가지는 지형이다.

사람은 이런 곳을 좋아하나 보다. 콜로라도 주 동부의 반이 광활한 평원이고 곡식을 가꾸기에 좋은 땅이라 해도 사람들은 그곳으로 몰려들지 않는다. 그래서 그냥 빈 채로 방치되어 있다. 우리나라는 산지, 평야, 바다, 강이 적절히 조화되어 있다. 사람이 살기에 아주 적합한 지형임에 틀림없다. 그래서 인구 밀도가 최고 수준으로 높고, 산물産物이 맛과 영양 면에서 톱이다. 우리나라는 좁지만 효용이 높다.

12장 캔자스 주

끝없는 대평원 길, 캔자스 주에 들어서고도 평원 길은 계속된다. 좌우 전후로 농토 외에는 보이지 않는 평원 길을 몇 시간 씩 달리면 단조로움에 지친다. 오느니 졸음이다. 이런 평원 길을 달리는 요령은 좋아하는 노래를 불러대는 것이다. 말 상대가 있다면 말이라도 하겠건만 그렇지 못하다. 혼자 운전할 때 무엇을 하면 졸음을 물리칠 수 있을까? 라디오나 CD를 들어도 얼마 후에는 진력난다. 오만가지 시행착오 끝에 노래를 부르는 것이 하나의 해답이라는 것을 깨달았다. 졸음에 겨워 금방 갓길에 처박을 것만 같았었는데 노래를 부르면서 졸음이 잠자리처럼 날아가 버린다. 노래를 부르면 왜 졸음이 물러갈까? 곰곰이 생각해보니 상당한 이유가 있다.

첫째, 노래를 부르면 감성이 자극된다. 감정이 물결칠 때 졸음의 연무煙霧는 걷히고 밝은 이 세상에 살아 있음을 느낄 수 있다. 둘째, 머리 부분으로 혈액을 세차게 펌프질해 줌으로써 졸음의 원인이 되는 뇌 산소 부족 증을 해소한다. 처음에는 커피로 졸음을 피하려 했으나 이 방법을 터득한 후에는 해로운 커피를 마실 이유가 없어졌다. 싣고 온 스타벅스 커피 한 박스는 이젠 트렁크에서 재고처분을 바라보는 처지가 되었다.

캔자스 주는 미 대륙의 중앙에 있다. 동서로도 중앙이고 남북으로도 중앙. 주 전체는 프레리(중앙대평원)의 일부이기도 하다. 주의 삼분의 이에 해당하는 중부 및 서부는 막막한 평원. 동부는 언덕이나 구릉으로 이루어지고 강수량도 상당 수준에 이른다. 따라서 초원과 숲도 적절히 조성되는 비옥한 땅이다. 주 전체의 면적이 우리나라 남북한 크기인데 인구는 고작 270만. 험한 산악이 없어서 몽땅 이용 가능한 알짜배기 땅이다.

널찍한 땅에 마음껏 터전을 잡고 꿈을 실현하며 살 수 있겠다. 언덕 위에 예쁜 집을 짓고 좋은 이웃과 함께 인정을 나누며 지복을 누릴 수도 있으려니. 들판에서 트랙터를 몰며 농사에 몰두하면서 순진무구하게 살수 있으렷다. 여름 뜨거운 밭에서 익은 수박을 따는 재미도 느끼고, 가을에 벌판에서 누렇게 익은 곡식을 추수하는 풍성한 마음도 누려 볼 것이다. 정치, 경제, 분쟁 따위의 번거로움을 잊고 자연 속에 파 묻혀 삶만을 구가할 수 있으려니. 오솔길(trail)을 따라 말이나 자전거를 타고 몇날이든 몇 밤이든 프레리 평원을 누비어 보는 체험도 좋겠고, 푸른 호수위에 조각배나 요트를 띄워 놓고 낚시에 열중할 수도 있으려니. 이렇듯 신은 풍요로운 자연으로 인간에게 자유와 꿈을 주었건만…. 좁디좁은 고샅에서 자라난 동양인의 눈으로 한낮의 대평원을 바라보며 헛된 몽상을 해본다.

캔자스의 산업은 역시 농사와 목축이 주다. 밀, 콩, 면화, 옥수수 등의 농산물과 소, 양 등의 축산업으로 막대한 소득을 올린다. 경비행기와 트랙터 같은 기계류도 생산하고 석유와 천연가스도 생산한다. 중부와 서부는 인구밀도가 매우 희박하고 대부분의 사람들은 동부에 위치한 도시에 몰려 살고 있다.

세계의 문명화에 따라 이곳도 농촌 탈출 현상이 심하다. 미디어 산업의 영향으로 젊은이들은 사람 얼굴 보기 힘든 외로운 농촌 지역을 떠나 도시로 몰려간다. 선대들이 물려 준 자연을 외면하며 인공적인 첨단 문

물에 물들어 고향을 등지고 있다. 캔자스 중부 및 서부에 있는 대부분의 마을(City)은 인구가 3천 명 이내이며 천 명 안 되는 곳도 매우 많다. 집들만 남아있는 유령 마을도 6천여 개에 달한다고 한다. 주 동부에 위치한 토피카(Topeka)에 주정부가 있고 남부에는 캔자스의 제1 도시 위치타(Wichita)가 있는데 급격히 팽창 발전하고 있다.

풍요와 탐욕

종일토록 달리면서 미국에 대해 생각해 본다. 이렇게 광대한 땅과 풍족한 자원이 있는데 미국은 무엇 때문에 다른 나라를 간섭하고 전쟁을 하며 군림하려고 애쓸까? 부시는 무엇 때문에 이라크에 젊은이들을 보내서 피를 흘리게 할까? 넓은 땅과 자원을 이용한 산업만 가지고는 살 수 없는가? 가진 자의 욕심은 한이 없다더니 가지고 있는 것만으로도 모자라는 것일까?

미국 역사의 주요부는 정복과 팽창이다. 아메리칸 인디언이 평화롭게 살고 있는 대서양 연안에 상륙하여 조금씩 넓혀가더니 급기야 프랑스와 멕시코가 차지한 땅까지 손아귀에 넣어 버렸다. 프랑스가 가지고 있던 땅은 루이지애나 주를 비롯한 미국 동남부 지역이고 멕시코 령은 캘리포니아를 비롯한 미 대륙의 중서부 전체였다. 거주지가 부족해서 빼앗은 것은 분명코 아니다. 빼앗아 놓고도 살 사람이 없어서 대부분의 땅들이 텅텅 비어 있지 아니한가?

인간의 탐욕적 근성, 있으면 있을수록 더 가져 보겠다며 없는 자의 몫까지 뺏어서 챙겨두는 놀부 심보. 이것이 미국의 마음인 듯하다. 자기네 나라 땅에서 많은 석유가 생산됨에도 불구하고 남의 나라 석유를 싼값에 탈취하고자 이라크 땅에 들어갔다는 사실. 이라크 땅에서 전쟁으로 탕진하는 달러(dollar)는 헤아릴 수 없다. 그 돈으로 차라리 석유를 구매하는 편이 낫겠다. 기본적인 인간의 심보이자 동시에 미국의 근성 때문이라 아니할 수 없다.

이러한 근성은 미국 정치가와 기업가의 관행에 기인하는 바 없지 않다. 정치가는 정치 자금에 크게 의존한다. 기업가는 정치가에게 많은 로비를 한다. 로비를 받은 의원과 대통령은 기업의 후원을 받았으므로 그들의 요구를 무시할 수 없다. 대체적으로 이들의 요구가 법제화된다. 국민의 삶을 개선하고 권리를 옹호할 법의 자리에 기업의 이익을 대변하는 법이 놓인다.

보험이 없으면 맹장수술 한 번에 2천만 원을 내고('숨기고 싶은 미국의 치부'에서 참고), 늑막염 수술 때문에 홈리스(homeless: 집을 의료비 대신 뺏겨 노숙자가 된다. 버클리에서 만난 홈리스에게 들었다)가 되고, 두 달 입원에 1억 2천을 바쳐야 하는 곳(간호원에게서 들은 일), 신용카드로 6만 원짜리 물건 하나를 사고, 6개월 정체에 27만 원을 내야하는 곳(내가 직접 겪은 일)…. 이런 것이 어디에서 발생한 것인가 하면, 동남아도 아니고 아프리카도 아니고 제1의 선진국이라 하는 미국에서다. 무엇 때문에? 바로 기업의 이익을 보호하는 법 때문이다. 그 법은 정치가에 대한 기업가의 로비에 의해서 제정되었음에 틀림없다.

이라크에 대한 전쟁의 동기가 보복이나 위협 제거용이라는 것은 명분일 뿐이다. 부시의 배후에는 군수재벌, 석유재벌, 금융재벌 등의 세력이 포진해 있다. 전쟁으로 크게 득 보는 그룹이고 이들의 로비에 의해서 전쟁이 수행되고 있다는 것도 회자되고 있는 일이다.

전쟁에서 소진한 돈을 충당하기 위해서는 더 많은 세금을 부과해야 할 것이다. 투자에 의하여 산업을 일으키고 고용 증대를 꾀했어야 할 돈이 전쟁터에서 사라진다. 투자가 줄면 실업률이 늘고 구매력이 떨어지고 산업이 침체된다. 임금과 일자리가 줄어들면서 가정 경제도 영향을 받는다. 주택 구입 시에 빌린 돈을 갚지 못해 파산 지경에 이르는 가정도 늘어난다. 경제는 파탄으로 몰린다. 기업가의 로비에 의한 정치가 이어지다 보니까 이런 지경도 도래한다.

기업의 로비 없이 순수한 정치가의 구상에 의해서만 정치가 이루어졌더라면 미국은 전혀 다른 방향으로 가고 있을 것이다. 정치는 기업가의 탐욕과는 상관없이 국민의 삶의 질에 더 치중하게 되지 않았을까? 경제도 침착한 방향으로 전개되었을 것이고… 예컨대, 미국 내 50개 주의 산업에 치중하여 자급 경제를 더 공고히 할 수 있었을 것이다. 일본 차를 사오지 않더라도 국내 자동차 생산으로 수요를 충족할 수 있었을 것이고, 중국의 노동력을 이용한 제품을 구매하지 않더라도 자국 내에서 물자를 생산하고 소비할 수 있었을 것이다. 일본 차의 수입을 허용하면서 자국의 자동차 산업이 죽었고 중국의 상품을 수입해 오면서 생산업이 죽었다. 그에 따른 일자리 감소는 필연적이다.

지금 미국 안에서 소비하는 공산품은 거의 모두가 외제다. 30~40년 전 미국이 잘 나갈 때 미국의 상품은 세계를 누볐다. 'Made in USA' 라면 우리가 환장했던 시절이 있었다. 현재 미국 내에서 자동차는 Made in Japan, 전자제품은 Made in Korea, 저가 공산품은 Made in China 가 휩쓴다. 한때 저가 품목은 후발국에게 넘겨주고 항공기, 군수품은 자기네가 챙긴다고 했지만 다른 나라도 놀고 있지 않았다. 머지않아 이런 것도 한국과 일본, 중국이 휩쓸 것이다.

미국 정치가 기업의 끝없는 탐욕을 어느 정도 통제할 줄만 알았더라도 이렇게까지 되지는 않았을 것이다. 기업가의 로비에 의해 자금 조달을 의존하는 한, 미국 정치는 정경유착을 벗어나기 어려울 것이다.

기업가는 이윤 추구만이 목적이므로 국가와 국민의 미래를 고려하지 않는다. 국가와 국민의 미래를 고려하고 책임지는 것은 정치가의 몫이다. 기업가의 탐욕을 허용하면 정치가는 기업가의 하수인 역할을 하지 않을 수 없다. 정경유착의 결과, 기업가는 더 쉽게 부를 축적하는 반면 국민은 기업을 잃는다. 하나님이 개개인에게 부여한 기업을 잃고 대신 자본가의 노예로 전락한다.

기업가의 정치자금을 허용해서는 국민을 위한 좋은 정치가 이루어지기 어렵다. 기업가의 정치가에 대한 지원을 차단하고, 대신 국가가 세금으로 수납하여 정치가에게 필요한 지원을 하는 법이 제정되어야 하리라 생각된다.

캔자스를 지나면서 미국에 대한 소고를 해 보았다. 드넓은 땅과 무한한 자원을 가진 지상 최고의 환경과 여건 속에서도 탐욕 때문에 그들은 잃고 있다. 이러한 아이러니를 직시하고 쓴 웃음을 지어 본다.

13장 미주리 주

세인트루이스

미주리 주는 역사적으로 정치적인 색채가 짙은 주라고 일컬어진다. 미주리 주에는 큰 도시가 세 개 정도 있는데 미주리 주 동쪽 경계에 있는 세인트루이스(St. Louis)와 서쪽 경계에 있는 캔자스시티, 그리고 남서쪽에 있는 스프링필드이다. 세인트루이스는 초창기의 미 동부 13주가 서부로 뻗어나가려고 세운 팽창정책의 최전선이었다. 당시 미 정부(제퍼슨 대통령)에서 파견한 루이스와 클라크의 서부 지방에 대한 원정 탐사대가 출발하고 회귀한 지점이 세인트루이스이다. 그런 연유로 미주리 주는 '서부로의 관문'(Gateway to the West)이라는 별칭으로 불리기도 한다.

세인트루이스의 미시시피 강변에 위치한 제퍼슨국립공원에는 '서부로의 관문'을 상징하는 무지개 모양의 거대한 '관문아치(Gateway Arch)'가 있다. 미국 내 기념비 중 최고 높이인 192미터. 세인트루이스 시내 전역은 물론 미시시피 강 건너 일리노이 주에서도 보인다. 그 아치의 철골 기둥 속으로 놓인 트램을 타고 무지개의 끝에 오르면 미주리 강의 광대한 유역을 조망할 수 있다.

캔자스시티

캔자스시티는 캔자스 주와 미주리 주의 경계선 상에 있으나 캔자스 주 소속이 아니라 미주리 주 소속이다. 캔자스 주의 젊은이들이 몰려가는 곳도 캔자스시티이고 미주리 주의 젊은이들이 몰려가는 곳도 캔자스시티이다. 이들은 캔자스시티에서 만나 잘 어울려 논다. 캔자스 주립대학과 미주리 주립대학은 해마다 대학 리그 풋볼 경기에서 격돌한다. 경기가 캔자스 주에서 열리면 젊은이들은 캔자스로 몰려가서 분탕을 치고 미주리 주에서 열리면 미주리 주로 건너가서 분탕을 친다.

초창기 백인들이 미주리 주에 진입할 때 북동부의 프로테스탄트와 남부의 노예 농장주들이 함께 모여 들었다. 프로테스탄트는 노예제도 폐지론자들이었고 노예 농장주들은 노예제도 옹호자들이었다. 자연히 양측의 충돌이 일어날 수밖에 없는 운명이었다. 1861년부터 시작된 남북전쟁 중에 미주리 주의 주지사였던 클레이본 잭슨은 노예제도 옹호자였다. 남부의 몇 주가 미연방(Union)으로부터의 탈퇴를 선언하자 미주리 주도 의회를 소집하여 갑론을박이 벌어졌다. 그 결과 주 의회는 연방에 잔류할 것을 가결한다. 하지만 주지사는 이에 응하지 않고 주 방위군을 결성하기 시작한다. 이를 재빨리 알아낸 연방군의 장군 나다니엘 리용은 미주리 주 수도인 제퍼슨시티에 침공하여 진압하였다. 이때 많은 죄수와 세인트루이스 시민들도 죽었는데 이를 '세인트루이스 대학살'이라고 한다.

그 후 클레이본은 미주리의 네오쇼로 도망갔고 남부연합(Confederate, 남북전쟁 당시 북쪽은 링컨이 이끄는 연맹 Union이었고 남쪽은 데이비스가 이끄는 연합 Confederate였다)은 이를 지원하였다. 하지만 연이은 패배로 남부 아칸소 주로 패주하였다가 텍사스로까지 쫓겨나기에 이른다. 이래서 남북전쟁 당시 미주리 주는 북부 연방에 남아 있는 채로 전승戰勝하게 된다.

당시 클레이본이 모집한 시민군 중 캔트릴의 부대가 캔자스시티의 서쪽 로렌스 마을에 쳐들어가 노예제도 폐지론자들을 대량 학살했다. 이것이 소위 '피의 캔자스'라고 불리는 미국 내 테러의 하나로 기록된다. 노예해방을 위한 전쟁에서 민간인들까지도 희생되었던 역사가 이곳 미주리와 캔자스에 남아있다.

미주리 주는 프레리의 일부이지만 구릉과 산지가 많으며 강수량이 풍부한 대륙성 기후지역이라 숲과 강이 조화를 이루고 있기도 하다. 주 동부 경계를 따라 미시시피 강이 흘러 남쪽의 아칸소 주, 미시시피 주를 거쳐 루이지애나 주까지 흘러가고, 미주리 주 내륙으로는 미주리 강이 흘러 농사에 필요한 물을 공급한다(미주리 강은 캔자스시티 쪽에서 흘러와 세인트루이스에서 미시시피 강에 합류한다). 따라서 산업은 주로 축산 관련업이지만 교통의 중심지답게 교통 관련 산업, 화학제품, 기계류 등이 생산된다. 인구는 600여 만으로 미 여러 주의 평균 정도.

미주리 경찰

미주리 주 중앙을 가로지르는 70번 도로 상에서 미주리 경찰을 만났다. 멀리서 보니 이미 한 대의 차를 잡아 놓고 딱지를 떼고 있다. 그러려니 하고 지나가려니까 손을 흔들어 서라는 신호를 한다. 속도위반도 아니고 차선위반도 아닌데 왜 잡을까? 이럴 때 모른 척하고 갔다가는 추적당해서 쇠고랑을 찰지도 모른다. 미국 경찰을 가볍게 여겨서는 안 된다. 세우지 않을 수는 없다. 고속 주행 중이라 한참 가서야 정차했다. 그 경찰이 다가오고 오른쪽 창문을 열었다.

다짜고짜 호통이다. 다른 차를 갓길에서 검문하고 있는데 2차선으로 그대로 진행했다는 것이다. 1차선으로 차선을 바꾸어 검문 중인 사람과 차를 멀찌감치 피해 가야 한다는 것. 그런 법도 있느냐고, 따지고 싶었지만 경찰과 말씨름해서 좋은 일 없다. "하, 그러냐, 난 몰랐다. 다음부터 조심하겠다." 그래도 이 경찰, 호통을 치며 훈계가 치열하다. 계속적으로 "몰랐다, 잘 못했다." 이러니 "빨리 가시오"라며 고함을 지른다. 다시 주행을 시작한다. 하지만 그 놈의 불한당 같은 미주리 경찰의 무례한 호통소리가 귓가에 쟁쟁 거린다. 좀 친절하게 말하면 못쓰나? 제기랄 놈.

14장 일리노이 주

세인트루이스의 무지개 탑을 뒤로하고 강을 건너니 바로 일리노이 주가 된다. 일리노이 주 남부의 농산물 생산지역으로 들어왔다. 갑자기 편안한 느낌이 든다. 일리노이 주에 익숙해 있기도 하지만 일리노이 주야말로 인간 존엄성 회복을 위한 내전(Civil War)의 근원지이기 때문이다.

미주리에 비해서 시원하게 탁 트인 데다 부자 주 냄새가 난다. 도로에 깐 아스팔트 색 자체가 다르다. 환한 어도비 벽돌색 도로로 말끔히 포장해 놓았다. 농토에는 옥수수 등을 가득히 심어 놓았다. 드넓은 토지에 트랙터로 농사를 활발히 하는 모습이다.

일리노이 주는 오대호 중의 하나인 미시간 호수의 남서쪽 끝에 붙어 있다. 미시간 호수는 호수라기보다는 바다라고 하는 편이 낫다. 호수의 건너편 끝은 아득한 수평선과 하늘뿐, 물맛만 담수지 바다라 해도 뭐랄 사람 없다. 일리노이 주의 북쪽은 위스콘신 주에 면하고 서쪽은 미시시피 강을 경계로 하여 아이오와 주와 미주리 주에 접경하고 있다. 동쪽은 오하이오 강을 경계로 인디애나 주에 인접한다. 강수량이 많고 여름에 더운 프레리 지역이라 식물이 잘 자란다. 미시간 호와 미시시피 강 덕분에 물이 풍부하고 교통이 매우 좋은 천혜의 땅이며 미국의 곡창지대이다. 미시간 호수와 미시시피 강 사이에는 일리노이 강이 가로질러 흐른다.

미시간 호수는 오대호의 다른 멤버인 휴론 호, 이리 호, 온타리오 호를 거쳐서 미국 동부의 대서양까지 연결된다. 또 일리노이 강을 통해서 미시시피 강에 연결되며 미시시피 강은 남쪽으로 흘러내려가 미주리, 켄터키, 테네시, 아칸소, 미시시피, 루이지애나 주를 차례로 거치면서 멕시코 만으로 흘러내려 간다. 자동차가 없던 시절에는 배를 수송수단으로 하여 멕시코 만 연안의 남부 농업지대까지 왕래하였다.

자연히 미시간 호숫가인 일리노이 강 하구에 대도시가 형성되는데 이것이 곧 미국의 3대 대도시인 시카고다. 프레리 평원에서 생산되는 풍부한 곡물과 육가공품 등이 시카고에 집산되고 강과 호수를 통해서 주변의 여러 지역으로 분송된다.

불과 이백여 년 전인 1,800년경에 일리노이 주에는 겨우 이천여 명이 살았을 뿐이다. 철도가 생기고 존 디어(John Deer)가 트랙터를 발명하면서 프레리의 농사를 대량으로 지을 수 있게 되자 독일과 스웨덴 농부들이 일리노이 주로 이주하기 시작했다. 그 결과 1860년대, 링컨이 남북전쟁을 수행할 즈음에 인구는 이백여 만 명으로 증가했다. 농업과 축산업이 성행하고 일리노이 중부에서 석탄과 석유가 생산되는 등 산업 활동이 활발해지면서 인구는 계속 불어났다. 유럽의 동부와 남부에서 속속 많은 사람들이 이민 오고 미국 남부의 흑인들이 대거 유입해 왔다.

현재 일리노이 주의 인구는 천삼백만여 명에 달하는데 이 중 66%가 시카고와 그 주변에 몰려 산다. 시카고 지역에 일자리가 자꾸 늘어나기 때문에 일자리를 찾아 이동해 오고 있다는 이야기다. 미국의 주류인 백인들은 자기네 땅인 양 으스대지만 이들도 불과 이백년 사이에 이민 온 사람들이다. 누구든지 먼저 차지해서 사는 사람이 임자다. 그러니 우리나라 사람들도 주눅 들지 말고 부지런히 쑤시고 들어가서 자리를 차지할 일이다. 혹자는 이민 가서 사는 사람들을 경원시 하는 경향도 없지 않으나 생각을 고쳐먹고 역사를 바로 알면 전혀 그럴 일이 아니다. 해외 이민자들은 우리나라를 대표해서 먼저 나가 개척하고 있는 사람들이다.

일리노이 사례에서 보듯이 산업이 융성하는 곳으로 인구가 이동하는 것은 자연적인 추세. 우리나라의 경우에 수도권의 인구를 분산시키기 위한 방책으로 이러한 사례를 주목할 필요가 있다. 행정도시 건설을 통한 인위적인 인구 이동책을 꾀하기보다는 지방에 산업이 증설되도록 유도하는 일이 필요하다. 이것이 일자리 증가에 따른 자연적 인구분산정책이 될 수 있다.

일리노이 주의 날씨는 겨울철에 혹독하다. 1830년과 1831년에 걸친 겨울은 '눈에 파묻힌 겨울(Winter of the Deep Snow)'이었다. 봄이 올 때까지 일리노이 전체는 눈으로 덮여서 아무도 이동하지 못하고 갇혀 있어야 했으며 추위에 많은 여행객이 희생되었다. 1836년은 '급빙急氷의 겨울(Winter of the Sudden Freeze)'이라고 불리는데 갑자기 북쪽에서 몰아친 찬 공기가 불과 몇 분 만에 배 주변의 노를 얼어붙게 하여 미처 추위를 피하지 못한 사람들이 얼어 죽었다. 급격한 혹한으로 농작물을 추수할 수 없게 되자 일리노이 남단의 사람들이 일리노이 북부의 사람들을 위해서 곡물을 수송해 주었다. 이 때문에 남단의 이 지역을 '작은 이집트(Little Egypt)'라고 불렀는데, 이는 이스라엘에 흉년이 들었을 때 이집트에 들어가 살던 요셉이 형제들에게 곡물을 제공하여 생존하게 했던 성경 역사에서 유추한 말이다.

링컨의 고장 스프링필드

일리노이 주 정부는 일리노이 중부의 스프링필드에 있다. 센트 루이스에서 정확히 100마일 지점. 55번 도로에서 벗어나 스프링필드 시의 중심을 향하여 가면 길가를 따라 링컨 사적 기념처(memorial site)를 알리는 안내판이 연속적으로 나타난다. 이를 따라 달리면 마침내 구 주의회의사당이 나타난다. 의사당 첨탑은 푸른 하늘 높이 솟아 있고, 투박한 석주, 창문 등이 묵묵히 고풍을 발산한다. 링컨이 의회활동을 하던 곳이지만 지금은 그를 기념하는 기념 건물로 남아있다. 구 주의회의사당을 중심으로 링컨의 변호사 사무실, 기념박물관(Lincoln Presidential Memorial Museum), 기념도서관, 광장과 그 가족 동상, 그리고 링컨이 대통령에 당선되어 기차를 타고 워싱턴으로 떠나기 직전에 연설했던 역이 있다.

링컨의 변호사 사무실에서 서남쪽으로 5~10분 쯤 걸어가면 링컨이 살던 집이 있고, 북쪽으로 차를 타고 10여 분 정도 가면 링컨의 가족 무덤이 있다. 그리고 서북쪽으로 20분쯤 달리면 그의 고향이었던 뉴세일럼(New Salem)이 있고, 스프링필드의 동쪽 인근 호숫가에는 넓은 링컨 기념가든(Lincoln Memorial Garden)이 자리하고 있다.

한마디로 말해서 스프링필드는 링컨 왕국의 왕도王都다. 스프링필드 중심부는 역사의 흐름에도 아랑곳 않고 변함없는 링컨 시대의 한 시점에 머물러 있다. 수많은 미국인이 해마다 링컨의 도시 스프링필드를 찾아 그 한 시점에 머물면서 잠시 링컨의 정치적 이념에 빠져서 생각에 잠기다 간다. 전국에서 모여드는 많은 사람들로 인하여 스프링필드의 거리는 늘 활기가 넘친다.

구 주의회의사당 옆에 동전을 넣고 주차했다. 의사당 앞 넓은 잔디정원을 가로 질러 남쪽 광장으로 나오니 노천카페들이 있고 사람들이 차를 마시며 즐긴다. 바로 그 모퉁이에 링컨의 가족 동상이 있다. 부인 메리가 링컨의 옷매무새를 바로 잡아주고 있고 그 옆에 막내아들이 서있다. 10미터쯤 전방에는 둘째 아들이 어디론지 달려가면서 모자를 벗어

흔들고 있다. 사람들과 함께 있는 링컨 가족, 그 가족들과 거리낌 없이 일대일로 만날 수 있는 것이 재미있다. 한 사람의 대통령, 그만을 높은 동상으로 만들어 추앙하는 것이 아니라, 바로 옆에서 하나의 가족으로 만나는 것이 이채롭다.

이 광장에서 축제나 음악회 등이 열릴 때는 주민과 관광객이 한데 어우러져 즐거워한다. 내전이 끝났을 때 주민이 모여 축제를 열었던 것과 똑 같은 장면이 수시로 전개되는 것이다. 링컨이 암살되었을 때는 시민 전체가 이곳에 모여 애도식을 거행하기도 하였다. 그때는 그가 떠났으므로 애도식이 치러졌지만, 지금은 그가 항상 곁에 있으므로, 그래서 미국의 민주주의를 지켜봐 주고 있으므로 새로운 애도식은 더 이상 없다.

가족 동상 바로 뒤에 링컨의 변호사 사무실이 옛 모습을 간직하고 있다. 문을 열고 들어가니 사무실 유적 담당관이 환영한다. 잠시 후에 안내를 해 주겠다며 안내인을 부르러 간다. 이때가 점심시간임에도 불구하고, 또 방문객은 나 혼자임에도 불구하고 안내를 해 주겠다며 안내인을 데리러 간다. 인상적이다. 민주주의는 그가 누구인지, 높은 사람이든 낮은 사람이든 개인이든 그룹이듯 관계없이 하나의 소중한 국민으로 대접하는 것임을 무언의 행동으로 교훈하는 듯하다.

안내인은 나만을 위해서 친절하고도 성심껏 안내한다. 사무실 3층 건물 전체를 30여 분에 걸쳐 세밀하게 설명해 준다. 어디서 왔건, 어떤 인종이든, 키가 크든 작든 상관없이 하나의 귀한 인간으로 정감 있게 응대해 주는 이 사람들의 민주주의! 사실 나는 우리나라 어느 구석에서도 이런 정도의 인간적 대접을 받아 본 적이 없다. 그래서 더욱 가슴이 울컥거리나 보다. 처음 대하는 낯선 타인에게서 이런 인간적 대접을 받는다는 것, 정녕 기분 좋은 일이 아닐 수 없다. 타인을 인간적으로 대접하는 순간, 대접을 받는 사람과 대접하는 사람 모두 동시에 고귀한 인간이 됨을 체험해 본다.

일층의 한 방은 당시의 우체국. 편지의 샘플 등 옛날 물건들이 전시되어 있다. 우편료가 그 당시 봉급에 비해 상당히 비쌌다. 그런 이유로 종이 한 장에 많은 내용을 쓰기 위해서 가로로 꽉 차게 쓴 후 그 위에다 다시 세로 방향으로 덧쓴다. 이런 식으로 쓴 영문 샘플을 그는 설명도 해주고 보여 주기도 한다. 그것을 들여다보니 과연 읽을 만하다.

이층에는 링컨의 집무실이 있다. 사무실 집기들이 정돈되어 있고 난방용 석탄난로도 있다. 예전에 학교 교실에서 도시락을 올려놓고 수업할 때의 그 이글거리던 난로는 미국에서 건너온 것이었구나! 책상 위에 링컨이 손수 썼던 편지들이 놓여있다. 매우 정연하게 썼다. 글을 보면 그 사람의 인품을 짐작할 수 있다 하는데, 세상일을 가지런하게 정돈하는 데 노력하는 스타일임을 엿볼 수 있다. 인간을 노예로 부리는 불합리와 이를 둘러싼 시끄러운 분쟁을 잠재우고 세상을 정돈하는 데 심혈을 기울인 것도 성격과 무관하지 않을 것이다.

삼층에는 재판 법정이 있다. 재판장, 원고, 피고인석 등과 10여 명 분의 방청석이 있다. 이 작은 법정이 링컨에게는 세상을 심판하고 정의의 편에 서서 싸우기 위하여 기본기를 익히던 수련장이었다!

안내인은 설명을 다 마치더니 내 카메라로 나를 찍어 주겠단다. 친절한 안내와 설명만도 감사한데 사진까지 찍어 주다니….

링컨기념박물관

변호사 사무실을 나와 발걸음도 가볍게 다음 코스로 갔다. 시간이 많지 않으니 다른 것은 생략하더라도 링컨기념박물관에는 꼭 가봐야지.

이것은 구 주의회의사당 오른편 길 건너에 있다. 입장료 7달러를 내고 들어서니 중앙에 둥그런 실내 광장이 있다. 왼편에는 통나무집과 큰 나무가 있는 뜰에 여덟 살의 소년 링컨이 나무 둥지에 앉아있다. 오른편에는 백악관이 있고 그 앞에 성장을 한 링컨 가족 다섯 명이 서 있다. 링컨이 처음 가족과 함께 백악관에 입성했을 때의 모습이라 한다. 뒤쪽에 링컨을 암살한 부스(Booth)가 뭔가를 호주머니에 감추고 노려보고 있다.

우선 왼편의 통나무집을 통하여 전시장 안으로 들어섰다. 상상만 하던 통나무집 모델하우스다. 내부에는 칸막이벽이 없다. 원룸하우스. 큰 침대가 절반을 차지하고 작은 침대가 그 옆에 붙어 있다. 애들 침대니까 링컨의 침대려니. 반대쪽 공간에 벽난로가 있고 그 옆에 링컨이 앉아 책을 읽고 있다. 그 옆으로 주방도구들이 놓여 있다. 개척지에서 숲의 나무를 베어 집을 짓고 농사를 지으며 살아가는 모습이다. 집은 잠자고 식사만 하는 곳, 나머지 생활은 밖에서 이루어짐을 알 수 있다. 바깥 숲속이 응접실이고 쉼터다. 들판은 생활의 작업장. 자연 속에서 이렇게 살아가도 한 인생이다.

다음 문을 열고 들어서니 링컨의 젊은 시절을 설명해 주는 그림, 설명문, 모델 등이 가득하다. 링컨이 젊은 시절 선원으로 고용되어 미시시피 강을 통하여 뉴올리언스까지 갔었던 이야기가 도해되어 있다. 노예가족이 경매에서 팔려 남편과 아내가 각기 다른 곳으로 끌려가고 아이는 엄마 노예 치마를 붙들고 늘어지는 모습을 모형으로 꾸며 놓았다. 링컨이 뉴올리언스에서 이러한 광경을 목도하고 '인간이 인간을 사고 팔 수 있는가?' 라는 물음을 평생하게 되었다는 것이다.

'모든 사람은 평등하게 태어났다(All men are created equal).' 이는 그가 한 말이다. 지체가 높건 낮건, 혹은 부자건 가난하건, 피부색이 검건 희건 관계없이 동등하게 취급받아야 한다는 사실. 당연한 사실인데 그렇지 않았던 시대, 링컨은 여러 종류의 사람들을 재판하고 변호하는 과정에서 사람들 마음속에 도사리고 있는 편견과 우월감을 목격하고 생각했을 것으로 짐작된다.

1860년 링컨이 선거에서 당선되어 워싱턴으로 가자마자 국내는 술렁이기 시작했다. 남부의 11개 주가 남부 연합을 결성하고 데이비스(Jefferson Davis)를 대통령으로 선출하여 북부의 노예해방 기류에 맞서 도발을 시작했다. 링컨은 미국연방이 분단되고 와해되는 것만은 막아야 한다는 의지로 남부의 도발에 응전했다.

1862년, 남부 노예주들에 대한 노예해방선언의 계획을 링컨이 각료들에게 이야기하자 그들 사이에도 깊은 갈등이 일어났다. 애초에 링컨은 급격한 노예해방을 원하지는 않았다. 남부 여러 주의 농장주들 사이에 성행하던 노예제도를 점진적으로 폐지하고자 할 뿐이었다. 그러나 전쟁이 깊어가면서 노예 해방을 선언할 정치적인 필요를 인식했다. 노예해방선언으로 노예들의 도망과 동요를 야기함으로써 남부의 배후를 불안하게 하고 북부의 전열을 가다듬고자 하였다.

국방장관을 제외한 나머지 각료가 반대했다.

"안 됩니다, 각하. 여론이 좋지 않습니다."

링컨도 고민에 고민을 거듭했다.

'인류가 하나님으로부터 동일하게 창조 받고도 같은 인간을 사고파는 것은 범죄다.'

'인류의 범죄로부터 남부 연합을 해방시키자.'

링컨의 마음속에는 장관들의 마음속에 일어난 갈등보다 더 심한 갈등이 오고 갔을 것이다.

노예해방이 선언될 것이라는 뉴스가 정가에 퍼지기 시작했을 때 여론은 소용돌이 속에 파묻히기 시작했다.

"이상한 대통령이 해괴한 발상을 한다."

"저 더럽고 추잡한 흑인 노예들을 우리와 동등한 인간으로 취급하라고?"

"면화는 누가 따고, 곡식은 누가 수확해 주나? 왜 이런 소득 없는 짓을 해?"

남부 연합은 물론 신문도 들끓었다.

반면 노예폐지론자들은 링컨의 박애정신을 이해하고 환영했다. "하나님이 주신 나라, 정의의 길로 가야 한다."

"당장은 우리에게 이득 없는 짓이지만 악은 어떻게든 근절해야 한다."

"이러한 죄악을 후손에게 대물림해서는 안 된다."

링컨은 단호한 결심을 한다.

'의롭지 않은 길에서 우리는 떠난다.'

드디어 1863년 1월 1일, 링컨은 노예해방선언(Emancipation Proclamation)을 한다. 이 노예해방선언으로 남부 연합의 흑인은 도망하고 남군은 사기가 떨어진다. 남군의 로버트 리(Robert Lee) 장군은 1863년 7월 게티즈버그 전투에서부터 기울어지기 시작했다. 북군의 율리시즈 그랜트(Ulysses Grant) 장군은 빅스버그와 허드슨 항을 장악하고 미시시피 강을 제어하기 시작했다. 북군의 장군 셔먼은 조지아 주를 침공하여 황폐화시켰다.

마침내 1865년 4월 9일 남군의 총사령관 로버트 리 장군이 북군의 율리시즈 그랜트 장군에게 항복하고, 5월 26일 루이지애나의 남군이 항복함으로써 남북전쟁은 끝났다. 62만 명의 장병들이 전사하고 수많은 시민들이 목숨을 잃는 5년간의 참혹한 전투가 끝난 것이다. 링컨은 1865년 4월 12일, 로버트 리 장군이 항복한 후 겨우 3일 만에, 부스(Booth)에게 암살당하고 만다. 그러나 링컨은 인류의 크나 큰 범죄인 노예매매를 근절시키고 미연방의 와해를 막아내는 위대한 업적을 남겼다. 남부 여러 주의 탈퇴를 무위로 돌리고 연방정부의 역할을 이전보다 더 공고히 했다. 현대 미국의 사회적, 정치적, 경제적, 인종적 제 문제에 대한 사상의 틀을 잡아 놓은 중대한 역사의 분수령을 만들었다. 링컨은 이 업적으로 인하여 미국 역사 상 가장 위대한 대통령으로 추앙받는다.

전시실을 나오니 다시 21세기의 현실로 돌아온다. 끊임없는 관광객이 로비의 링컨 가족을 만나고 있었다. 링컨 기념관을 나오면 주변에 링컨기념도서관, 링컨이 살던 집, 링컨의 가족 묘, 링컨의 고향 마을 뉴세일럼의 유적지 등이 있지만 그 모두를 다 둘러보려면 많은 시간이 소요될 것이다.

그 대신 동남쪽으로 약 20분 거리에 있는 링컨기념가든(Lincoln Memorial Garden)으로 갔다. 끝이 가물거리게 보이는 넓은 호숫가의 숲 전체가 가든이다. 어림잡아 여의도 크기만 한 것 같은데 거의 모든 부분이 자연 상태의 숲 그대로다. 그 사이를 뚫고 지나가는 여러 갈래의 오솔길을 따라 놓인 벤치마다에는 링컨의 명언들이 새겨져 있다.

"침착과 중용을 지키면 우리 모두는 더욱 강한 힘을 발휘하게 될 것이다(We shall grow stronger by calmness and moderation)."

"누구에게든 인정을 베풀며 살자(With charity for all)."

"의로운 행동에 능력이 부여된다는 믿음을 가지자(Let us have faith that right makes might)."

"모든 사람은 영원히 자유하다(All people … forever free)."

"우정을 가진 자는 더 나은 인생을 산다(The better part of one's life consists of his friendships)."

한 사람의 국가적 위인을 위하여 이렇듯 많은 시설을 해 놓은 미국인들을 새삼 생각하게 한다. 이곳뿐만 아니라 전국의 어느 곳을 가도 링컨이라는 이름의 기념물과 도로가 즐비하다. 이런 것을 통하여 미국 국민의 단결력과 저력이 생기는가 보다. 미국인들이 선대의 정신을 기리고 추앙하는 한, 그들의 나라는 초강대국 지위를 쉽게 놓아주지 않을 듯하다.

제5부 시카고

1장 시카고

　어둑어둑해서야 시카고 시티로 들어섰다. 시카고 다운타운의 빌딩 숲은 미시간 호수의 평지에 건설되었음에도 불구하고 무슨 거대한 언덕처럼 보인다. 높은 마천루 빌딩들이 떼를 이루어 언덕처럼 보이는 것이다. 이 언덕의 빌딩들이 불을 밝히어 검은 비로드 천에 다이아몬드가 선을 따라 무수히 박혀있는 듯하다. 휘황한 불의 도시, 현대인들의 쉼터 대도시, 오늘 하루 바쁘게 돌아치던 도시인들이 이제 안식의 저녁식탁을 준비하고 있었다.

　시카고는 미국 내에서 세 번째로 큰 메트로폴리탄 지역이다. 미국 중부의 비즈니스, 재정, 문화를 이끌고 창조하는 글로벌 도시이며 교통의 허브이다. 미시간 호수의 남단에 위치하는 지정학적 이유 때문에 오대호를 통하여 대서양으로 연결하는 수로가 개발되었고, 프레리 지역의 운송 항 역할을 한다. 미시시피 강 유역의 곡창지대에서 생산되는 농축산물이 미 동부와 세계로 실려 나감에 따라 이 도시는 번성하였다.

　칼 샌드버그(Carl Sandburg)는 그의 시 '시카고'에서 1914년경의 이 도시를 다음과 같이 묘사하였다. 당시 문단에 크나큰 센세이션을 불러 일으킨 모더니즘의 새로운 시였다.

세계를 위한 돼지 도살자,
연장의 제작자, 밀을 쌓는 자,
철도 도박사, 전국의 화물 취급자,
시끌벅적 왁자지껄 그리고 꺼칠한 목소리에
어깨가 딱 벌어진 건장한 도시.
사람들은 너를 일러 악의 도시라 하니, 동감이야.
짙은 화장을 한 너의 여인들이 가스등 밑에서
시골뜨기 젊은이들을 유혹하는 걸 똑똑히 보았지.
사람들은 너를 일러 살인의 도시라 하니, 동감이야.
갱들이 사람을 죽이고, 또 다시 피에 굶주려
석방되어 나가는 것을 나는 분명히 보았다.
사람들은 너를 일러 잔인의 도시라 하니, 동감이야.
부녀자들과 어린 아이들의 얼굴에서
가학의 그림자를 나는 명백히 보았어.

　1871년의 시카고 대화재는 다운타운의 목조 건물들을 쓸어버렸다. 구태를 말끔히 벗어버린 채 새로운 도시로 거듭나기 위하여 정지整地되었다. 재건계획에 따라 완벽한 도시의 마스터플랜이 세워졌고, 질서정연한 도시의 구조와 견고한 건축물의 예술이 탄생되었다. 미시간 호반을 따라 거대한 공원이 조성되어 시민들의 휴식처이자 명상 터가 되었다. 빌딩 숲과 공원의 나무와 호수의 푸른 물이 어울려 일대 서정시를 창작해 냈다.
　'장엄한 1마일(Magnificent Mile)'이라 불리는 중심부의 거리가 생겨나서 대륙 중심부의 번화가가 되었고, 명품 상점들이 도시의 모습을 대변하게 되었다. 시카고 미술관을 중심으로 예술 문화의 거리가 형성되고, 강 주변에 도열한 마천루의 행렬이 생장하기 시작했다.

2장 공원 시스템

　시카고는 현대 건축물로도 유명하지만 그에 못지않은 것이 공원시스템이다. 1837년 시카고 시가 형성 되었을 때의 주 모토는 '정원 속의 도시(City in a Garden)' 였다. 오늘날 시카고의 공원 시스템은 552개의 공원과 33개의 비치, 9개의 박물관, 2개의 세계적 수목원, 16개의 석호(유수지), 10개의 동물원으로 구성되어 있다. 15개의 야구장, 6개의 농구코트, 35개의 테니스장, 163개의 배구 코트 등 운동경기장도 매우 많이 있다.

　공원 중 가장 큰 것은 미시간 호수를 따라 길게 조성된 링컨 파크다. 미시간 호수가의 호반지역 전체를 공원화하여 골프장, 비치, 낚시터, 요트장, 동물원, 수목원 등 거의 모든 시설을 망라했다. 박물관과 야외 음악당까지 갖추고 있어서 매년 2천여만 명이 드나든다고 한다. 충분히 넓기 때문에 휴일이라도 붐비거나 좁다는 느낌을 받지 못한다. 적당히 한적하고 여유로운 천국이다.

　'시민들이여, 즐길 수 있을 만큼 인생을 즐겨라.' 시민의 행복한 삶을 위하여 시 당국도, 국가도 부단히 노력한다. 단순한 생존이 아니라 질 높은 삶과 인간다운 번영을 위하여 더 나은 생활공간을 조성하고 지원해 달라는 것이 시민들의 요구다. 시카고 시민들은 언제고 원할 때는 미시간 호숫가의 링컨 파크를 찾아 팔을 활짝 벌리고 맑은 공기를 맘껏 마신다. 공공의 정원에서 시원한 호수의 바람을 맞으며, 걷거나 뛰고 혹은 자전거를 탄다. 체스를 즐기는 사람들도 있고 롤러스케이트를 타며 멋진 몸매를 과시하는 미녀들도 생겨났다.

시카고 도시 주변의 광대한 자연은 숲 보호지역(Forest Preserves)으로 지정해 놓았다. 자연 상태로의 보존을 목표로 풀이나 나무, 동물들에는 사람이 일체 손대지 못하도록 엄격하게 관리하고 있다. 이 보호지역에는 숲은 물론이고, 초원, 습지, 냇물, 호수 등이 포함되어 있다. 보호지역을 관통하여 긴 산책로 겸 자전거 도로가 나있고 널찍한 공지가 많아서 운동장 겸 야외 파티 장으로도 사용된다. 이곳에서 한국 교민들이 마늘을 채집하다가 숲 관리인에게 걸렸다. 관리인은 "벌금을 내시겠소, 아니면 채집한 풀을 다시 심어 놓으시겠소?"라고 물었다. 스스로 창피함을 느낀 이들은 한 나절 걸려 그 풀들을 도로 심어 놓았다고 한다.

겨울에 눈이 많이 쌓이면 크로스컨트리 스키 인들이 한적한 숲길을 누비며 부지런히 가고 있는 광경을 목도할 수 있다. 자전거 도로 뿐만 아니라 승마 인들을 위한 오솔길이 만들어져 있어서 말을 타고 다니는 사람들도 눈에 띈다.

공원 시설은 도시의 꽃이고 수목이고 생명이다. 도시 속에 공원시설이 없다면 수용소와 다를 바 없다. 도시에 사는 수많은 인구가 어디에서 활동하며 재창조 시간을 가질 것인가? 공원시설에 많은 돈을 투자하고 관리하는 도시는 살아 움직인다.

우리나라 도시나 뉴 타운은 아파트나 집만 많이 지어 놓으면 족하다고 생각해 왔다. 손바닥만 한 공원 시설을 아파트 주변에 조성하면 그나마 다행이었다. 주민들은 새장에 갇힌 다람쥐처럼 작은 공원 안에 원형으로 조성된 손바닥만 한 트랙을 돌고 도는 것으로 만족해야 했다. 다행히 최근에는 도시의 하천을 따라 자전거 길이 조성되고 운동시설도 간혹 설치되고 있다. 이러한 시설도 하천과 대기의 오염으로 악취를 풍기거나 매연이 많은 환경이라면 실격이다. 그런 환경 속에서 운동을 하면 건강에 악영향을 주기 때문이다.

아파트 밀집 지역 안에 쓰레기 처리장을 조성하여 매연을 배출하는 한, 시민은 독가스실 속에서 사는 것과 다를 바 없다. 과거 행정 책임자들이 실적을 올리기에 급급한 나머지 시민을 호도하여 도심 속 쓰레기 처리장은 아무런 해가 없다고 주장하여 왔다. 오늘날 쓰레기 처리장 지역에서 사는 도심 시민들은 굴뚝에서 솟는 연기가 땅으로 깔리는 것을 바라보면서 숨을 쉰다. 뛰거나 걷거나 혹은 자전거를 타면서 이러한 광경을 바라보면, 빨리 이 지역을 벗어나서 살아야겠다는 일념 밖에 솟지 않는다.

뉴 타운 조성을 통해서 조악한 주거공간을 꾸준히 개선하되 아파트만 많이 지을 것이 아니고, 인구 대비 공원시설을 적정하게 설계하는 적극적인 노력을 기대한다. 공원 조성에 여력이 없다고 에두르는 한, 삶의 질 개선과 진정한 선진국 진입은 멀기만 할 것이다.

시카고 지역의 대학들

1890년대 이후 시카고도 세계의 고등교육과 실험탐구의 요람이었다. 그 중심에 시카고대학(the University of Chicago), 시카고 소재 일리노이 대학(the University of Illinois at Chicago), 노스웨스턴 대학(Northwestern University)이 있다. 남쪽으로 2~3시간 떨어져 있는 어바나 샴페인 소재 일리노이 대학(the University of Illinois at Urbana-Champaign)도 시카고 지역의 대학이라 할 수 있다. 시카고 대학과 노스웨스턴 대학은 사립이고 일리노이 대학은 주립대학이다.

시카고 대학은 세계의 유명 대학 중 하나로서 81명의 노벨상 수상자를 배출하였다. 노스웨스턴 대학, 어바나 샴페인 소재 일리노이 대학도 미국의 톱클래스 대학들이다. 시카고 대학은 1933년 재정이 어려울 때 노스웨스턴 대학과 일시 병합한 바 있었다. 병합 시에 노스웨스턴 대학은 학부 위주로, 시카고 대학은 대학원 중심 대학으로 운영할 것을 합의했다. 그 후 다시 분리되었을 때에는 노스웨스턴 대학도 궤도에 올라 오늘날과 같은 좋은 대학이 되었다.

시카고 대학은 흑인 밀집 지역인 시카고 다운타운에서 남쪽으로 7마일 지점의 호숫가에 있다. 반면에 노스웨스턴 대학은 백인 고급 주택지인 시카고 북부 에반스톤이라는 마을에 있다. 시카고 대학이 있는 하이드 파크(Hyde Park) 근처는 한때 호황을 누리며 붐비던 도심이었으나 흑인들이 밀려들어와 살기 시작하면서 쇠퇴 일로를 걸었다. 범죄와 궁핍으로 오염되자 시카고 대학이 주도하여 도심재정비 계획을 만들었다. 싸구려 아파트로부터 빈민들은 퇴거시켰지만 재정비가 완결되지 못한 채 방치되어 있다. 그로 인하여 전쟁 폐허처럼 변한 으스스한 빈 건물들이 많이 남아있다. 이곳은 지금도 밤에는 함부로 다닐 수 없는 위험지역이다. 시카고 대학은 물리학과 경제학으로 유명하다. 밀리컨의 유적 실험(Oil-Drop Experiment)으로 양자역학이 탄생된 곳이고, 맨해튼 프로그램의 핵반응 실험이 최초로 수행되었던 곳이기도 하다. 이로 인하여 일본 상공에서 원자탄이 터지게 되었으며 이 실험 장소는 역사적 유적지로 지정되었다. 이 외에도 카본-14 연대 추정기술, 제트 기류, 간 이식수술 등의 역사적 발견이 이루어진 바 있다. 베트남 전쟁에서 사용한 독극물 고엽제의 발견으로 악명이 높기도 하다.

시카고 대학은 특징적인 대학 운영으로도 유명하다. 대학원과 리서치 중심대학의 개념이라든가, 취득학점 수를 줄이고 공동 필수과목을 설정한 커리큘럼 운영 방식, 교과서 중심에서 탈피하여 논문 위주의 대화 토론식 수업 방법 등 많은 교육 실험을 제시하였다. 이러한 교육 철학으로 인하여 미 명문 대학 중 학부학생이 적은 대학으로 손꼽히기도 한다.

1960년대에는 학생 파워가 기승을 부리던 때도 있었다. 인기 교수 딕슨(M. Dixon)을 해임했다는 이유로 학생들이 총장실 점거를 한 적이 있는데, 42명의 학생이 퇴학되고 81명의 학생이 정학 당했다. 이것은 미대학 역사상 가장 가혹한 징계로 기록되고 있다.

시카고 대학은 작지만 세계의 역사에 영향을 끼치고, 현대 문화를 조성하는 데 일조한 대학이다. 현대의 세계를 이끌어 나가는 주요요소 중에 소수의 학자가 연구실에서 생각하고 만들어내는 학문과 이론이 포함된다. 작은 발명품, 전자 공학적 발견, 물리학적인 발견, 생물학적 발견, 경제 이론, 의학적 발견, 이 모든 것은 세계 역사의 물길을 바꾸어 놓았다. 그것이 작은 대학의 연구실에서 이루어진 것이다. 그리고 그것은 몇 사람의 교육 철학에서 시발되었다는 것을 잊으면 안 된다.

우리나라도 이제 교육을 통하여 우리의 역사를 궤도에 올려놓을 때가 되었다. 교육 실험은 이제 그만 끝내도 좋으련만. 유능한 교육 철학자와 실천 행정가, 그리고 교육투자를 위한 독지가와 국민적 지원, 이를 위해 두 손과 머리를 함빡 적셔도 좋으련.